Dieses Buch gehört:

Tanya Stewner wurde 1974 im Bergischen Land geboren und begann bereits mit zehn Jahren, Geschichten zu schreiben. Ihre Kinderbuchserien um Liliane Susewind und die Elfe Hummelbi sind Welterfolge.

Marlene Jablonski wurde 1978 in Danzig, Polen, geboren. Im Jahr 2000 erschien das erste ihrer inzwischen fast 90 Kinderbücher: »Hamster Hektor«. Heute lebt sie als freie Schriftstellerin in Berlin.

Mila Marquis erschuf schon als Kind phantasievolle Traumwelten mit Stift und Pinsel. Seit ihrem Modedesignstudium an der HAW finden ihre Ideen als Postkarten, Porzellan oder Kalender viele Fans. Sie lebt glücklich in Hamburg.

Folgende Bände sind in dieser Serie bereits erschienen:

›Liliane Susewind – Ein kleiner Esel kommt groß raus‹
›Liliane Susewind – Ein Meerschwein ist nicht gern allein‹
›Liliane Susewind – Viel Gerenne um eine Henne‹
›Liliane Susewind – Ein Nilpferd auf dem Zebrastreifen‹
›Liliane Susewind – Extra-Punkte für den Dalmatiner‹
›Liliane Susewind – Schwarze Kater bringen Glück‹
›Liliane Susewind – Ein kleiner Hund mit großem Herz‹
›Liliane Susewind – Drei Waschbären sind keiner zu viel‹
›Liliane Susewind – Ein Eichhörnchen hat's eilig‹

Weitere Informationen zum Kinder- und Jugendbuchprogramm der S. Fischer Verlage finden sich auf *www.fischerverlage.de*

Marlene Jablonski

Liliane Susewind

Ein Eichhörnchen hat's eilig

Nach einer gemeinsamen Idee von
Tanya Stewner und Marlene Jablonski

Mit farbigen Bildern
von Mila Marquis

KJB

Mehr Informationen, viele Spiele und Rätsel rund um
»Liliane Susewind« gibt es hier:
www.liliane-susewind.de

›Liliane Susewind – Ein Eichhörnchen hat's eilig‹
ist auch als Hörbuch im Handel erhältlich,
mit einem »Lilli«-Song der Autorin.

MIX
Papier aus verantwortungsvollen Quellen
FSC® C012536

Erschienen bei FISCHER KJB

Umschlaggestaltung: Schiller Design, Frankfurt am Main,
unter Verwendung einer Illustration von Mila Marquis
Satz: Pinkuin Satz und Datentechnik, Berlin
Druck und Bindung: Druckerei Theiss GmbH, St. Stefan im Lavanttal
Printed in Austria
ISBN 978-3-7373-4158-5

Inhalt

Eile kennt keine Weile

»Es regnet«, wuffte Bonsai und wedelte aufgeregt mit dem Schwanz.

Lilli, die mit Tieren sprechen konnte, warf einen Blick zu dem babyblauen Himmel hinauf. Dann sah sie leicht verwirrt ihren weißen Hund an. Dabei fragte sie sich, ob er eventuell einen Sonnenstich haben könnte. Am Himmel war nämlich keine einzige Wolke zu entdecken.

Gemeinsam mit ihrem Freund Jesahja saß Lilli im Park. Inmitten einer kleinen Baumgruppe picknickten sie.

Jesahjas orangegetigerte Katze, genannt Frau von Schmidt, döste neben ihnen. Bonsai hingegen sprang vergnügt unter den Bäumen

herum und bellte immer wieder: »Es regnet! Es regnet Stöckchen, Lilli!«

Mit seinen Beißern versuchte er, die gelegentlich herabrieselnden Zweige zu erwischen.

Stattdessen erwischte aber einer der Äste ihn. Und zwar mitten am Kopf – BOING!

»Aua!«, kläffte der Vierbeiner, während das Zweiglein an seinem Kopf abprallte und vor ihm im Gras landete.

»So ein gemeines Stöckchen!«, knurrte er. »Na, warte! Dir werde ich es zeigen!« Mit dem Hinterteil nach oben und dem Vorderkörper auf dem Rasen, ließ Bonsai seine Zähne auf das Stöckchen los. Doch es war so winzig, dass er es gar nicht richtig zu

fassen bekam. Stattdessen rupfte er nur ein Grasbüschel nach dem anderen aus.

»Was macht er denn da?«, erkundigte Jesahja sich belustigt.

»Er versucht, Kleinholz aus dem kleinen Holz zu machen«, kicherte Lilli, worauf sich prompt ihre zweite Besonderheit zeigte: Sie hatte eine außergewöhnliche Wirkung auf Pflanzen. Ihr Lachen schien wie Zauberdünger für sie zu sein. Sobald Lilli sich aus vollem Herzen freute, wuchs und erblühte alles um sie herum.

So wie die Gänseblümchen, die nun aus der Erde schossen. Eins davon bohrte sich genau vor Frau von Schmidt aus der Erde und kitzelte ihre Katzennase.

»Ha-tschi!« Ohne die Augen zu öffnen, strich sich die Schnurrdame mit der Pfote übers Gesicht und döste einfach weiter.

Bei diesem Anblick lachten Lilli und Jesahja so leise wie nur möglich. Sie wollten es vermeiden, die Katze zu wecken. Frau von Schmidt war nämlich … speziell.

Sie beanspruchte, wenn sie wach war, sehr viel Aufmerksamkeit für sich – ganz wie es einer Katzendame von Welt nun mal gebührte, ihrer Meinung nach.

Plötzlich knackte und raschelte es über Lillis und Jesahjas Köpfen. Und dann bekamen auch sie etwas von dem Stöckchen-Regen ab.

»Wo kommt denn das her?«, wunderte Jesahja sich. Neugierig schauten die beiden nach oben.

»Da ist ja ein Eichhörnchen!«, bemerkte er auf einmal. Lilli folgte seinem Finger und entdeckte es ebenfalls.

Der Kletterkünstler sprang von einem Ast

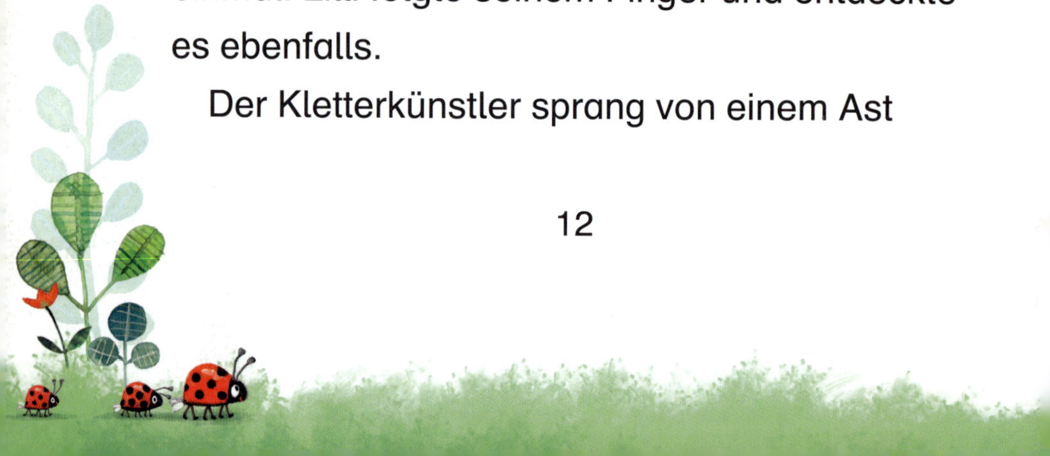

zum anderen. Dabei lösten sich ab und an kleine getrocknete Zweige. Und so regnete es tatsächlich Stöckchen.

Lilli hatte zwar schon weitaus flinkere und wendigere Eichhörnchen gesehen, doch auch mit diesem konnten ihre Augen schwer mithalten. Gemeinsam mit Jesahja staunte sie, wie elegant es sich selbst auf den dünnsten Ästen fortbewegte.

»Sieht aus, als würde es Blätter sammeln«, sagte Jesahja.

Lilli legte sich auf den Rücken

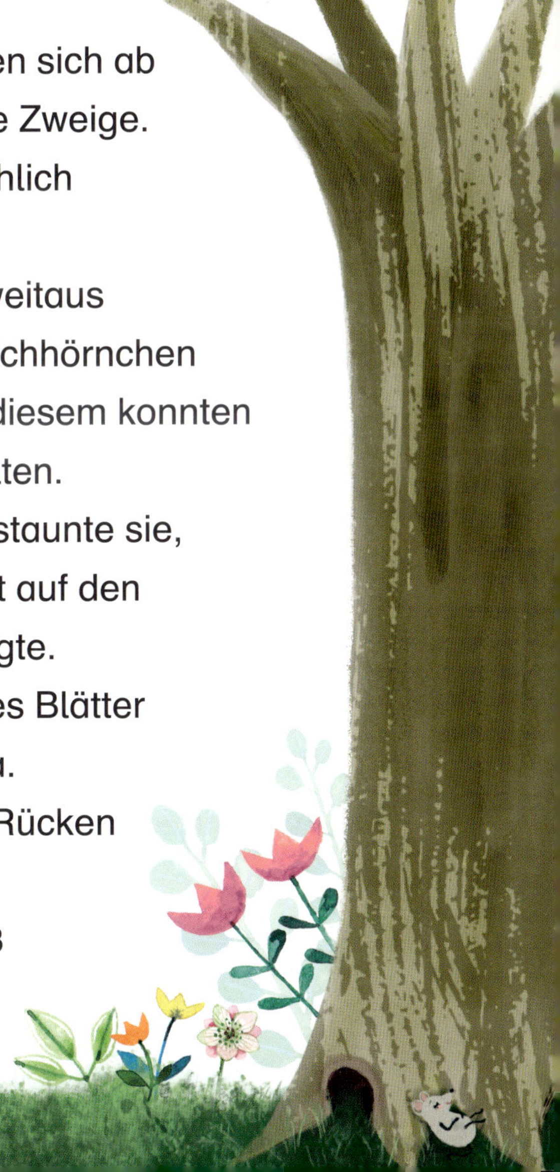

und beobachtete fasziniert das wilde Treiben und Wuseln des Eichhörnchens über sich. Sie wusste nicht wieso, aber sie erkannte sofort, dass es ein ziemlich junges Weibchen war.

Die Kleine sammelte nicht nur Blätter, sondern auch Zweiglein und Federn. Mit ihnen düste sie immer wieder zu einer Astgabel in einer großen Eiche. Dort baute sie voller Hingabe an etwas Kugelförmigem.

»Wusstest du, dass ihr buschiger Schwanz ihnen als eine Art Steuerruder dient?«, fragte Jesahja auf einmal.

»Tatsächlich?« Lilli blickte ihn interessiert von der Seite an. Jesahja war nicht nur ihr allerbester Freund, er war auch der schlauste Junge, den sie kannte.

»Er hilft ihnen beim Klettern und bei ihren Sprüngen«, fuhr er fort.

»Das ist ja toll!«, entgegnete Lilli, als sie plötzlich leises Keckern vernahm. Schnell schaute sie wieder nach oben und erspähte das kleine Eichhörnchen. Es hockte auf einem Ast direkt über ihnen und sprach offensichtlich zu sich selbst.

»Puuuh! Ist das dieses Mal aaanstrengend. Ich bin noch nicht mal mit dem ersten Nest fertig, und schon geht mir die Puste aus. Seeehr seltsam. Das war doch früher nicht so …« Erschöpft kratzte es sich am Bauch.

Dabei fiel sein Blick nach unten. »Ooooch, was für eine wundervolle Federweichsache!«, rief es auf einmal total begeistert aus. »Die muss ich unbedingt für mein Nest haben!« Im Nu kletterte es die dicke Eiche hinunter und hüpfte geradewegs auf eine flauschige Gänsedaune zu. Doch kurz bevor es diese erreichte, wehte der Wind sie weg. Und zwar genau zwischen Bonsais Vorderpfoten.

Augenblicklich blieb das Eichhörnchen stehen und starrte den Hund an. »Och, nööö. Wie komme ich jetzt an die Federweichsache,

ohne mit dem Bell-Wuff Fangen spielen zu müssen?«, fragte es sich, während Bonsai die Daune ausgiebig beschnupperte.

»Äh, entschuldigen Sie, bitte. Das – das da ist meine Federweichsache. Huhuuu, hier bin ich. Mein Name ist Kiki, und ich hab dieses flauschige Ding zuerst gesehen«, schnalzte sie lieb in Bonsais Richtung.

Der verstand natürlich kein Eichhörnisch. Also legte er den Kopf schief und fragte Lilli: »Was will denn der Puschelschwanz von mir? Wieso starrt er mich so an?«

»Es geht um die Feder«, antwortete Lilli.

»Oh, jaja, genau. Die Feder.« Das Eichhörnchen wandte sich Lilli zu. »Du sprichst ja meine Sprache.«

»Ich kann mit allen Tieren sprechen.«

»Großartig!« Rasch hüpfte das Eichhörnchen auf Lilli zu, sprang an ihr hoch und tippelte bis zu ihrem Bauch. »Die Sache ist nämlich die …«, begann es. »Ich weiß, dass alle Bell-Wuffs unheimlich gerne mit mir Fangen spielen, aber ich habe im Moment wirklich keine Zeit dafür. Ich brauche nur die Federweichsache – für mein Nest, weißt du? Wäre es nicht so dringend, dann würde ich sie ihm ja gerne schenken. Aber ich hab es diesmal sehr, sehr eilig. Könntest du das dem Bell-Wuff da drüben erklären?«

»Aber natürlich«, antwortete Lilli und drehte ihren Kopf zur Seite. »Bonsai, bist du fertig mit dem Beschnuppern? Das Eichhörnchen würde gerne die Feder haben wollen.«

»Du meinst das Flatterzeugs hier?«

»Mhm.« Lilli nickte.

»Klar. Bin fertig«, bellte der Hund, legte sich auf den Bauch und schob die Feder mit der Nase in Richtung des Eichhörnchens.

»Kann – kann ich sie jetzt holen, ohne dass er mich jagt?«, fragte dieses Lilli etwas verunsichert.

»Sein Name ist Bonsai, und er ist ganz brav. Er wird dich sicher nicht jagen. Ich heiße übrigens Lilli. Und wenn du möchtest, dann kann ich sie dir …« Lilli wollte sich gerade vorbeugen, um die Feder für das Eichhörnchen vom Boden zu pflücken, doch da hopste es auch schon los.

Je näher es Bonsai kam, desto heftiger wedelte der mit dem Schwanz. Als das Eichhörnchen schließlich direkt vor ihm hockte, verlor er völlig die Kontrolle über seine Nase.

Während Kiki nach der Feder griff, beschnupperte er sie wie verrückt.

Lilli und Jesahja hielten kurz die Luft an. Sie befürchteten, dass Bonsai das kleine Eichhörnchen mit seinem Verhalten verschrecken könnte. Doch das war ganz und gar nicht der Fall. Zu Lillis Überraschung fing es auf einmal sogar an zu lachen. Es lachte ein lautes Eichhörnchenlachen.

»Kitzelig. Ich bin ganz schrecklich kitzelig«, giggelte Kiki. Sie streckte ihre winzigen Pfoten aus und betastete Bonsais Fell. »Uuuj, du bist ja viel kuschelweicher als jede Federweichsache«, bemerkte sie schwärmerisch.

»Sie mag dein Fell«, übersetzte Lilli für Bonsai.

»Echt? Coole Sache. Ich mag es auch«, erwiderte er, während Kiki sich an seine zottelige Schulter schmiegte.

»Am liebsten würde ich mich in dieses weiche Fell-Nest kuscheln und eine Runde schlaaaafen«, sagte sie und klang mit einem Mal richtig müde.

»Wieso tust du es dann nicht? Bonsai hätte sicher nichts dagegen«, erwiderte Lilli lächelnd. »Er kuschelt gerne. Nicht wahr, Bonsai?«

»Das stimmt«, wuffte er leise. »Nach Fressen und Buddeln ist Kuscheln meine liebste Beschäftigung.«

»Das wäre traumhaft«, säuselte Kiki. »Aber leider habe ich keine Zeit – obwohl … Ich könnte eine Pause echt gut gebrauchen. Ja, eine Pause. Doch, doch. Das ist eine sehr gute Idee. Ich mache einfach eine. Jetzt sofort. Ich ruhe mich ein bisschen aus«, überzeugte sie sich selbst. »Jeeeeetzt«, fügte sie ungewohnt langsam hinzu. »Jeeeeetzt ruuuhe iiiich miiiich aaaaauuuuus.« Ihre Augen fielen zu, und sie verstummte. Allerdings nur für eine Sekunde. »Fertig!« Mit einem Schlag riss sie die Augen wieder auf und hopste in die Luft. »Das war echt nötig. Jetzt muss ich aber wirklich dringend mein Nest zu Ende bauen.«

»Ist es das da oben?«, erkundigte Lilli sich und deutete zu dem kugelförmigen Gebilde in der großen Eiche.

»Genau. Es soll das tollste Nest werden, das ich je gebaut habe. Eigentlich bräuchte ich eher drei, vier oder sogar fünf Nester. Aber ich habe viel zu viel Zeit mit Futtersuche verbracht. Und nun muss ich mich sputen, um wenigstens das eine Nest fertigzukriegen.«

»Hat das einen bestimmten Grund?«, fragte Lilli, die richtig neugierig geworden war. »Ich meine, dass du es so wahnsinnig eilig hast.«

»Jaja, natürlich hat das einen Grund«, zwitscherte Kiki.

»Und der wäre?«

»Hmmm … Also, den hat mir mein Bauchgefühl noch nicht verraten. Es sagt mir nur, dass ich es tun muss. Und zwar ratzfatz«, verkündete Kiki.

»Ich verstehe.« Lilli nickte, denn sie kannte

ebenfalls dieses geheimnisvolle Gefühl im Bauch, das einem zu sagen schien, was richtig, wichtig und stimmig war. »Na, dann … Lass dich nicht von uns aufhalten«, sagte sie, worauf Kiki sich schnell die Feder schnappte, Bonsai mit ihrem Näschen zum Abschied anstupste und anschließend wieder die Eiche hinaufkletterte.

»Macht's gut!«, flötete sie noch von oben und verschwand im dichten Blätterwerk.

Das schreck-furcht-schauderhafte Monster

Lilli hatte Jesahja gerade erzählt, was Kiki gesagt hatte, als plötzlich ein entsetzlich schrilles Fiepen ertönte. Alarmiert schreckten beide hoch und starrten in die Baumkronen.

Auch Bonsai war aufmerksam geworden und schaute nach oben. Sein Hundekörper war angespannt, seine Nase im Schnuppermodus, und die Ohren hatte er nach vorne gerichtet.

Frau von Schmidt hingegen drehte sich lediglich zur Seite und schlummerte weiter.

»Hilfe!«, hörte Lilli erneut das schrille Fiepen. Und das mehrmals nacheinander. Ihre Augen suchten in Windeseile die Äste über ihrem Kopf ab. Und schließlich entdeckte sie: Kiki!

Voller Panik schien diese vor etwas zu flüchten. Kopfüber flitzte sie den Baumstamm hinunter, über einen dicken Ast, hin zu dessen Verzweigungen. Von dort aus sprang sie auf einen darunterliegenden Ast, wetzte den entlang, nahm an Geschwindigkeit zu und – hob ab.

»Fliegender Puschelschwanz«, bellte Bonsai wie aufgedreht. »Lilli! Lilli, kuck mal. Puschelschwanz im Sturzflug!«

»Ach, du dickes Ei!«, entfuhr es Jesahja gleichzeitig.

Währenddessen war Lilli bereits blitzartig aufgesprungen. Sie hüpfte über Frau von Schmidt, positionierte sich und wollte Kiki gerade auffangen, als es dem Eichhörnchen wundersamerweise gelang, sich an der Baumrinde festzukrallen.

Dabei lief aber offenbar etwas schief. Denn Kiki schrie abermals. Diesmal jedoch nicht aus Angst, sondern eindeutig aus Schmerz.

»Was ist das für ein Aufruhr?« Frau von Schmidt war erwacht und sah sich griesgrämig um. »Wieso werde ich bei meinem Mittagsschläfchen dermaßen gestört?«

Doch weder Lilli noch Jesahja gingen gebührend auf die Katzendame ein. Selbst Bonsai beachtete sie nicht. Und das schien Frau von Schmidt überhaupt nicht zu gefallen.

»Wie unhöflich«, beschwerte sie sich. »Es

schickt sich nicht, mir den Rücken zuzukehren. Hallo? Hallo!« Sie erhob sich und tigerte auf die anderen zu. »Ich verlange auf der Stelle zu erfahren, wieso man mich wie Luft behandelt.«

»Es gab einen Unfall«, warf Lilli kurz über die Schulter. Dann widmete sie ihre ganze Aufmerksamkeit wieder Kiki.

Sie hing am Baumstamm und zitterte. Ihre Krallen hatten sich unglücklich verkeilt. Und nun steckte sie irgendwie fest.

Lilli versuchte, sie anzusprechen. Doch sie reagierte nicht.

Frau von Schmidt hingegen schnatterte und verlangte nach Einzelheiten. »Ein Unfall? Das ist ja furchtbar«, quiekte sie und verfiel in Panik. »Wurde einer von uns verletzt? Geht es mir gut? Um Himmels willen, ich erwarte umgehend Informationen bezüglich meines Leibeszustandes.«

»Ihnen ist nichts passiert, Gnädigste. Aber

Kiki, dem Eichhörnchen«, entgegnete Lilli höflich, doch sehr beschäftigt.

»Was denn für ein Eichhörnchen?« Verwirrt zwängte sich die Katzendame zwischen Lillis und Jesahjas Beinen hindurch.

Als sie daraufhin das verschreckte Tierchen erblickte, begriff sie wohl langsam. »Oje, die bedauernswerte Flitzherrschaft zittert ja wie Espenlaub.« Sie stellte sich auf die Hinterpfoten, lehnte die vorderen gegen den Baum und beschnupperte Kiki. Doch selbst darauf reagierte das Eichhörnchen kaum.

Lilli stützte es von unten mit der Hand und fragte: »Hast du dich verletzt?«

Nach wie vor blieb Kiki stumm. Unablässig stierte sie nach oben in die Baumkrone. Das Herz in ihrer Brust schlug so kräftig, dass Lilli es von außen an ihrer Hand spüren konnte.

»Ich glaube, sie steht unter Schock«, vermutete Jesahja flüsternd.

Lilli nickte und versuchte vorsichtig, Kikis eingeklemmte Krallen zu befreien.

»Ei-ein Monster. Da-da-da war ein Monster«, gab Kiki plötzlich völlig verstört von sich.

»Ein Monster?« Lilli warf ihren Freunden einen entsetzten Blick zu.

»Ein Monster?«, wiederholten Jesahja, Bonsai und Frau von Schmidt wie aus einem Mund – in allerdings völlig unterschiedlichen Sprachen.

»Könntest du es beschreiben?«, fragte Lilli.

»Jajajaklar!«, erwiderte Kiki, die allmählich

wieder zu sich zu kommen schien. »Das Monster war ganz schrecklich und – und furchtbar monsterhaft«, sagte sie in rasantem Tempo.

»Geht es vielleicht ein wenig genauer?«, hakte Lilli nach. Dabei löste sie behutsam etwas Rinde vom Baum.

»Jajajasicher«, sprudelte es unterdessen aus Kiki hervor. »Es war nicht nur ganz schrecklich und furchtbar monsterhaft. Es war auch ungeheuerlich schauderhaft!«, quiekte sie angsterfüllt. »Ich wollte gerade meine superflauschige Federweichsache ins Nest legen, als ich es entdeckte. Das Monster sah mich aus meinem Nest heraus an und wollte – es wollte mich …« Sie stockte und fing wieder an zu zittern.

»Schon gut. Hab keine Angst.« Liebevoll streichelte Lilli das verschreckte Eichhörnchen. »Bei uns bist du sicher«, versuchte sie, es zu beruhigen. Und es schien zu wirken.

Kiki betrachtete nacheinander alle Anwesenden, sammelte sich und erzählte schließlich weiter: »Es durchbohrte mich mit seinem Blick. Dann … bewegte es sich plötzlich. Auf der Stelle ließ ich meine Fundfederweichsache fallen und rannte um mein Leben.«

Kaum hatte Lilli für die anderen übersetzt, da entfuhr es Frau von Schmidt: »Das ist ja grauenvoll! Dieses Monster hat, wie es mir scheint, keinerlei Benehmen.«

Lilli hatte noch nie etwas von Benimmregeln für Monster gehört. Doch sie hatte momentan auch gar keine Zeit, um sich näher mit diesem Thema zu befassen. Sie war viel zu sehr damit beschäftigt, Kikis Krallen zu befreien.

»Geschafft.« Endlich war es ihr gelungen. Vorsichtig nahm sie Kiki nun in beide Hände und musterte sie.

»Bist du okay?«, fragte sie sanft.

»Ich glaube schon«, antwortete Kiki zögerlich. Doch sie leckte immer wieder ihre rechte Pfote.

Bevor Lilli sie aber darauf ansprechen konnte, meldete sich Jesahja zu Wort. »Ich denke nicht, dass dort oben wirklich etwas sehr Gefährliches ist. Trotzdem sollten wir mal nachsehen, allein schon, damit Kiki beruhigt ist.«

»Du hast recht. Aber wie sollen wir das tun?« Lillis Blick wanderte langsam den Baum hinauf. »Keiner von uns kann da hochklettern. Das ist viel zu weit oben. Es sei denn …« Gleichzeitig schauten sie und Jesahja auf Frau von Schmidt hinunter. »Würden vielleicht Sie auf den Baum klettern, um nachzusehen, was Kiki bedroht hat?«, fragte Lilli die Katzendame.

»Dies scheint mir eine doch äußerst waghalsige Angelegenheit zu sein«, miaute die Katze bedächtig. »Mit Monstern, die kein Benehmen haben, ist nicht zu spaßen. Schon gar nicht mit ungeheuerlich schauderhaften. Das sind, wie jeder weiß, die gefährlichsten von allen.«

»Es ist aber wirklich wichtig. Sie würden uns damit sehr, sehr helfen. Ganz besonders Kiki«, sagte Lilli.

Die Katzendame legte den Kopf schief und wischte ein paarmal mit dem Schwanz über den Rasen. »Na, schön«, gab sie schließlich gnädig von sich. »Es wäre unhöflich, nicht zu helfen, wenn man dazu im Stande ist. Aber falls man mich frisst, mache ich höchstpersönlich Sie, Madame von Susewind, dafür verantwortlich.«

»Ich verstehe«, erwiderte Lilli. »Doch ich bin mir sicher, dass es nicht dazu kommen wird.«

»Nun denn …« Die Katzendame schaute nach oben, als würde sie den Baum genau studieren. Dann stieß sie sich aus der Hocke heraus mit ihren Hinterbeinen vom Boden ab und sprang auf den nächstgelegenen Ast.

Geschmeidig und scheinbar völlig mühelos kletterte sie von dort die dicke Eiche hinauf bis zu Kikis Kobel.

»Und?«, rief Lilli mit dem Kopf im Nacken. »Sehen Sie was?«

»Selbstverständlich sehe ich was«, erwiderte die Katzendame.

»Ich meine, irgendeine Spur von dem Monster?«

Frau von Schmidt linste in den Kobel hinein. »Ich kann kein Monster entdecken. Jedoch drängt sich mir aus der Behausung der Flitzherrschaft ein äußerst strenger Geruch

auf – pfui. Eine echte Zumutung für meine feine Nase«, klagte sie und trat schnell den Rückzug an.

Wieder unten angekommen, sagte sie: »Da mein legendärer Detektivsinn nun geweckt wurde, habe ich beschlossen, die Suche nach dem Monster etwas auszuweiten – nur um sicherzustellen, dass mir keinerlei Gefahr droht, wenn ich hier im Park mal wieder ein Schläfchen halte.« Sie wandte sich um und schritt davon. »Sie können unterdessen hier auf mich warten und sich schon mal überlegen, wie Sie mir für meinen selbstlosen Einsatz in dieser

Angelegenheit danken möchten«, fügte sie hinzu, ohne stehen zu bleiben.

»Wo will denn Schmidti hin?«, fragte Jesahja verwundert.

»Sie glaubt anscheinend, sie wäre eine Meisterdetektivin und will sich in der Gegend umschauen. Im Nest hat sie jedenfalls kein Monster gesehen«, sagte Lilli mit Blick auf Kiki.

»Hmmm. Das ist seltsam. Ich hätte schwören können, dass da eins war. Wirklich«, gab Kiki grüblerisch von sich. Doch sogleich hellte sich ihre Stimmung wieder auf. »Wenn es da aber

gar kein Monster gibt, dann kann ich ja weiter an meinem Nest bauen. Hujjjj, was für ein Glück! Duuu, Lilli könntest du mich absetzen? Ich muss dringend neue Federweichsachen suchen.«

»Bist du sicher, dass du wieder fit genug bist, um durch die Gegend zu flitzen?«, erkundigte sich Lilli.

»Ich muss es tun. Ich habe gar keine andere Wahl«, sagte sie. »Ich brauche ganz schnell mindestens ein fix und fertiges Nest.«

»Richtig. Die Sache mit deinem Bauchgefühl, stimmt's?«

»Ganz genau«, bestätigte Kiki.

Lilli machte sich zwar Sorgen wegen der Pfote, aber was sollte sie tun? Sie konnte Kiki schließlich nicht gegen ihren Willen festhalten. Also setzte sie das Eichhörnchen vorsichtig auf den Boden.

Doch kaum wollte es losdüsen, da zuckte es auch schon schrillend zusammen. »Au!«

»Dürfte ich mal sehen?«, fragte Lilli, worauf Kiki ihr bereitwillig die schmerzende Pfote hinhielt. »Du blutest ja!«, bemerkte Lilli besorgt.

»Zeig her.« Jesahja hockte sich zu ihnen. »Am besten nehmen wir Kiki mit zu dir«, sagte er nach einem raschen Blick. »Vielleicht kann dein Vater sich das mal ansehen, die kleine Wunde ordentlich saubermachen und Kiki was gegen die Schmerzen geben.«

»Das ist eine sehr gute Idee!« Lillis Vater war Heilpraktiker und kannte sich bestens mit Kräutern und natürlichen Heilmitteln aus. Er konnte bestimmt helfen.

Das schien Kiki momentan allerdings wenig zu interessieren. Trotz der Schmerzen bestand sie darauf, ihren Kobel zu Ende zu bauen.

Sie leckte sich die Wunde sauber und war einfach nicht umzustimmen.

»Ich glaube, es wäre wirklich besser, wenn du deine Pfote vorerst nicht belasten würdest«, riet

Lilli ihr. »Sonst könnte es schlimmer werden. Abgesehen davon kannst du mit der Verletzung doch ohnehin nicht klettern. Wie willst du da an dein Nest herankommen?«

»Oje, du hast recht«, schnalzte Kiki betrübt. »Was mache ich denn jetzt nur? Ich brauche doch unbedingt ein kuscheliges Nest.«

Nachdenklich biss Lilli sich auf die Unterlippe. Dabei wurde ihr eins ganz schnell klar: Sie würde Kiki helfen! Sie musste es tun. Das sagte ihr ganz deutlich ihr eigenes Bauchgefühl.

Der Besserwisser im Federkleid

»Ich bin voll dabei!«, wuffte Bonsai.

»Ich habe zwar noch nie einen Kobel gebaut, aber gemeinsam kriegen wir das sicher hin«, sagte Jesahja, nachdem Lilli alle in ihren Plan eingeweiht hatte.

»Sie machen mit«, verkündete sie Kiki freudestrahlend. »Wir bauen dir ein Nest.«

»Das würdet ihr wirklich für mich tun?«, fragte Kiki gerührt.

»Natürlich!« Lilli setzte sich das Eichhörnchen auf die Schulter. »Wollen wir direkt loslegen?«

Kiki zwitscherte zustimmend. »Zunächst brauchen wir jede Menge Bauzeugs. So was wie Zweige, Nadeln und Blätter. Und für innen drin benötigen wir Gras, Moos, Rinde … Federn wären auch toll. Oder Fell. Halt alles, was schön weich ist«, erklärte sie.

Lilli gab es an die anderen weiter, und sofort schwirrten alle aus. Kurz darauf waren sie mit den unterschiedlichsten Dingen schon wieder zurück.

»Wie wunderbar!« Zufrieden betrachtete Kiki die Fundsachen. »Wenn wir in dem Tempo weitermachen, sind wir ratzfatz fertig«, sagte sie, worauf sich Lilli und ihre Freunde gleich an die Arbeit machten.

Während Bonsai ihnen mit wedelnden Ohren die gesammelten Ästlein und Federn anreichte, versuchten Lilli und Jesahja, sie irgendwie miteinander zu verflechten.
Langsam nahm der Kobel Form an.
Kiki war hin und weg. »Oh! Das Wichtigste hätte ich beinahe vergessen«, rief sie jedoch plötzlich aus. »Ich brauche unbedingt zwei Schlupflöcher. Nur für den Fall, dass doch noch ein Monster auftauchen sollte.«

»Verstanden«, erwiderte Lilli, als ein lautes Krähen ertönte.

»Ich weiß nicht, was ihr da baut, aber es ist mit Sicherheit kein anständiges Nest.«

Lilli drehte ihren Kopf zur Seite und bemerkte einen großen pechschwarzen Vogel.

»Nein, nein. Kein anständiges Nest«, krächzte er von einem Baum aus.

Lilli schaute von dem Vogel zum Kobel. »Was stimmt denn damit nicht?«, fragte sie verunsichert.

»Das Ding fällt zusammen, sobald … Ach, wartet. Ich zeige es euch.« Der Vogel erhob sich in die Luft, stürzte hinunter und schlug über dem Nest dreimal kräftig mit seinen Flügeln. Im Nu fiel das Gebilde in sich zusammen.

Wie auf Kommando schimpfte Bonsai laut bellend. Kiki fiepte enttäuscht, und Jesahja wedelte wild mit den Armen, um den Vogel zu vertreiben.

Lilli hingegen murmelte: »Wartet.«

Sofort verstummten alle und sahen sie an.

»Der Vogel hat nichts falsch gemacht«, fuhr sie betrübt fort, während dieser sich ein wenig weiter weg auf dem Boden niederließ. »Das Nest war nun mal nicht stabil genug.«

»Stimmt!« Nachdenklich kratzte Jesahja sich am Kopf. »Kiki braucht ein sicheres Nest und keins, das beim kleinsten Windstoß auseinanderfällt.«

»Genau«, stimmte Lilli geknickt zu.

»Hey, Moment mal!«, rief Jesahja aus. »Soweit ich weiß, leben Eichhörnchen auch in Baumhöhlen.«

»Ja, richtig.« Lillis Gesicht hellte sich auf. »Kiki, muss es denn wirklich ein Kobel sein?«

»Nicht unbedingt.«

»Dann würde eine Baumhöhle reichen?«

»Ja, schon.«

»Super!« Lilli klatschte in die Hände, während Jesahja bereits fündig geworden war.

»Da oben ist eine.« Fix legte er die Finger ineinander und ging leicht in die Knie. »Los, Lilli. Komm.«

Mit Kiki auf der Schulter, stellte Lilli einen Fuß in Jesahjas Hände. Nur eine Sekunde später lugte sie in die Baumhöhle hinein.

»Nananana!«, zwitscherte es ihr sogleich entgegen. »Was wird denn das, wenn es fertig ist? Etwa noch nie was von Privatsphäre gehört?« Ein kleiner Vogel drängte sich aus dem Loch und ließ Lilli zurückweichen.

»Oh, entschuldige bitte. Wir wollten dich nicht stören. Es ist nur so, dass wir auf der Suche nach einer leeren Baumhöhle sind«, erklärte sie dem Vogel höflich.

»Dann müsst ihr wohl weitersuchen. Hier lebe nämlich ich. Und ich habe nicht vor auszuziehen«, piepste er und verschwand wieder.

Lilli stieg von der Räuberleiter. »Und was jetzt?«, fragte sie in die Runde.

»Keine Sorge. Ich mach das schon«, wuffte Bonsai aufmunternd und legte los: Er buddelte ein stattliches Loch, zupfte ein paar Grashalme aus und ließ sie hineinrieseln. »Fertig! Problem gelöst! Ein hammermäßiges Nest! Bin ich der Beste, oder bin ich der Allergrößte?« Er stolzierte um das Loch herum.

»Das ist wirklich ein ganz tolles Loch, Bonsai. Aber Eichhörnchen sind nun mal keine Hühner.«

Lilli zuckte mit den Schultern.

»Dann bin ich doch nicht der Allergrößte?«, winselte der Hund enttäuscht.

Lilli lächelte schwach und streichelte seinen Kopf. »Ich glaube, wir brauchen einen etwas erfahreneren Nestbauer.«

Kaum hatte sie das gesagt, da fiel ihr der große Vogel ein. »Kannst du uns vielleicht helfen?«, wandte sie sich an ihn.

»Ich? Ich bin nur auf der Durchreise.« Er breitete seine Flügel aus. »Und meine Pause ist jetzt leider vorbei.«

Lilli ließ die Schultern hängen. Dabei musste sie ziemlich mitleiderregend ausgesehen haben. Denn der Vogel faltete seine Flügel wieder ein und krähte: »Aber ich könnte euch einen Rat geben, bevor ich weiterziehe.«

»Ja, bitte!« Lilli durchströmte ein Gefühl der Hoffnung.

»Wenn ihr wollt, dass es hält, müsst ihr es kleben«, krähte der Vogel.

»Kleben?« Lilli runzelte die Stirn.

»Spinnweben eignen sich da hervorragend. Probiert es einfach mal aus«, schlug er vor und erhob sich in die Luft. »Viel Glück!«, rief er und flog davon.

Mittlerweile dämmerte es. Doch Lilli und ihre Freunde starteten einen erneuten Versuch, ein anständiges Nest zu bauen. Und nach nur kurzer Zeit hatten sie es geschafft: Sie hatten wieder einen Kobel geformt!

Nun kamen die Spinnennetze zum Einsatz, die Lilli und Jesahja mit viel Bedacht gesammelt hatten. Nur alte und verlassene wurden ausgewählt. Schließlich wollten sie keiner Spinne Schaden zufügen.

»Ich fasse es nicht.« Jesahja war ganz aus dem Häuschen. »Der Vogel hatte recht. Der Trick mit den Spinnweben funktioniert ja tatsächlich.«

»Das ist das allerschönste Nest, das ich

je gesehen habe!«, gluckste Kiki. Ohne die verletzte Pfote zu belasten, hüpfte sie in den Kobel. »Nur noch etwas mehr Moos, und es ist einfach perfekt!«

In diesem Augenblick erschien Frau von Schmidt wieder auf der Bildfläche. »Ihr quälendes Warten auf mich hat ein Ende«, mauzte sie. »Ich habe die gesamte Gegend aufs Genaueste durchforstet. Und Sie können alle beruhigt sein. Meinem feinen Spürsinn entgeht, wie jedermann weiß, absolut nichts. Ich versichere allen Anwesenden, dass es hier keine Monster gibt«, verkündete sie stolz.

Doch plötzlich machte Jesahja schreiend einen Satz in die Höhe.

»Was ist passiert?«, fragte Lilli aufgeschreckt.

»Ich bin mir nicht sicher. Ich glaube, ich habe einen Schatten an mir vorbeihuschen sehen«, antwortete er nervös.

Da vernahm Lilli ein unheimliches Geräusch.

»Habt ihr das auch gehört?« Ein Schauer lief ihr den Rücken hinunter. Hektisch sah sie sich nach allen Seiten um. Erst jetzt fiel ihr auf, wie düster es mittlerweile geworden war.

Mit gespitzten Ohren standen nun alle wie erstarrt da. Sie lauschten in die Stille hinein. Und dann hörten sie es alle: ein Geräusch ganz in ihrer Nähe, das zu wandern schien.

»Nun ja«, druckste Frau von Schmidt kleinlaut herum. »Vielleicht ist hier ja doch etwas, das meiner feinen Spürnase entgangen ist.«

»D-d-das ist das Mo-monster«, fiepte Kiki. »Ich-ich kann es riechen!«

»Du riechst es?«, hakte Lilli nach.

Sofort flippte Bonsai aus: »Riechen? Hier! Hier! Mein Spezialgebiet. Ich bin der Oberriechprofi. Wenn es hier was zu riechen gibt, dann rieche ich es. Ich rieche was! Da! Da ist was!« Er wollte gerade die aufgenommene Fährte verfolgen, doch Lilli hielt ihn auf.

»Nein, Bonsai«, rief sie. »Du bleibst hier. Es ist zu dunkel, und ich habe ein echt ungutes Gefühl. Vielleicht ist das Monster richtig gefährlich.«

»Und genau deswegen sollten wir jetzt lieber von hier verschwinden«, gab Jesahja von sich.

»Eine richtig gute Idee«, keuchte Lilli. »Wir gehen. Und zwar alle. Du auch, Kiki. Ich nehme dich für heute Nacht mit zu mir. Nur zur Sicherheit, ja?«

»Aber was ist mit meinem Kobel?«, fragte das Eichhörnchen ängstlich.

»Den verstecken wir hier im Gebüsch. Morgen machen wir ihn fertig«, sage Lilli, um Kiki zu beruhigen.

Doch bei sich dachte sie zitternd: Vorausgesetzt, uns läuft kein Monster über den Weg.

Ein monstermäßiges Missverständnis

»Mama, Papa? Wo seid ihr?«, rief Lilli, als sie kurze Zeit später mit Jesahja, Bonsai und Frau von Schmidt zu Hause angekommen war.

»Wir sind hier!«, kam es zurück.

Sofort fiel jede Anspannung von Lilli ab. Denn hier gab es zum Glück kein Monster, das ihnen gefährlich werden konnte.

Gemeinsam mit Jesahja schlurfte sie ins Wohnzimmer, wo ihre Eltern Tee tranken.

»Ist Oma nicht da?«, fragte Lilli.

»Sie ist mit einer Freundin ausgegangen«, antwortete ihre Mutter, während Bonsai und Frau von Schmidt es sich gemeinsam auf dem Sessel bequem machten.

»Na, hattet ihr einen schönen Tag im Park?«, erkundigte sich Lillis Vater interessiert.

»Ähm … es war … aufregend«, erwiderte Lilli zögernd. »Und ich hab da was aus dem Park mitgebracht.« Sie warf Jesahja kurz einen verschwörerischen Blick zu. Dann senkte sie ihren Kopf und flüsterte: »Du kannst dich jetzt zeigen.«

Im Nu schoben sich zwei kleine Pinselöhrchen unter ihrem Pulli hervor.

»Ach, du meine Güte.« Lillis Mutter lächelte, als kurz darauf Kikis gesamter Kopf hinauslugte. »Ein Eichhörnchen.«

Nun erzählten Lilli und Jesahja

abwechselnd, was sie heute alles erlebt hatten. Eins ließen sie dabei jedoch aus: die Sache mit dem Monster. Lilli wollte nicht, dass ihre Eltern sich Sorgen machten – oder ihnen womöglich verboten, am nächsten Tag wieder in den Park zu gehen.

Als sie fertig waren, bat Lilli ihren Vater, sich Kikis Pfote anzusehen.

»Das wird schon wieder«, sagte er, nachdem er das Eichhörnchen genau durchleuchtet hatte. »Die Blutung hat längst von alleine aufgehört. Kiki braucht nur Ruhe. Wenn sie die Pfote ein paar Tage schont, kann sie im Handumdrehen wieder durch die Gegend düsen. Aber da ist was anderes.« Plötzlich schaute er sehr ernst drein.

»Was denn?« Besorgt riss Lilli die Augen auf.

Ihr Vater atmete tief durch. Und dann sagte er: »Sie wird bald Mama.«

»Wie bitte?!« Lilli und Jesahja klappten vor Überraschung die Kinnladen nach unten.

»Es kann nicht mehr lange dauern«, fuhr Herr Susewind heiter fort.

»Jetzt verstehe ich, wieso sie so schnell wie möglich Nester bauen wollte«, murmelte Lilli in Jesahjas Richtung. Dann wandte sie sich an Kiki. »Du bekommst bald Junge. Auf dein Bauchgefühl ist echt Verlass!«

Lilli freute sich riesig über diese Neuigkeit. So sehr, dass die Wohnzimmerpflanzen sich ordentlich schüttelten und ein ganzes Stück in die Höhe schossen.

Was für ein Tag, dachte Lilli, als sie einige Zeit später im Bett lag. In ihrem Kopf herrschte Durcheinander. Sie schwankte zwischen Glücksgefühlen und Furcht.

Auf der einen Seite war da die Vorfreude auf die Eichhörnchen-Babys, auf der anderen große Beklommenheit wegen des Monsters. Wären da vorhin im Park nicht diese unheimlichen Geräusche gewesen, hätte Lilli es womöglich längst vergessen. Aber so hatte sie ein äußerst mulmiges Gefühl.

Lilli versuchte, den Gedanken daran aus ihrem Kopf zu verbannen. Doch jedes Mal, wenn sie die Augen schloss, ploppten Bilder von furchterregenden Ungeheuern vor ihr auf.

Irgendwann schlief sie dennoch ein und träumte von kleinen knuffigen Eichhörnchen.

Neugierig erkundeten sie jeden einzelnen Baum im Park. Sie sprangen umher, spielten, tobten und waren völlig unbeschwert. Doch plötzlich war da ein dunkler Schatten.

Er kam immer näher auf die Eichhörnchen zu. Da wachte Lilli auf. Sie schwitzte und atmete schwer.

Ein grauenhafter Albtraum, dachte sie, schüttelte sich und warf einen Blick auf Kiki. Die hatte sich eng an den schnarchenden Bonsai gekuschelt und schlief ebenfalls. Lilli lächelte erleichtert.

Als sie am Morgen mit Jesahja, Frau von Schmidt, Bonsai und Kiki auf dem Weg in den Park war, schlich sich der Schatten allerdings wieder in ihren Kopf.

»Ist mit dir alles okay?«, fragte Jesahja. »Du bist so blass um die Nase.«

Lilli seufzte und erzählte ihm von ihrem Albtraum.

Kaum war sie fertig, sagte er: »Das wundert mich gar nicht. Offen gestanden habe ich seit gestern Abend auch ein komisches Gefühl«, gab er zu. »In dem Park ist was. Ich bin mir ganz sicher. Das können wir uns nicht alle nur eingebildet haben.«

»Ich weiß«, erwiderte Lilli bedrückt. »Und wenn Kiki dort wirklich ihre Babys bekommen soll, dann müssen wir uns unbedingt etwas einfallen lassen.«

»Nicht nötig. Ich habe schon einen Einfall«, wuffte Bonsai, der neben ihnen her trippelte und aufmerksam zugehört hatte. »Ich belle das Monster platt. Richtig platt. Platter als platt.«

»Hm, vielleicht irren wir uns ja doch. Vielleicht ist da kein Monster – und wir machen uns völlig umsonst verrückt. Vielleicht war es nur das Rascheln der Blätter in den Bäumen, das uns so erschreckt hat. Ich meine, es war dunkel. Da erscheint einem alles viel schauderhafter und bedrohlicher, oder?«, sagte Lilli hoffnungsvoll.

Doch diese Hoffnung zerplatzte nur wenige Minuten später wie eine Seifenblase. Denn kaum standen sie am Strauch, in dem sie tags zuvor den Kobel versteckt hatten, gab Bonsai plötzlich Laut. »Ich rieche was! Vorsicht! Vorsicht, da ist was!«

Vom Gebell alarmiert, verkroch sich Kiki augenblicklich unter Lillis Pullover. Frau von Schmidt fauchte und machte einen Buckel.

Lilli legte rasch einen Zeigefinger auf ihre Lippen. Obwohl ihr Herz wie verrückt raste und ihr bange war, flüsterte sie: »Pssst. Ganz ruhig. Was auch immer es ist, ich will versuchen, mit ihm zu sprechen.«

Leise schob sie die Zweige des Gebüsches

zur Seite und legte den Kobel frei. Mit zitternden Knien hockte sie sich hin und spähte hinein.

Und tatsächlich! In dem Kobel lag jemand. Lilli machte große Augen. »Es ist ein Baummarder«, murmelte sie in Jesahjas Richtung.

Ohne zu bemerken, dass er beobachtet wurde, naschte der Marder genüsslich Eicheln.

Erst als Lilli ihn ansprach, riss er sich von seinem Futter los und starrte sie an. Dann sagte er: »Besuch? Darauf war ich überhaupt nicht vorbereitet. Aber nun gut. Kommen Sie rein. Kommen Sie rein in mein trautes Heim.«

Lilli war überrascht, wie höflich der Marder zu sein schien. Aber sie war ja auch kein Eichhörnchen und stand somit nicht auf seinem Speiseplan.

»Entschuldigen Sie bitte, aber das ist nicht Ihr Heim«, sagte Lilli zaghaft.

»Natürlich ist es das«, erwiderte der Mader. »Das ist mein Zweitwohnsitz. Ist er nicht wundervoll?«

»Zweitwohnsitz? Wie meinen Sie das?«, fragte Lilli verwirrt.

»Ich kann mein Glück selbst kaum fassen, aber erst kürzlich habe ich eine richtig tolle Behausung da oben in der Eiche gefunden.« Der Marder nickte zu dem Kobel hinauf, an dem Kiki gebaut hatte.

»Ach, dann waren Sie das gestern!«, rief Lilli, der nun einiges klar wurde. »Wegen Ihnen hat sich Kiki so erschreckt – und wir uns im Übrigen auch.«

Nun schien der Marder verwirrt zu sein. »Wer ist denn Kiki?«, fragte er. »Und wieso hat sie sich erschreckt?«

»Kiki ist unsere Eichhörnchen-Freundin. Für sie haben wir das Nest gebaut, in dem Sie gerade sitzen«, erwiderte Lilli.

»Ja, genau!«, kläffte Bonsai. »Das ist die Hütte vom Puschelschwanz. Also, raus da! Mach die Biege! Sonst belle ich dich platt.«

Sofort drängte sich der Marder eingeschüchtert gegen die Hinterwand des Kobels. »Hey, hey, hey! Wieso ist dein Freund so aggressiv?«

»Er möchte uns beschützen«, erklärte Lilli. »Er befürchtet, dass Sie unsere Freundin – wie soll ich es sagen? Na, dass Sie sie fressen wollen.«

»Was? Wer? Iiiich?!« Das kleine Raubtier brach in lautes Mardergelächter aus. »Der ist gut! Ein echt guter Witz!« Er amüsierte sich offenbar köstlich. Doch als niemand mit ihm lachte, beruhigte er sich allmählich. »Das war kein Witz?«

Lilli schüttelte ihren Kopf.

»Also, du hast das ernst gemeint?«

Nun nickte Lilli.

Der Marder schien aus allen Wolken zu fallen. »Aber wo denkt ihr denn hin? Ich fresse keine Eichhörnchen. Sie schmecken mir nicht. Sie sind zäh. Und viel zu flink für meine uralten müden Knochen. Nee, nee, nee! In meinem Alter sitze ich lieber gemütlich in einem kuscheligen Kobel und nasche Früchte, Beeren oder Nüsse. Alles, was ein Fell hat, liegt mir viel zu schwer im Magen.«

Mit einer Kopfbewegung deutete er wieder zu dem Nest in der Eiche hinauf. »Ich bin nur in diese Gegend gezogen, weil ich die luxuriöse Villa da oben entdeckt habe. Ein echtes Schmuckstückchen. Überaus bequem und kuschelig. Der Baumeister ist ein wahres Genie. Ich hätte mich ja gerne persönlich bei ihm dafür bedankt. Aber er ist vor mir weggerannt.«

Lilli war baff. Damit hatte sie nun wirklich nicht gerechnet. Schnell übersetzte sie alles für ihre Freunde. Und auch die waren völlig verblüfft.

»Tut mir leid, Kumpel«, wuffte Bonsai in den Kobel hinein. »Hab dich wohl falsch eingeschätzt.«

»Das haben wir alle«, fügte Lilli kleinlaut hinzu, während Kiki sich wieder auf ihrer Schulter platzierte.

Dieser Marder war wirklich kein schreck-furcht-schauderhaftes Monster. Ganz im Gegenteil. Denn nachdem Lilli ihm die ganze Situation erklärt hatte, entschuldigte er sich sogar für das monstermäßige Missverständnis.

Kiki nahm es ihm nicht mehr krumm. Sie fühlte sich wohl geschmeichelt, dass jemand ihr Bautalent so sehr zu schätzen wusste. Und so überließ sie dem Marder mit Freuden das Nest hoch oben in der Eiche.

Kaum war er aus dem Boden-Kobel geschlichen, da meldete sich mit einem Mal offenbar wieder Kikis Bauchgefühl. »Oj-joj! Ich muss ganz schnell in mein Nest«, fiepte sie aufgeregt.

»Jetzt?« Lilli ahnte, was los war. »Ich dachte, wir würden noch Zeit haben, es in einem Baum zu befestigen.«

»Das muss warten«, erwiderte Kiki eindringlich.

Sofort setzte Lilli sie auf den Boden, und sie verschwand in ihrem neuen Kobel.

Nun war es also so weit: Kiki bekam ihre Babys!

Frau von Schmidt vertrieb sich die Wartezeit mit einem gepflegten Schläfchen. Bonsai hüpfte voller Vorfreude wie ein kleiner Flummi umher. Und der Marder? Der schien sich ebenfalls sehr auf den Eichhörnchen-Nachwuchs zu freuen.

Lilli und Jesahja saßen wie auf glühenden Kohlen. In ihrer Vorstellung sah Lilli die putzigen Kleinen bereits durch die Gegend flitzen.

In nur wenigen Wochen würden sie zum ersten Mal ihr Nest verlassen. Ihre Kletterversuche wären dann sicher ganz vorsichtig und zaghaft. Doch mit der Zeit würden sie immer wilder und ungestümer werden.

Verspielt würden sie schließlich irgendwann ihre Umgebung erobern, sich gegenseitig necken und jagen, eigene Nester bauen und Futter vergraben.

Bei diesen Bildern machte sich ein glücksblubberndes Bauchgefühl in Lilli breit.

Friedrich Schiller

Die Räuber. Ein Schauspiel

Kommentierte Ausgabe mit Wort- und Sacherklärungen für die Gymnasiale Oberstufe

Herstellung: Karl A. Fiedler

aionas

Der Text wurde den Regeln der neuen deutschen Rechtschreibung angepasst. Interpunktion, Lautstand und grammatikalische Eigenscha ten wurden hierbei gewahrt.

erschienen 2014
im aionas Verlag, Marstallstr. 1, Weimar
1. Auflage, 2014
ISBN (Print): 978-1505586251
Coverbiild: © Fernando Cortés - Fotolia.com

Inhalt

DIE RÄUBER

Ein Schauspiel

Hippocrates[1]
Quae medicamenta non sanant, ferrum sanat,
quae ferrum non sanat, ignis sanat.[2]

1 Hippokrates: Hippokrates von Kos (460–370 v. Chr.), ein berühmter griechischer Arzt, der als Begründer der Medizin als Wissenschaft gilt.

2 Quae … sanat: Ein Aphorismus des Hippokrates als Motto für das Drama: »Was Heilmittel nicht heilen, heilt das Eisen, was das Eisen nicht heilt, das Feuer.«

Personen

Maximilian, *regierender Graf von Moor.*

Karl,
Franz, *seine Söhne.*

Amalia, *von Edelreich*[3].

Spiegelberg,
Schweizer,
Grimm,
Razmann,
Schufterle,
Roller,
Kosinsky,
Schwarz, *Libertiner*[4], *nachher Banditen.*

Hermann, *Bastard*[5] *von einem Edelmann.*
Daniel, *Hausknecht des Grafen von Moor.*
Pastor Moser[6].
Ein Pater.
Räuberbande.
Nebenpersonen.

(Der Ort der Geschichte ist Teutschland, die Zeit ohngefehr zwei Jahre.)

3 Amalia von Edelreich: In einer späteren Fassung wird die verwandtschaftliche Beziehung der Amalia näher beschrieben. Amalia ist die *Nichte des Grafen.*

4 Libertiner: Begriff aus dem Französ. für Freidenker, Freigeist. Der Begriff bezeichnet Menschen, die sich gegen die bestehende Ordnung wenden. Dazu gehören u.a. Anarchisten und Aufständische.

5 Bastard: ein uneheliches Kind, dessen Vater bekannt ist

6 Pastor Moser: Schiller war in Lorch Schüler des Pastors Philipp Ulrich Moser (1720–1792), bei dem er 1765–1766 in Griechisch, Latein und Religion unterrichtet wurde. Moser war eine zentrale Figur bei der Verbreitung des Pietismus in Württemberg. Der Pietismus ist eine Reformbewegung im Protestatismus, der sich auf zentrale Anliegen der Reformation rückbesann. Er ging von einer mangelhaften christlichen Lebensführung aus und maß dem persönlichen Glauben und der Persönlichkeit des Einzelnen und dessen Empfindungen einen hohen Stellenwert zu.

Vorrede[7]

Man nehme dieses Schauspiel für nichts anders als eine dramatische Geschichte, die die Vorteile der dramatischen Methode, die Seele gleichsam bei ihren geheimsten Operationen zu ertappen, benutzt, ohne sich übrigens in die Schranken eines Theaterstücks einzuzäunen, oder nach dem so zweifelhaften Gewinn bei theatralischer Verkörperung zu geizen. Man wird mir einräumen, daß es eine widersinnige Zumutung ist, binnen drei Stunden drei außerordentliche Menschen[8] zu erschöpfen, deren Tätigkeit von vielleicht tausend Räderchen abhänget[9], so wie es in der Natur der Dinge unmöglich kann gegründet sein, daß sich drei außerordentliche Menschen auch dem durchdringendsten Geisterkenner innerhalb vierundzwanzig Stunden entblößen. Hier war Fülle ineinandergedrungener Realitäten[10] vorhanden, die ich unmöglich in die allzu engen Palisaden des Aristoteles und Batteux[11] einkeilen konnte.

Nun ist es aber nicht sowohl die Masse meines Schauspiels als vielmehr sein Inhalt, der es von der Bühne verbannet. Die Ökonomie[12] desselben machte es notwendig, daß mancher Charakter auftreten mußte, der das feinere Gefühl der Tugend beleidigt und die Zärtlichkeit[13] unserer Sitten empört. Jeder Menschenmaler ist in diese Notwendigkeit gesetzt, wenn er anders eine Kopie der wirklichen Welt und keine idealische[14] Affektationen[15], keine Kompendienmenschen[16] will geliefert haben. Es ist einmal so die Mode in der Welt, daß die Guten durch die Bösen schattiert[17] werden und die Tugend im Kontrast mit dem Laster das lebendigste Kolorit[18] erhält. Wer sich den Zweck vorgezeichnet hat, das Laster zu stürzen und Religion, Moral und bürgerliche Gesetze an ihren Feinden zu rächen, ein solcher muß das Laster in seiner nackten Abscheulichkeit enthüllen und in seiner kolossalischen[19] Größe vor das Auge der Menschheit stellen — er selbst muß augenblicklich seine nächtlichen

---

7 Vorrede: Schiller hatte noch während des Druckes Änderungen an seinem Stück vorgenommen. Die ursprüngliche Vorrede wurde durch die hier vorliegende ersetzt. Ebenfalls wurde der Druckbogen B durch einen anderen ersetzt. Beides, unterdrückte Vorrede und unterdrückter Bogen B sind im Anhang zu finden.

8 drei außerordentliche Menschen: Es ist unklar, welche der Personen neben Karl und Franz hiermit gemeint sind. Ursprünglich sollte Spiegelberg eine gewichtere Rolle spielen, was aus dem unterdrücken Druckbogen B hervorgeht. Wahrscheinlich aber ist Amalia gemeint, die ihre Liebe zu Karl ins Absolute setzt und somit einer sittliche, harmonische Ordnung vertritt, die von Karl bereits verworfen hatte.

9 tausend Räderchen abhänget: Schiller verwendet das Bild als Metapher für die vielschichtige Wechselwirkung von Körper und Geist.

10 ineinandergedrungener Realitäten: *aufeinander bezogene Tatsachen*

11 Palisaden des Aristoteles und Batteux: *Palissaden* stammt aus dem Französ. für *Pfähle*. Schiller spielt hier auf die Regeln der Dramatik an, die Aristoteles im Altertum aufstellte. Insbesondere geht es um die Einheit von Ort, Zeit und Handlung. Durch Charles Batteux (1713—1780) wurden diese Regeln sehr dogmatisch ausgelegt. Deren Allgemeingültigkeit wurden durch die Dichter des Sturm und Drang angezweifelt. Schon Shakespeare durchbrach in England mit seinen Bühnenstücken dieses Regelwerk.

12 Ökonomie: die Anordnung des ganzen Schauspiels, sein Entwurf bzw. Bau

13 Zärtlichkeit: Weichheit

14 idealische: hier im Sinne von *unwirkliche*

15 Affektationen: aus dem Französ. von *affectation* für *Künstlichkeit*

16 Kompendienmenschen: *Lehrbuch-* oder auch *Bilderbuchmenschen. compedium* (latein.) für *Lehrbuch*

17 schattiert: *kontrastiert*

18 Kolorit: *Färbung*

19 kollosalischen: *riesigen, ungeheuerlichen*

Labyrinthe[20] durchwandern, – er muß sich in Empfindungen hineinzuzwingen wissen, unter deren Widernatürlichkeit sich seine Seele sträubt.

Das Laster wird hier mitsamt seinem ganzen innern Räderwerk entfaltet. Es löst in Franzen[21] all die verworrenen Schauer des Gewissens in ohnmächtige Abstraktionen[22] auf, skelettisiert die richtende Empfindung[23] und scherzt die ernsthafte Stimme der Religion hinweg[24]. Wer es einmal so weit gebracht hat (ein Ruhm, den wir ihm nicht beneiden), seinen Verstand auf Unkosten seines Herzens zu verfeinern, dem ist das Heiligste nicht heilig mehr – dem ist die Menschheit, die Gottheit nichts – Beide Welten sind nichts in seinen Augen. Ich habe versucht, von einem Mißmenschen[25] dieser Art ein treffendes lebendiges Konterfei[26] hinzuwerfen, die vollständige Mechanik seines Lastersystems auseinanderzugliedern – und ihre Kraft an der Wahrheit zu prüfen. Man unterrichte sich demnach im Verfolg dieser Geschichte, wie weit ihrs gelungen hat – Ich denke, ich habe die Natur getroffen.

Nächst an diesem stehet ein anderer, der vielleicht nicht wenige meiner Leser in Verlegenheit setzen möchte. Ein Geist, den das äußerste Laster nur reizet um der Größe willen, die ihm anhänget, um der Kraft willen, die es erheischet[27], um der Gefahren willen, die es begleiten. Ein merkwürdiger, wichtiger Mensch, ausgestattet mit aller Kraft, nach der Richtung, die diese bekömmt, notwendig entweder ein Brutus[28] oder ein Catilina[29] zu werden. Unglückliche Konjunkturen[30] entscheiden für das zweite, und erst am Ende einer ungeheuren Verirrung gelangt er zu dem ersten. Falsche Begriffe von Tätigkeit und Einfluß, Fülle von Kraft, die alle Gesetze übersprudelt[31], mußten sich natürlicherweise an bürgerlichen Verhältnissen zerschlagen, und zu diesen enthusiastischen Träumen von Größe und Wirksamkeit durfte sich nur eine Bitterkeit gegen die unidealische[32] Welt gesellen, so war der seltsame Don Quixote[33] fertig, den wir im Räuber Moor verabscheuen und lieben, bewundern und bedauern. Ich werde es hoffentlich nicht erst anmerken dörfen, daß ich dieses Gemälde so wenig nur allein Räubern vorhalte, als die Satire des Spaniers nur allein Ritter geißelt.

Auch ist itzo der große Geschmack, seinen Witz[34] auf Kosten der Religion spielen zu lassen, daß man beinahe für kein Genie mehr passiert[35], wenn man nicht seinen gottlosen Satyr[36] auf ihren heiligsten

---

20 nächtlichen Labyrinthe: *abgründige Irrwege*

21 in Franzen: *in Franz*

22 Abstraktionen: *Spekulationen*

23 skelettisiert die richtende Empfindung: *seziert das richtende Urteil*

24 scherzt die ernsthafte Stimme der Religion hinweg: *verspottet die Religion*

25 Mißmenschen: *Unmenschen*

26 Konterfei: aus dem Französ. für *Abbild*

27 erheischet: *erfordert*

28 Brutus: Lucius J. Brutus (um 500 v. Chr.) besaß eine unerbittliche Rechtsauffassung.

29 Catilina: (108–62 v. Chr.) war der Anstifter einer Verschwörung gegen Rom. Er wurde angeklagt und verbannt.

30 Konjunkturen: *Verkettungen*

31 übersprudelt: (die alle Gesetze) *über den Haufen rennt*

32 unidealische: *unvollkommene*

33 Don Quixote: Der fahrende Ritter Don Quixote im gleichnamigen Roman von Miguel de Cervantes (1547–1616) verwechselte (durch zu viel Lesen von Ritterromanen) Wirklichkeit und Realität.

34 Witz: *Verstand, Geist*

35 passiert: hier im Sinne von *gilt*

36 Satyr: in der griech. Mythologie ein gehörnter Waldgott mit Bocksbeinen, der Mensch gern erschreckte. Hier gemeint als *Spott.*

Wahrheiten sich herumtummeln läßt. Die edle Einfalt der Schrift[37] muß sich in alltäglichen Assembleen[38] von den sogenannten witzigen Köpfen mißhandeln und ins Lächerliche verzerren lassen; denn was ist so heilig und ernsthaft, das, wenn man es falsch verdreht, nicht belacht werden kann? – Ich kann hoffen, daß ich der Religion und der wahren Moral keine gemeine[39] Rache verschafft habe, wenn ich diese mutwillige Schriftverächter in der Person meiner schändlichsten Räuber dem Abscheu der Welt überliefere.

Aber noch mehr. Diese unmoralische Charaktere, von denen vorhin gesprochen wurde, mußten von gewissen Seiten glänzen, ja oft von seiten des Geistes gewinnen, was sie von seiten des Herzens verlieren. Hierin habe ich nur die Natur gleichsam wörtlich abgeschrieben. Jedem, auch dem Lasterhaftesten, ist gewissermaßen der Stempel des göttlichen Ebenbilds aufgedrückt, und vielleicht hat der große Bösewicht keinen so weiten Weg zum großen Rechtschaffenen als der kleine; denn die Moralität hält gleichen Gang mit den Kräften, und je weiter die Fähigkeit, desto weiter und ungeheurer ihre Verirrung, desto imputabler[40] ihre Verfälschung.

Klopstocks Adramelech[41] weckt in uns eine Empfindung, worin Bewunderung in Abscheu schmilzt[42]. Miltons Satan[43] folgen wir mit schauderndem Erstaunen durch das unwegsame Chaos. Die Medea[44] der alten Dramatiker bleibt bei all ihren Greueln noch ein großes, staunenswürdiges Weib, und Shakespeares Richard[45] hat so gewiß am Leser einen Bewunderer, als er auch ihn hassen würde, wenn er ihm vor der Sonne stünde. Wenn es mir darum zu tun ist, ganze Menschen hinzustellen, so muß ich auch ihre Vollkommenheiten mitnehmen, die auch dem Bösesten nie ganz fehlen. Wenn ich vor dem Tiger gewarnt haben will, so darf ich seine schöne, blendende[46] Fleckenhaut nicht übergehen, damit man nicht den Tiger beim Tiger vermisse. Auch ist ein Mensch, der ganz Bosheit ist, schlechterdings kein Gegenstand der Kunst und äußert eine zurückstoßende[47] Kraft, statt daß er die Aufmerksamkeit der Leser fesseln sollte. Man würde umblättern, wenn er redet. Eine edle Seele erträgt so wenig anhaltende moralische Dissonanzen[48], als das Ohr das Gekritzel eines Messers auf Glas.

Aber eben darum will ich selbst mißraten[49] haben, dieses mein Schauspiel auf der Bühne zu wagen. Es gehört beiderseits, beim Dichter und seinem Leser, schon ein gewisser Gehalt von Geisteskraft

---

37 Schrift: *heiligen Schrift*

38 Assembleen: aus dem Französ. für *Versammlungen, Zusammenkünfte*

39 gemeine: hier im Sinne von *einfach*

40 imputabler: *zurechenbarer*

41 Klopstocks Adramelech: In Fr. Gottlieb Klopstocks (1724–1803) »Der Messias« ist *Adramelech* eine Teufelsgestalt und ein Verführer.

42 schmilzt: *verschmilzt*

43 Miltons Satan: In John Miltons (1608–1674) »The Paradise Lost« ist das Ringen zwischen Himmel und Hölle, Gott und Teufel ein zentrales Thema. Satan rebelliert in diesem Werk gegen Gott. Er wurde von Gott besiegt und zur Strafe in die Hölle versetzt.

44 Medea: Gestalt aus der griech. Mythologie. Medea tötete ihre beiden Kinder, als sie ihr Gemahl Jason verließ, für den sie ihre eigene Familie verlassen und verraten hatte. Der Dramatiker Euripides (480–406 v. Chr.) stellte sie ins Zentrum seines gleichnamigen Dramas.

45 Shakespeares Richard: Aus »Richard III« von William Shakespeare (1564–1616). Richard will an die Macht und scheut dabei vor keinem Mittel, auch nicht vor Mord und Gewalt, zurück.

46 blendende: aus dem Schwäbischen für *blind machende*

47 zurückstoßende: *abstoßende*

48 Dissonanzen: *Kontroversen, Unstimmigkeiten*; unharmonisches, unstimmiges Zusammenklingen von verschiedenen Klängen (in der Musik)

49 mißraten: *abraten*

dazu; bei jenem, daß er das Laster nicht ziere[50], bei diesem, daß er sich nicht von einer schönen Seite bestechen lasse, auch den häßlichen Grund zu schätzen. Meinerseits entscheide ein Dritter – aber von meinen Lesern bin ich es nicht ganz versichert. Der Pöbel[51], worunter ich keineswegs die Gassenkehrer allein will verstanden wissen, der Pöbel wurzelt (unter uns gesagt) weit um und gibt zum Unglück – den Ton an. Zu kurzsichtig, mein Ganzes auszureichen[52], zu kleingeistisch, mein Großes zu begreifen, zu boshaft, mein Gutes wissen zu wollen, wird er, fürcht ich, fast meine Absicht vereiteln, wird vielleicht eine Apologie[53] des Lasters, das ich stürze, darin zu finden meinen und seine eigene Einfalt den armen Dichter entgelten lassen, dem man gemeiniglich alles, nur nicht Gerechtigkeit widerfahren läßt.

Es ist das ewige Dacapo[54] mit Abdera und Demokrit[55], und unsre gute Hippokrate müßten ganze Plantagen Nieswurz erschöpfen[56], wenn sie dem Unwesen durch ein heilsames Dekokt[57] abhelfen wollten. Noch so viele Freunde der Wahrheit mögen zusammenstehen, ihren Mitbürgern auf Kanzel und Schaubühne Schule zu halten, der Pöbel hört nie auf, Pöbel zu sein, und wenn Sonne und Mond sich wandeln und Himmel und Erde veralten wie ein Kleid[58]. Vielleicht hätt ich, den Schwachherzigen zu frommen, der Natur minder getreu sein sollen; aber wenn jener Käfer, den wir alle kennen, auch den Mist aus den Perlen stört[59], wenn man Exempel[60] hat, daß Feuer verbrannt und Wasser ersäuft habe, soll darum Perle – Feuer – und Wasser konfisziert [61]werden?

Ich darf meiner Schrift zufolge ihrer merkwürdigen[62] Katastrophe mit Recht einen Platz unter den moralischen Büchern versprechen; das Laster nimmt den Ausgang, der seiner würdig ist. Der Verirrte tritt wieder in das Geleise der Gesetze. Die Tugend geht siegend davon. Wer nur so billig gegen mich handelt, mich ganz zu lesen, mich verstehen zu wollen, von dem kann ich erwarten, daß er – nicht den Dichter bewundere, aber den rechtschaffenen Mann in mir hochschätze.

Geschrieben in der Ostermesse. 1781. *Der Herausgeber.*

---

50 ziere: *ausschmückt*

51 Pöbel: *einfaches, einfältiges Volk*

52 mein Ganzes auszureichen: *mein ganzes [Stück] zu überblicken*

53 Apologie: aus dem Griechischen für *Verteidigung, Verteidigungsrede*

54 Dacapo: Begriff aus der Musik für *Wiederholung*

55 Abdera und Demokrit: In Christoph Martin Wielands (1733–1813) satirischem Roman »Die Abderiten« wird in verschiedenen Episoden über einfältige Kleinstädter gespottet. Abderit ist die Bezeichnung für einen Schildbürger, einen Einfaltspinsel. Im ersten Buch des Romans sieht sich der gebildete Reisende Demokrit diesem einfältigen Volk ausgesetzt.

56 Hippokrate müßten ganze Plantagen Nieswurz erschöpfen: Im 2. Buch von »Die Abderiten« (siehe Anmerkung 55) will das Volk der Abderiten den Demokrit des Wahnsinns überführen und bemüht sich hierbei um den Arzt Hippokrates, der ihn untersuchen soll. Hippokrates erklärt aber die Abderiten für krank. Zur Heilung verschreibt er ihnen Unmengen von Nieswurz.

57 Dekokt: Durch das Abkochen von festen Heilmitteln, Rinden und Wurzeln entsteht ein wässriger Sud, der als *Dekokt* bezeichnet wird.

58 wandeln wie ein Kleid: Aus den Psalm 102: »Sie werden vergehen, aber du bleibest. Sie werden veralten wie ein Gewand; sie werden verwandelt wie ein Kleid, wenn du sie verwandeln wirst. Du aber bleibest, wie du bist, und deine Jahre nehmen kein Ende. Die Kinder deiner Knechte werden bleiben, und ihr Same wird vor dir gedeihen.«

59 Käfer ... auch den Mist aus den Perlen stört: Mistkäfer wurden benutzt, um die Perle vom Muschelfleisch zu befreien.

60 Exempel: *Beispiel*

61 konfisziert: *beschlagnahmt*

62 merkwürdigen: *bemerkenswerten*

Erster Akt

Erste Szene

Franken. Saal im Moorischen Schloß. Franz. Der alte Moor.

FRANZ. Aber ist Euch auch wohl, Vater? Ihr seht so blaß.

DER ALTE MOOR. Ganz wohl, mein Sohn – was hattest du mir zu sagen?

FRANZ. Die Post ist angekommen – ein Brief von unserm Korrespondenten[63] in Leipzig –

DER ALTE MOOR *begierig.* Nachrichten von meinem Sohne Karl?

FRANZ. Hm! Hm! – So ist es. Aber ich fürchte – ich weiß nicht – ob ich – Eurer Gesundheit? – Ist Euch wirklich ganz wohl, mein Vater?

DER ALTE MOOR. Wie dem Fisch im Wasser! Von meinem Sohne schreibt er? – Wie kommst du zu dieser Besorgnis? Du hast mich zweimal gefragt.

FRANZ. Wenn Ihr krank seid – nur die leiseste Ahndung[64] habt, es zu werden, so laßt mich – ich will zu gelegnerer Zeit zu Euch reden. *Halb vor sich.* Diese Zeitung[65] ist nicht für einen zerbrechlichen Körper.

DER ALTE MOOR. Gott! Gott! was werd ich hören?

---

63 Korrespondenten: ein Brieffreund

64 Ahndung: *Ahnung*

65 Zeitung: *Nachricht*

FRANZ. Laßt mich vorerst auf die Seite gehn und eine Träne des Mitleids vergießen um meinen verlornen Bruder[66] – ich sollte schweigen auf ewig – denn er ist Euer Sohn; ich sollte seine Schande verhüllen auf ewig – denn er ist mein Bruder. – Aber Euch gehorchen, ist meine erste, traurige Pflicht – darum vergebt mir.

DER ALTE MOOR. O Karl! Karl! Wüßtest du, wie deine Aufführung das Vaterherz foltert! Wie eine einzige frohe Nachricht von dir meinem Leben zehen Jahre zusetzen würde – mich zum Jüngling machen würde – da mich nun jede, ach! – einen Schritt näher ans Grab rückt!

FRANZ. Ist es das, alter Mann, so lebt wohl – wir alle würden noch heute die Haare ausraufen über Eurem Sarge.

DER ALTE MOOR. Bleib! – Es ist noch um den kleinen kurzen Schritt zu tun – laß ihm seinen Willen! *Indem er sich niedersetzt.* Die Sünden seiner Väter[67] werden heimgesucht im dritten und vierten Glied – laß ihns vollenden.

FRANZ *nimmt den Brief aus der Tasche.* Ihr kennt unsern Korrespondenten! Seht! Den Finger meiner rechten Hand wollt ich drum geben, dürft ich sagen, er ist ein Lügner, ein schwarzer, giftiger Lügner – – Faßt Euch! Ihr vergebt mir, wenn ich Euch den Brief nicht selbst lesen lasse – noch dörft Ihr nicht alles hören.

DER ALTE MOOR. Alles, alles – mein Sohn, du ersparst mir die Krücke[68].

FRANZ *liest.* »Leipzig, vom 1. Mai. – Verbände mich nicht eine unverbrüchliche Zusage, dir auch nicht das geringste zu verhehlen, was ich von den Schicksalen deines Bruders auffan-

66 verlornen Bruder: Schiller spielt hier auf die Parabel von verlorenen Sohn in der Bibel, *Lukas 15, 10–32* an, auf die er auch an mehreren Stellen seines Dramas zurückkommt: »Weiter sagte Jesus: Ein Mann hatte zwei Söhne. Der jüngere von ihnen sagte zu seinem Vater: Vater, gib mir das Erbteil, das mir zusteht. Da teilte der Vater das Vermögen auf. Nach wenigen Tagen packte der jüngere Sohn alles zusammen und zog in ein fernes Land. Dort führte er ein zügelloses Leben und verschleuderte sein Vermögen. Als er alles durchgebracht hatte, kam eine große Hungersnot über das Land und es ging ihm sehr schlecht. Da ging er zu einem Bürger des Landes und drängte sich ihm auf; der schickte ihn aufs Feld zum Schweinehüten. Er hätte gern seinen Hunger mit den Futterschoten gestillt, die die Schweine fraßen; aber niemand gab ihm davon. Da ging er in sich und sagte: Wie viele Tagelöhner meines Vaters haben mehr als genug zu essen und ich komme hier vor Hunger um. Ich will aufbrechen und zu meinem Vater gehen und zu ihm sagen: Vater, ich habe mich gegen den Himmel und gegen dich versündigt. Ich bin nicht mehr wert, dein Sohn zu sein; mach mich zu einem deiner Tagelöhner. Dann brach er auf und ging zu seinem Vater. Der Vater sah ihn schon von weitem kommen und er hatte Mitleid mit ihm. Er lief dem Sohn entgegen, fiel ihm um den Hals und küsste ihn. Da sagte der Sohn: Vater, ich habe mich gegen den Himmel und gegen dich versündigt; ich bin nicht mehr wert, dein Sohn zu sein. Der Vater aber sagte zu seinen Knechten: Holt schnell das beste Gewand und zieht es ihm an, steckt ihm einen Ring an die Hand und zieht ihm Schuhe an. Bringt das Mastkalb her und schlachtet es; wir wollen essen und fröhlich sein. Denn mein Sohn war tot und lebt wieder; er war verloren und ist wiedergefunden worden. Und sie begannen, ein fröhliches Fest zu feiern. Sein älterer Sohn war unterdessen auf dem Feld. Als er heimging und in die Nähe des Hauses kam, hörte er Musik und Tanz. Da rief er einen der Knechte und fragte, was das bedeuten solle. Der Knecht antwortete: Dein Bruder ist gekommen und dein Vater hat das Mastkalb schlachten lassen, weil er ihn heil und gesund wiederbekommen hat. Da wurde er zornig und wollte nicht hineingehen. Sein Vater aber kam heraus und redete ihm gut zu. Doch er erwiderte dem Vater: So viele Jahre schon diene ich dir, und nie habe ich gegen deinen Willen gehandelt; mir aber hast du nie auch nur einen Ziegenbock geschenkt, damit ich mit meinen Freunden ein Fest feiern konnte. Kaum aber ist der hier gekommen, dein Sohn, der dein Vermögen mit Dirnen durchgebracht hat, da hast du für ihn das Mastkalb geschlachtet. Der Vater antwortete ihm: Mein Kind, du bist immer bei mir, und alles, was mein ist, ist auch dein. Aber jetzt müssen wir uns doch freuen und ein Fest feiern; denn dein Bruder war tot und lebt wieder; er war verloren und ist wiedergefunden worden.«

67 Die Sünden seiner Väter: Geht auf das 2. Buch Mose 20,5 zurück: »Du sollst dich nicht vor anderen Göttern niederwerfen und dich nicht verpflichten, ihnen zu dienen. Denn ich, der Herr, dein Gott, bin ein eifersüchtiger Gott: Bei denen, die mir Feind sind, verfolge ich die Schuld der Väter an den Söhnen, an der dritten und vierten Generation.«

68 ersparst mir die Krücke: *ersparst mir, an Krücken gehen zu müssen*

gen kann, liebster Freund, nimmermehr würde meine unschuldige Feder an dir zur Tyrannin geworden sein. Ich kann aus hundert Briefen von dir abnehmen[69], wie Nachrichten dieser Art dein brüderliches Herz durchbohren müssen, mir ists, als säh ich dich schon um den Nichtswürdigen, den Abscheulichen« — — *Der alte Moor verbirgt sein Gesicht.* Seht, Vater! ich lese Euch nur das Glimpflichste — »den Abscheulichen in tausend Tränen ergossen«, — ach, sie flossen stürzten stromweis von dieser mitleidigen Wange — »mir ists, als säh ich schon deinen alten, frommen Vater totenbleich« — Jesus Maria! Ihr seids, eh Ihr noch das mindeste wisset?

DER ALTE MOOR. Weiter! Weiter!

FRANZ. »Totenbleich in seinen Stuhl zurücktaumeln und dem Tage fluchen, an dem ihm zum erstenmal Vater entgegengestammelt ward. Man hat mir nicht alles entdecken mögen, und von dem wenigen, das ich weiß, erfährst du nur weniges. Dein Bruder scheint nun das Maß seiner Schande gefüllt zu haben; ich wenigstens kenne nichts über dem, was er wirklich erreicht hat, wenn nicht sein Genie[70] das meinige hierin übersteigt. Gestern um Mitternacht hatte er den großen Entschluß, nach vierzigtausend Dukaten[71] Schulden« — ein hübsches Taschengeld, Vater! — »nachdem er zuvor die Tochter eines reichen Bankiers allhier entjungfert und ihren Galan[72], einen braven Jungen von Stand, im Duell auf den Tod verwundet, mit sieben andern, die er mit in sein Luderleben gezogen, dem Arm der Justiz zu entlaufen« — Vater! Um Gotteswillen, Vater! Wie wird Euch?

DER ALTE MOOR. Es ist genug. — Laß ab, mein Sohn!

FRANZ. Ich schone Eurer — »Man hat ihm Steckbriefe nachgeschickt, die Beleidigte schreien laut um Genugtuung, ein Preis ist auf seinen Kopf gesetzt — der Name Moor« — Nein! meine arme Lippen sollen nimmermehr einen Vater ermorden! *Zerreißt den Brief.* Glaubt es nicht, Vater! Glaubt ihm keine Silbe!

DER ALTE MOOR *weint bitterlich.* Mein Name! Mein ehrlicher Name!

FRANZ *fällt ihm um den Hals.* Schändlicher, dreimal schändlicher Karl! Ahndete mirs nicht, da er, noch ein Knabe, den Mädels so nachschlenderte, mit Gassenjungen und elendem Gesindel auf Wiesen und Bergen sich herumhetzte, den Anblick der Kirche, wie ein Missetäter das Gefängnis, floh, und die Pfennige, die er Euch abquälte, dem ersten dem besten Bettler in den Hut warf, während daß wir daheim mit frommen Gebeten und heiligen Predigtbüchern uns erbauten? — Ahndete mirs nicht, da er die Abenteuer des Julius Cäsar[73] und Alexander Magnus[74] und anderer stockfinsterer Heiden lieber las als die Geschichte des bußfertigen Tobias[75]? — Hundertmal hab ichs Euch geweissagt, denn meine Liebe zu ihm war immer in den Schranken der kindlichen Pflicht, — der Junge wird uns alle noch in Elend und Schande

69 abnehmen: *erkennen*

70 Genie: Genie ist ein zentraler Begriff im Sturm und Drang, der sich mit dem Individuellen im Denken, Handeln und Fühlen auseinandersetzt, ebenso wie mit dem künstlerischen Genie. Das Genie bezieht seine Schöpferkraft dabei aus sich selbst und wendet sich gegen die Ansicht, dass der Mensch sich allein Kraft seiner Vernunft durch das Befolgen von Regeln und Normen (insbesondere in der Poesie) befreien kann.

71 Dukaten: europäische Goldmünze (13.—19. Jahrhundert)

72 Galan: *Liebhaber*

73 Julius Cäsar: der römische Alleinherrscher über das römische Reich (100—44 v. Chr.)

74 Alexander Magnus: Alexander der Große (356—323 v. Chr.), Eroberer und König von Makedonien

75 bußfertigen Tobias: Dem gottesfürchtigen Tobias geriet Kot von Schwalben ins Auge, so dass er erblindete. Bußfertig trägt er sein Schicksal, wodurch er später wieder sehend wird.

stürzen! – O daß er Moors Namen nicht trüge! daß mein Herz nicht so warm für ihn schlüge! Die gottlose Liebe, die ich nicht vertilgen kann, wird mich noch einmal vor Gottes Richterstuhl anklagen.

DER ALTE MOOR. Oh – meine Aussichten! Meine goldenen Träume!

FRANZ. Das weiß ich wohl. Das ist es ja, was ich eben sagte. Der feurige Geist, der in dem Buben lodert, sagtet Ihr immer, der ihn für jeden Reiz von Größe und Schönheit so empfindlich macht; diese Offenheit, die seine Seele auf dem Auge spiegelt, diese Weichheit des Gefühls, die ihn bei jedem Leiden in weinende Sympathie dahinschmelzt, dieser männliche Mut, der ihn auf den Wipfel hundertjähriger Eichen treibet und über Gräber und Palisaden[76] und reißende Flüsse jagt, dieser kindische Ehrgeiz, dieser unüberwindliche Starrsinn und alle diese schöne, glänzende Tugenden, die im Vatersöhnchen keimten, werden ihn dereinst zu einem warmen[77] Freund eines Freundes, zu einem trefflichen Bürger, zu einem Helden, zu einem großen, großen Manne[78] machen – Seht Ihrs nun, Vater! – der feurige Geist hat sich entwickelt, ausgebreitet, herrliche Früchte hat er getragen. Seht diese Offenheit, wie hübsch sie sich zur Frechheit herumgedreht hat; seht diese Weichheit, wie zärtlich sie für Koketten[79] girret[80], wie so empfindsam für die Reize einer Phryne[81]! Seht dieses feurige Genie, wie es das Öl seines Lebens in sechs Jährchen so rein weggebrannt hat, daß er bei lebendigem Leibe umgeht, und da kommen die Leute und sind so unverschämt und sagen: c'est l'amour qui a fait ça[82]! Ah! seht doch diesen kühnen, unternehmenden Kopf, wie er Plane schmiedet und ausführt, vor denen die Heldentaten eines Cartouches und Howards[83] verschwinden! – Und wenn erst diese prächtigen Keime zur vollen Reife erwachsen, – was läßt sich auch von einem so zarten Alter Vollkommenes erwarten? – Vielleicht, Vater, erlebet Ihr noch die Freude, ihn an der Fronte[84] eines Heeres zu erblicken, das in der heiligen Stille der Wälder residieret, und dem müden Wanderer seine Reise um die Hälfte der Bürde erleichtert – vielleicht könnt Ihr noch, eh Ihr zu Grabe geht, eine Wallfahrt nach seinem Monumente tun, das er sich zwischen Himmel und Erden errichtet – vielleicht, o Vater, Vater, Vater – seht Euch nach einem andern Namen um, sonst deuten Krämer und Gassenjungen mit Fingern auf Euch, die Euren Herrn Sohn auf dem Leipziger Marktplatz im Porträt[85] gesehen haben.

---

76 Palisaden: *Pfähle*

77 warmen: *lebhaften*

78 großen, großen Manne: In seinen Jugenddramen gehört der Begriff der Größe (Mannesgröße) zu den zentralen Begriffen Schillers. Größe liegt dabei in der Höhe der Leidenschaft und der Seelenstärke.

79 Kokette: aus dem Französ. für *Gefallsüchtige*; eine Bezeichnung für eine *Hure*

80 girret: *vor Sehnsucht klagen*

81 Phryne: war eine reiche Hetäre (Geliebte bedeutender Männer) im 4. Jh. v. Chr., die durch ihre Schönheit und Freizügigkeit Berühmheit erlangte. Als Phryne von Euthias angezeigt wurde, der sie wegen schamlosen Verhaltens im Lyceum und dem Einführen einer neuen Gottheit anklagte, kam es zu einer eher politisch motivierten Gerichtsverhandlung. Diese wurde umfangreich dokumentiert und in vielen Quellen geschildert. Dies legt nahe, dass die Verhandlung nicht nur für Phryne und ihren Verteidiger Hyperides von Bedeutung war. Von der Gerichtsverhandlung handeln zahlreiche Mythen. Einer Legende nach soll Phryne bei der Verurteilung ihre Kleidung zerrissen und sich mit ihren nackten Brüsten vor den Richtern geworfen haben, da ihre Schönheit überzeugender war als die Rede ihres Verteidigers.

82 c'est l'amour qui a fait ça: Französ. für *Die Liebe hat das verursacht.*

83 Cartouches und Howards: sind zwei sehr bekannte Räuber. Cartouches war ein französ. Bandit, der 1693–1721 lebte, Howard ist wohl nur ein Phantasiegestalt, der Mitte des 17. Jh. gehängt worden sein soll.

84 Fronte: *Front, erste Reihe des Heeres*

85 im Porträt: Steckbriefe von Verbrechern sind gemeint

DER ALTE MOOR. Und auch du, mein Franz, auch du? O meine Kinder! Wie sie nach meinem Herzen zielen!

FRANZ. Ihr seht, ich kann auch witzig sein; aber mein Witz[86] ist Skorpionstich. – Und dann der trockne Alltagsmensch, der kalte, hölzerne Franz, und wie die Titelchen alle heißen mögen, die Euch der Kontrast zwischen ihm und mir mocht eingegeben haben, wenn er Euch auf dem Schoße saß oder in die Backen zwickte – der wird einmal zwischen seinen Grenzsteinen sterben, und modern und vergessen werden, wenn der Ruhm dieses Universalkopfs[87] von einem Pole zum andern fliegt – Ha! mit gefaltnen Händen dankt dir, o Himmel! der kalte, trockne, hölzerne Franz – daß er nicht ist wie dieser!

DER ALTE MOOR. Vergib mir, mein Kind; zürne nicht auf einen Vater, der sich in seinen Planen[88] betrogen findet. Der Gott, der mir durch Karln Tränen zusendet, wird sie durch dich, mein Franz, aus meinen Augen wischen.

FRANZ. Ja, Vater, aus Euren Augen soll er sie wischen. Euer Franz wird sein Leben dran setzen, das Eurige zu verlängern. Euer Leben ist das Orakel, das ich vor allem zu Rate ziehe über dem, was ich tun will, der Spiegel, durch den ich alles betrachte – keine Pflicht ist mir so heilig, die ich nicht zu brechen bereit bin, wenns um Euer kostbares Leben zu tun ist. – Ihr glaubt mir das?

DER ALTE MOOR. Du hast noch große Pflichten auf dir, mein Sohn – Gott segne dich für das, was du mir warst und sein wirst!

FRANZ. Nun sagt mir einmal – Wenn Ihr diesen Sohn nicht den Euren nennen müßtet, Ihr wärt ein glücklicher Mann?

DER ALTE MOOR. Stille! o stille! Da ihn die Wehmutter[89] mir brachte, hub ich ihn gen Himmel und rief: Bin ich nicht ein glücklicher Mann?

FRANZ. Das sagtet Ihr. Nun habt Ihrs gefunden? Ihr beneidet den schlechtesten[90] Eurer Bauren, daß er nicht Vater ist zu diesem – Ihr habt Kummer, solang Ihr diesen Sohn habt. Dieser Kummer wird wachsen mit Karln. Dieser Kummer wird Euer Leben untergraben.

DER ALTE MOOR. Oh! er hat mich zu einem achtzigjährigen Manne gemacht.

FRANZ. Nun also – wenn Ihr dieses Sohnes Euch entäußertet?

DER ALTE MOOR *auffahrend.* Franz! Franz! was sagst du?

FRANZ. Ist es nicht diese Liebe zu ihm, die Euch all den Gram macht? Ohne diese Liebe ist er für Euch nicht da. Ohne diese strafbare, diese verdammliche Liebe ist er Euch gestorben – ist er Euch nie geboren. Nicht Fleisch und Blut, das Herz macht uns zu Vätern und Söhnen. Liebt Ihr ihn nicht mehr, so ist diese Abart auch Euer Sohn nicht mehr, und wär er aus Eurem Fleische geschnitten. Er ist Euer Augapfel gewesen bisher, nun aber, ärgert dich dein Auge, sagt die Schrift, so reiß es aus[91]. Es ist besser, einäugig gen Himmel, als mit zwei Augen in

---

86 Witz: *Verstand, Geist, Vermögen zum nachdrücklichen Formulieren*

87 Universalkopf: Universalgenie, ebenfalls ein Begriff der Stürmer und Dränger

88 Planen: *Pläne*

89 Wehmutter: *Hebamme*

90 schlechtesten: *einfachsten, schlichtesten*

91 ärgert dich ... reiß es aus: vgl. Bibel, Matthäus 5, 29: »Ärgert dich aber dein rechtes Auge, so reiß es aus und wirf's von dir. Es ist dir besser, dass eins deiner Glieder verderbe, und nicht der ganze Leib in die Hölle geworfen werde.«

die Hölle. Es ist besser, kinderlos gen Himmel, als wenn beide, Vater und Sohn, in die Hölle fahren. So spricht die Gottheit!

DER ALTE MOOR. Du willst, ich soll meinen Sohn verfluchen?

FRANZ. Nicht doch! nicht doch! – Euren Sohn sollt Ihr nicht verfluchen. Was heißt Ihr Euren Sohn? – dem Ihr das Leben gegeben habt, wenn er sich auch aller ersinnliche Mühe gibt, das Eurige zu verkürzen?

DER ALTE MOOR. Oh, das ist allzuwahr! das ist ein Gericht über mich. Der Herr hats ihm geheißen!

FRANZ. Seht Ihrs, wie kindlich Euer Busenkind[92] an Euch handelt? Durch Eure väterliche Teilnehmung[93] erwürgt er Euch, mordet Euch durch Eure Liebe, hat Euer Vaterherz selbst bestochen, Euch den Garaus zu machen. Seid Ihr einmal nicht mehr, so ist er Herr Eurer Güter, König seiner Triebe. Der Damm ist weg, und der Strom seiner Lüste[94] kann itzt freier dahinbrausen. Denkt Euch einmal an seine Stelle! Wie oft muß er den Vater unter die Erde wünschen – wie oft den Bruder – die ihm im Lauf seiner Exzesse so unbarmherzig im Weg stehen. Ist das aber Liebe gegen Liebe? Ist das kindliche Dankbarkeit gegen väterliche Milde? Wenn er dem geilen Kitzel[95] eines Augenblicks zehn Jahre Eures Lebens aufopfert? Wenn er den Ruhm seiner Väter, der sich schon sieben Jahrhunderte unbefleckt erhalten hat, in einer wollüstigen Minute aufs Spiel setzt? Heißt Ihr das Euren Sohn? Antwortet! Heißt Ihr das einen Sohn?

DER ALTE MOOR. Ein unzärtliches[96] Kind! ach! aber mein Kind doch! mein Kind doch!

FRANZ. Ein allerliebstes, köstliches Kind, dessen ewiges Studium[97] ist, keinen Vater zu haben – O daß Ihrs begreifen lerntet! daß Euch die Schuppen fielen vom Auge! Aber Eure Nachsicht muß ihn in seinen Liederlichkeiten befestigen; Euer Vorschub[98] ihnen Rechtmäßigkeit geben. Ihr werdet freilich den Fluch von seinem Haupte laden, auf Euch, Vater, auf Euch wird der Fluch der Verdammnis fallen.

DER ALTE MOOR. Gerecht! sehr gerecht! – Mein, mein ist alle Schuld!

FRANZ. Wie viele Tausende, die voll sich gesoffen haben vom Becher der Wollust, sind durch Leiden gebessert worden. Und ist nicht der körperliche Schmerz, der jedes Übermaß begleitet, ein Fingerzeig des göttlichen Willens? Sollte ihn der Mensch durch seine grausame Zärtlichkeit[99] verkehren[100]? Soll der Vater das ihm anvertraute Pfand auf ewig zu Grund richten? – Bedenkt, Vater, wenn Ihr ihn seinem Elend auf einige Zeit preisgeben werdet, wird er nicht entweder umkehren müssen und sich bessern? oder er wird auch in der großen Schule des Elends ein Schurke bleiben, und dann – wehe dem Vater, der die Ratschlüsse einer höheren Weisheit durch Verzärtlung zernichtet! – Nun, Vater?

DER ALTE MOOR. Ich will ihm schreiben, daß ich meine Hand von ihm wende.

---

92 Busenkind: *Lieblingskind*

93 Teilnehmung: *Anteilnahme*

94 Lüste: *Summe seiner unordentlichen Begierden*

95 geilen Kitzel: *geilen Nervenkitzel*

96 unzärtliches: *unnachsichtiges*

97 dessen ewiges Studium: *dessen ganzer Eifer*, *studere* (latein.) für *Eifer*

98 Vorschub: *Unterstützung*

99 Zärtlichkeit: hier gemeint als *Schwachheit*

100 verkehren: *umkehren, umdrehen*

FRANZ. Da tut Ihr recht und klug daran.

DER ALTE MOOR. Daß er nimmer vor meine Augen komme.

FRANZ. Das wird eine heilsame Wirkung tun.

DER ALTE MOOR *zärtlich.* Bis er anders worden.

FRANZ. Schon recht, schon recht – Aber, wenn er nun kommt mit der Larve[101] des Heuchlers, Euer Mitleid erweint, Eure Vergebung sich erschmeichelt und morgen hingeht und Eurer Schwachheit spottet im Arm seiner Huren? – Nein, Vater! Er wird freiwillig wiederkehren, wenn ihn sein Gewissen rein gesprochen hat.

DER ALTE MOOR. So will ich ihm das auf der Stelle schreiben.

FRANZ. Halt! noch ein Wort, Vater! Eure Entrüstung, fürchte ich, möchte Euch zu harte Worte in die Feder werfen, die ihm das Herz zerspalten würden – und dann – glaubt Ihr nicht, daß er das schon für Verzeihung nehmen werde, wenn Ihr ihn noch eines eigenhändigen Schreibens wert haltet? Darum wirds besser sein, Ihr überlaßt das Schreiben mir.

DER ALTE MOOR. Tu das, mein Sohn. – Ach! es hätte mir doch das Herz gebrochen! Schreib ihm – –

FRANZ *schnell.* Dabei bleibts also?

DER ALTE MOOR. Schreib ihm, daß ich tausend blutige Tränen, tausend schlaflose Nächte – Aber bring meinen Sohn nicht zur Verzweiflung!

FRANZ. Wollt Ihr Euch nicht zu Bette legen, Vater? Es griff Euch hart an.

DER ALTE MOOR. Schreib ihm, daß die väterliche Brust – ich sage dir, bring meinen Sohn nicht zur Verzweiflung. *Geht traurig ab.*

FRANZ *mit Lachen ihm nachsehend*[102]. Tröste dich, Alter, du wirst ihn nimmer an diese Brust drücken, der Weg dazu ist ihm verrammelt wie der Himmel der Hölle – Er war aus deinen Armen gerissen, ehe du wußtest, daß du es wollen könntest – da müßt ich ein erbärmlicher Stümper sein, wenn ichs nicht einmal so weit gebracht hätte, einen Sohn vom Herzen des Vaters loszulösen, und wenn er mit ehernen Banden daran geklammert wäre – Ich hab einen magischen Kreis von Flüchen um dich gezogen, den er nicht überspringen soll – Glück zu, Franz! Weg ist das Schoßkind[103] – Der Wald ist heller. Ich muß diese Papiere vollends aufheben, wie leicht könnte jemand meine Handschrift kennen! *Er liest die zerrissenen Briefstücke zusammen.* – Und Gram wird auch den Alten bald fortschaffen – und ihr[104] muß ich diesen Karl aus dem Herzen reißen, wenn auch ihr halbes Leben dran hängen bleiben sollte.

Ich habe große Rechte, über die Natur ungehalten zu sein, und bei meiner Ehre! ich will sie geltend machen. – Warum bin ich nicht der erste aus Mutterleib gekrochen? Warum nicht der einzige? Warum mußte sie mir diese Bürde von Häßlichkeit aufladen? Gerade mir? Nicht anders, als ob sie bei meiner Geburt einen Rest gesetzt hätte[105]. Warum gerade mir die Lappländersnase? Gerade mir dieses Mohrenmaul? Diese Hottentottenaugen? Wirklich, ich glaube, sie hat von allen Menschensorten das Scheußliche auf einen Haufen geworfen und

101 Larve: *Maske*

102 Franz Monolog: Der Monolog von Franz ist stark von Shakespeare beeinflusst. Bereits Schillers erster Rezensent (Erfurtische Gelehrte Zeitung, 24. Juli 1782) weist die Nähe von Schillers Bösewicht zu Shakespearsches König Lear nach. Besondere Nähe gibt es auch zum Monolog von Richard in Richard III. von Shakespeare.

103 Schoßkind: *Lieblingskind*

104 ihr: Damit ist Amalia von Edelreich gemeint.

105 einen Rest gesetzt hätte: im Schwäbischen für *einen Verlust machen* (im kaufmännischen Sinne)

mich daraus gebacken. Mord und Tod! Wer hat ihr die Vollmacht gegeben, jenem dieses zu verleihen und mir vorzuenthalten? Könnte ihr jemand darum hofieren[106], eh er entstund? Oder sie beleidigen, eh er selbst wurde? Warum ging sie so parteilich zu Werke?
Nein! nein! Ich tu ihr Unrecht. Gab sie uns doch Erfindungsgeist mit, setzte uns nackt und armselig ans Ufer dieses großen Ozeans Welt – Schwimme, wer schwimmen kann, und wer zu plump ist, geh unter! Sie gab mir nichts mit; wozu ich mich machen will, das ist nun meine Sache. Jeder hat gleiches Recht zum Größten und Kleinsten, Anspruch wird an Anspruch, Trieb an Trieb und Kraft an Kraft zernichtet[107]. Das Recht wohnet beim Überwältiger, und die Schranken unserer Kraft sind unsere Gesetze.
Wohl gibt es gewisse gemeinschaftliche Pakta, die man geschlossen hat, die Pulse des Weltzirkels[108] zu treiben. Ehrlicher Name! – Wahrhaftig, eine reichhaltige Münze, mit der sich meisterlich schachern[109] läßt, wers versteht, sie gut auszugeben. Gewissen, – o ja freilich! ein tüchtiger Lumpenmann, Sperlinge von Kirschbäumen wegzuschröcken! – auch das ein gut geschriebener Wechselbrief[110], mit dem auch der Bankerottierer[111] zur Not noch hinauslangt[112].
In der Tat, sehr lobenswürdige Anstalten, die Narren im Respekt[113] und den Pöbel unter dem Pantoffel zu halten, damit die Gescheiten es desto bequemer haben. Ohne Anstand, recht schnackische[114] Anstalten! Kommen mir für[115] wie die Hecken, die meine Bauren gar schlau um ihre Felder herumführen, daß ja kein Hase drüber setzt, ja beileibe kein Hase! – Aber der gnädige Herr gibt seinem Rappen[116] den Sporn und galoppiert weich über der weiland[117] Ernte.
Armer Hase! Es ist doch eine jämmerliche Rolle, der Hase sein müssen auf dieser Welt – Aber der gnädige Herr braucht Hasen!
Also frisch drüber hinweg! Wer nichts fürchtet, ist nicht weniger mächtig als der, den alles fürchtet.[118] Es ist itzo[119] die Mode, Schnallen an den Beinkleidern zu tragen, womit man sie nach Belieben weiter und enger schnürt. Wir wollen uns ein Gewissen nach der neuesten Façon[120] anmessen lassen, um es hübsch weiter aufzuschnallen, wie wir zulegen[121]. Was kön-

106 hofieren: *schmeicheln*

107 zernichtet: *vernichtet*

108 Pulse des Weltzirkels: *Herzschlag der Natur, des Weltkreises*

109 schachern: *gewinnträchtig Handel betreiben*

110 Wechselbrief: *Schuldschein, Schuldverschreibung* oder *Zahlungsanweisung*

111 Bakerottierer: *Bankrotteur* (jemand, der bankrott ist)

112 hinauslangt: *auskommt*

113 im Respekt: Redewendung im Schwäbischen

114 schnackische: im Schwäbischen für *lächerliche, komische*

115 für: *vor*

116 Rappen: *ein schwarzes Pferd*

117 weiland: veralteter Begriff (schon zu Schillers Zeiten) in der Bedeutung von *in Gott ruhen*

118 Wer nichts fürchtet, ist nicht weniger mächtig als der, den alles fürchtet: vgl. hierzu Lessing Emilia Galotti: »Wer kein Gesetz achtet, ist eben so mächtig, als wer kein Gesetz hat« (Odoardo Galotti im 5. Akt, 4. Auftritt).

119 itzo: *jetzt*

120 Façon: *Fasson, Machart*

121 zulegen: *zunehmen, Gewicht zunehmen, dicker werden*

nen wir dafür? Geht zum Schneider! Ich habe Langes und Breites von einer sogenannten Blutliebe schwatzen gehört, das einem ordentlichen Hausmann[122] den Kopf heiß machen könnte – Das ist dein Bruder! – das ist verdolmetscht: Er ist aus eben dem Ofen geschossen worden, aus dem du geschossen bist – also sei er dir heilig! – Merkt doch einmal diese verzwickte Konsequenz, diesen possierlichen Schluß von der Nachbarschaft der Leiber auf die Harmonie der Geister, von ebenderselben Heimat zu ebenderselben Empfindung, von einerlei Kost zu einerlei Neigung. Aber weiter – es ist dein Vater! Er hat dir das Leben gegeben, du bist sein Fleisch, sein Blut – also sei er dir heilig. Wiederum eine schlaue Konsequenz! Ich möchte doch fragen, warum hat er mich gemacht? doch wohl nicht gar aus Liebe zu mir, der erst ein Ich werden sollte? Hat er mich gekannt, ehe er mich machte? Oder hat er mich gedacht, wie er mich machte? Oder hat er mich gewünscht da er mich machte? Wußte er was ich werden würde? Das wollt ich ihm nicht raten, sonst möcht ich ihn dafür strafen, daß er mich doch gemacht hat! Kann ichs ihm Dank wissen, daß ich ein Mann wurde? So wenig, als ich ihn verklagen könnte, wenn er ein Weib aus mir gemacht hätte. Kann ich eine Liebe erkennen[123], die sich nicht auf Achtung gegen mein Selbst gründet? Konnte Achtung gegen mein Selbst vorhanden sein, das erst dardurch entstehen sollte, davon es die Voraussetzung sein muß? Wo stickt[124] dann nun das Heilige? Etwa im Aktus[125] selber, durch den ich entstund[126]? – Als wenn dieser etwas mehr wäre als viehischer Prozeß zur Stillung viehischer Begierden! Oder stickt es vielleicht im Resultat dieses Aktus, der noch nichts ist[127] als eiserne Notwendigkeit, die man so gern wegwünschte, wenns nicht auf Unkosten von Fleisch und Blut geschehn müßte? Soll ich ihm etwa darum gute Worte geben, daß er mich liebt? Das ist eine Eitelkeit von ihm, die Schoßsünde[128] aller Künstler, die sich in ihrem Werk kokettieren, wär es auch noch so häßlich. – Sehet also, das ist die ganze Hexerei, die ihr in einen heiligen Nebel verschleiert, unsre Furchtsamkeit zu mißbrauchen. Soll auch ich mich dadurch gängeln lassen wie einen Knaben?
Frisch also! mutig ans Werk! – Ich will alles um mich her ausrotten, was mich einschränkt, daß ich nicht Herr bin. Herr muß ich sein, daß ich das mit Gewalt ertrotze, wozu mir die Liebenswürdigkeit gebricht. *Ab.*

122 Hausmann: im Schwäbischen für *Hausherr*

123 erkennen: *anerkennen*

124 stickt: oberdt. für *stecken*

125 Aktus: *Zeugungsakt*

126 entstund: *entstand*

127 nichts ist: *nichts [anderes] ist*

128 Schoßsünde: *Lieblingssünde*

Zweite Szene

Schenke an den Grenzen von Sachsen. Karl von Moor in ein Buch vertieft. Spiegelberg trinkend am Tisch.

KARL VON MOOR *legt das Buch weg.* Mir ekelt vor diesem tintenklecksenden Säkulum[129], wenn ich in meinem Plutarch[130] lese von großen Menschen.

SPIEGELBERG *stellt ihm ein Glas hin und trinkt.* Den Josephus[131] mußt du lesen.

MOOR. Der lohe[132] Lichtfunke Prometheus[133]' ist ausgebrannt, dafür nimmt man itzt die Flamme von Bärlappenmehl[134] – Theaterfeuer, das keine Pfeife Tabak anzündet. Da krabbeln sie nun wie die Ratten auf die Keule des Herkules[135], und studieren sich das Mark aus dem Schädel, was das für ein Ding sei, das er in seinen Hoden geführt hat? Ein französischer Abbé[136] doziert, Alexander[137] sei ein Hasenfuß[138] gewesen, ein schwindsüchtiger Professor hält sich bei jedem Wort ein Fläschchen Salmiakgeist[139] vor die Nase und liest ein Kollegium[140] über die Kraft. Kerls, die in Ohnmacht fallen, wenn sie einen Buben gemacht haben, kritteln[141]

129 tintenklecksenden Säkulum: *saeculum* (latein.) *Jahrhundert.* Die Stürmer und Dränger lehnten sich gegen die in der Aufklärung aufgekommene Ansicht auf, der Mensch könne sich allein durch Bildung, Kraft seines Denkens befreien. Dieser Überbetonung von Geist, Verstand und Denken setzten sie ihre vom Gefühl bestimmte Poesie entgegen, mit der sie auch das bestehende poetische Regelwerk über den Haufen warfen.

130 Plutarch: Der griechische Schriftsteller Plutarch (46–125 n. Chr.) verfasste zahlreiche biographische und philosophische Schriften. In seinen Biographien setzte er sich mit Charakterstudien und moralischer Vorbildlichkeit auseinander. In seiner Zeit an der Karlsschule in Stuttgart gehörte der Dichter zu Schillers bevorzugten Autoren. In seinen Werken bediente sich Schiller bei den Motiven und Charakteren des Plutarch.

131 Josephus: Flavius Josephus war im 1. Jahrhundert ein jüdischer Geschichtsschreiber, der wichtige Schriften zur jüdischen Geschichte verfasste. Er war ein Freidenker und rebellierte gegen die bestehende Ordnung. Als sich die Juden im Jahr 66 gegen Rom erhoben, übte er aber auch Verrat an seinen eigenen Leuten. Möglicherweise ist dies auch ein Fingerzeig auf den Charakter des Spiegelbergs.

132 lohe: *flammende*

133 Prometheus: Held aus der griech. Mythologie. Er formte den Menschen aus Ton, hauchte ihnen Leben (und Geist) ein und brachte den Menschen das Feuer, das er den Göttern stahl. Zeus bestrafte ihn hierfür und ließ ihn an einen Felsen im Kaukasus anketten, wo ein Adler seine stets nachwachsende Leber fraß. Für die Stürmer und Dränger, für die das menschliche Genie ein zentraler Begriff war, war Prometheus eine wichtige Symbolfigur, vgl. z.B. Goethes Gedicht »Prometheus«.

134 Bärlappenmehl: Aus dem Bärlapp wurde ein Mehl gewonnen, das sich als Theatereffekt für ein kaltes Feuer verwenden ließ.

135 Keule des Herkules: Die Keule ist ein Symbol für die Stärke des Herkules (Held aus der griech. Mythologie). Wie aus dem gesamten Satz hervorgeht, könnte es sich hier auch um eine derbe Bemerkung auf seine Männlichkeit handeln.

136 Abbé: französ. für *Abt*

137 Alexander: *Alexander der Große*

138 Hasenfuß: *Angsthase*

139 Salmiakgeist: auch Ammoniakwasser genannt, hat einen stechenden Geruch

140 Kollegium: *Vorlesung*

141 kritteln: im Schwäbischen für *nörgeln*

über die Taktik des Hannibals[142] — feuchtohrige Buben[143] fischen Phrases[144] aus der Schlacht bei Cannä[145], und greinen[146] über die Siege des Scipio[147], weil sie sie exponieren[148] müssen.

SPIEGELBERG. Das ist ja recht alexandrinisch geflennt[149].

MOOR. Schöner Preis für euren[150] Schweiß in der Feldschlacht, daß ihr jetzt in Gymnasien lebet und eure Unsterblichkeit in einem Bücherriemen[151] mühsam fortgeschleppt wird. Kostbarer Ersatz eures verpraßten[152] Blutes, von einem Nürnberger Krämer um Lebkuchen gewickelt — oder, wenns glücklich geht, von einem französischen Tragödienschreiber auf Stelzen geschraubt, und mit Drahtfäden gezogen zu werden[153]! Hahaha!

SPIEGELBERG *trinkt.* Lies den Josephus, ich bitte dich drum.

MOOR. Pfui! Pfui über das schlappe Kastratenjahrhundert[154], zu nichts nütze, als die Taten der Vorzeit wiederzukäuen und die Helden des Altertums mit Kommentationen[155] zu schinden und zu verhunzen mit Trauerspielen. Die Kraft seiner Lenden ist versiegen gegangen[156], und nun muß Bierhefe den Menschen fortpflanzen helfen.

SPIEGELBERG. Tee, Bruder, Tee!

MOOR. Da verrammeln sie sich die gesunde Natur mit abgeschmackten[157] Konventionen, haben das Herz nicht, ein Glas zu leeren, weil sie Gesundheit dazu trinken müssen — belecken den Schuhputzer, daß er sie vertrete bei Ihro Gnaden, und hudeln[158] den armen Schelm, den sie nicht fürchten. — Vergöttern sich um ein Mittagessen und möchten einander vergiften um ein Unterbett, das ihnen beim Aufstreich[159] überboten wird. — Verdammen den Saddu-

---

142 Hannibals: Hannibal war ein Feldherr aus Karthago (246—183 v. Chr.). Durch ausgekügelte Kriegstaktik eroberte der Gegner Roms Spanien, Teile Frankreichs und Italiens.

143 feuchtohrige Buben: die Buben sind noch grün hinter den Ohren

144 Phrases: *Phrasen, Floskeln, Sentenzen*

145 Schlacht bei Cannä: Die Schlacht von Cannae fand am 2. August 216 v. Chr. auf der apulischen Hochebene statt und war eine der bedeutendsten Schlachten im Zweiten Punischen Krieg (unter Hannibal).

146 greinen: Gesicht oder Mund verziehen

147 Siege des Scipio: Publius Cornelius Scipio Africanus (235—183 v. Chr.) war römischer Feldherr und Politiker. Er wurde bekannt durch den Sieg über Hannibal in der Schlacht bei Zama.

148 exponieren: *übersetzen*

149 alexandrinisch geflennt: Alexandriner galten als ein recht steifes Versmaß, das aus der französischen Literatur stammt. Dabei handelt es sich um einen jamischen Vers mit sechs Hebungen und einer Zäsur in der Mitte des Verses. In der deutschen Literatur ist der Alexandriner vor allem im Barockzeitalter zu finden.

150 euren: gemeint sind die eben erwähnten Helden

151 Bücherriemen: Schnur, die die Bücher miteinander verband

152 verpraßten: *vergeudeten*

153 französischen Tragödieschreiber ... werden: Die Stürmer und Dränger verspotteten die klassizistische Tragödie der Franzosen wegen ihrer Künstlichkeit und verglichen deren Figuren häufig mit Marionetten.

154 Kastratenjahrhundert: Ein Kastrat ist ein kastrierter Mann. Schiller hat sich mehrfach (und derb) über die Schwachheit seiner Zeit geäußert, vgl. hierzu Schillers Gedicht »Kastraten und Männer« (1782).

155 Kommentationen: *Erläuterungen*

156 versiegen gegangen: im Schwäbischen für *versiedet*

157 abgeschmackten: *geschmacklosen*

158 hudeln: im Schwäbischen für *plagen*

159 Aufstreich: im Schwäbischen für ein *überbietendes Gebot bei einer Auktion*

zäer[160], der nicht fleißig genug in die Kirche kommt, und berechnen ihren Judenzins[161] am Altare – fallen auf die Knie, damit sie ja ihren Schlamp[162] ausbreiten können – wenden kein Aug von dem Pfarrer, damit sie sehen, wie seine Perücke frisiert ist. – Fallen in Ohnmacht, wenn sie eine Gans bluten sehen, und klatschen in die Hände, wenn ihr Nebenbuhler bankerott von der Börse geht. – – So warm ich ihnen die Hand drückte: – Nur noch einen Tag! – Umsonst! – Ins Loch[163] mit dem Hund! – Bitten! Schwüre! Tränen! *Auf den Boden stampfend.* Hölle und Teufel!

SPIEGELBERG. Und um so ein paar tausend lausige Dukaten –

MOOR. Nein, ich mag nicht daran denken. Ich soll meinen Leib pressen in eine Schnürbrust[164] und meinen Willen schnüren in Gesetze. Das Gesetz hat zum Schneckengang verdorben, was Adlerflug[165] geworden wäre. Das Gesetz hat noch keinen großen Mann gebildet, aber die Freiheit brütet Kolosse und Extremitäten[166] aus. Sie verpalisadieren sich[167] ins Bauchfell eines Tyrannen, hofieren der Laune seines Magens und lassen sich klemmen von seinen Winden. – Ah! daß der Geist Hermanns[168] noch in der Asche glimmte! – Stelle mich vor ein Heer Kerls wie ich, und aus Deutschland soll eine Republik[169] werden, gegen die Rom und Sparta Nonnenklöster sein sollen. *Er wirft den Degen auf den Tisch und steht auf.*

SPIEGELBERG *aufspringend.* Bravo! Bravissimo! Du bringst mich eben recht auf das Chapitre[170]. Ich will dir was ins Ohr sagen, Moor, das schon lang mit mir umgeht, und du bist der Mann dazu – sauf, Bruder, sauf – wie wärs, wenn wir Juden würden und das Königreich wieder aufs Tapet[171] brächten?

MOOR *lacht aus vollem Halse.* Ah! nun merk ich – nun merk ich – du willst die Vorhaut aus der Mode bringen, weil der Barbier[172] die deinige schon hat?

---

160 Sadduzäer: Eine politische und philosophische Schule der antiken Juden und Gegner der Pharisäer. Ihre Angehörigen zählten zur höheren Gesellschaftsschicht. Ihrer Ansicht nach greift Gott nicht in das Schicksal der Menschen ein. Sie leugneten auch die Fortdauer der Seele nach dem Tod. Die Tora galt für sie als einzige religiöse Quelle. Die Saddduzäer hatten eine liberale Einstellung und wollten Politik und Religion im gesellschaftlichen Leben trennen.

161 Judenzins: Der Begriff hat verschiedene Bedeutungen. Einerseits bezeichnet er eine Schutzabgabe, die Juden an die christliche Obrigkeit abzugeben hatten. Hier ist der Begriff aber eher als eine abwertende Bezeichnung für *Wucher* gemeint.

162 Schlapp: im Schwäbischen für *Schleppe, Lumpen*

163 Loch: *Gefängnis*

164 Schnürbrust: *Korsett*

165 Adlerflug: eine Metapher für Genie und schöpferische Kraft

166 Extremitäten: im Sinne von außergewöhnlichen Menschen

167 verpalisadieren sich: *verstecken sich, verbarrikadieren sich*

168 Hermann: Ein Held der Deutschen und Führer der Cherusker, der im Teuteburger Wald im Jahr 9. v. Chr. die Römer besiegte.

169 Republik: ein bürgerlicher Staat

170 Chapitre: franz. für *Thema*

171 Tapet: veraltet für *Teppich, Tischdecke,* hier also *die Sache auf den Tisch bringen*

172 Barbier: Der Barbier war im 18. Jahrhundert Friseur und Chirurg.

SPIEGELBERG. Daß dich Bärenhäuter[173]! Ich bin freilich wunderbarerweis schon voraus beschnitten[174]. Aber sag, ist das nicht ein schlauer und herzhafter[175] Plan? Wir lassen ein Manifest ausgehen in alle vier Enden der Welt und zitieren nach Palästina, was kein Schweinefleisch ißt. Da beweis ich nun durch triftige Dokumente, Herodes[176], der Vierfürst[177], sei mein Großahnherr[178] gewesen, und so ferner[179]. Das wird ein Viktoria[180] abgeben, Kerl, wenn sie wieder ins Trockene kommen und Jerusalem wieder aufbauen dörfen. Itzt frisch mit den Türken aus Asien, weils Eisen noch warm ist, und Zedern gehauen aus dem Libanon, und Schiffe gebaut, und geschachert mit alten Borten und Schnallen das ganze Volk. Mittlerweile –

MOOR *nimmt ihn lächelnd bei der Hand.* Kamerad! Mit den Narrenstreichen ists nun am Ende.

SPIEGELBERG *stutzig.* Pfui, du wirst doch nicht gar den verlorenen Sohn spielen wollen! Ein Kerl wie du, der mit dem Degen mehr auf die Gesichter gekritzelt hat, als drei Substituten[181] in einem Schaltjahr ins Befehlbuch[182] schreiben! Soll ich dir von der großen Hundsleiche vorerzählen? Ha! ich muß nur dein eigenes Bild wieder vor dich rufen, das wird Feuer in deine Adern blasen, wenn dich sonst nichts mehr begeistert. Weißt du noch, wie die Herren vom Kollegio[183] deiner Dogge das Bein hatten abschießen lassen, und du zur Revanche[184] ließest ein Fasten ausschreiben in der ganzen Stadt? Man schmollte[185] über dein Reskript[186]. Aber du nicht faul, lässest alles Fleisch aufkaufen in ganz L., daß in acht Stund kein Knoch mehr zu nagen ist in der ganzen Rundung und die Fische anfangen, im Preise zu steigen. Magistrat und Bürgerschaft düsselten[187] Rache. Wir Pursche[188] frisch heraus zu siebzehnhundert, und du an der Spitze, und Metzger und Schneider und Krämer hinterher, und Wirt und Barbierer und alle Zünfte, und fluchen, Sturm zu laufen wider die Stadt, wenn man den Purschen ein Haar krümmen wollte. Da gings aus wie's Schießen zu Hornberg[189], und mußten abziehen

---

173 Bärenhäuter: Schimpfwort für *Dummkopf*

174 voraus beschnitten: Spiegelberg vergleicht sich mit einem Messias. Ein Mythos besagt, dass der Messias bereits beschnitten zur Welt kommt.

175 herzhafter: *furchtloser*

176 Herodes: So hießen mehrere Könige von Judäa.

177 Vierfürst: einer der vier Herrscher des Landes

178 Großahnherr: *Urgroßvater*

179 ferner: *weiter*

180 Viktoria: *Sieg* (als Ausruf)

181 Substituten: Gehilfe eines amtlichen Schreibers

182 Befehlbuch: Das Buch, in welches die Verordnungen der Behörden eingetragen wurden.

183 Kollegio: Bezeichnung für eine *Universität*, eine Lehranstalt

184 Revanche: französ. für *Rache*

185 schmollte: im Schwäbischen für *lächelte*

186 Reskript: *Verfügung*

187 düsselten: im Schwäbischen für *flüsterten*

188 Pursche: oberdt. für *Burschen*

189 Schießen zu Hornberg: Das Srichwort bezeichnet ein Ereignis, das mit viel Getose angekündigt wird, aber letztlich ergebnislos blieb. Hornberg ist eine Stadt im Schwarzwald. Das Sprichwort geht auf verschiedene Erzählungen zurück. In einer dieser wird berichtet, dass in Hornberg der Herzog von Württemberg mit Salutschüssen begrüßt werden sollte. Als man in der Ferne eine Staubwolke erkannte, begann man Salut aus allen Rohren zu schießen, nur entpuppte sich die »Staubwolke« als Postkutsche. Als der Herzog dann tatsächlich eintraf, war bereits alles Pulver verschossen.

mit langer Nase. Du lässest Doktores kommen ein ganzes Konzilium[190] und botst drei Dukaten, wer dem Hund ein Rezept schreiben würde. Wir sorgten, die Herren werden zuviel Ehr im Leib haben und nein sagen, und hattens schon verabredt, sie zu forcieren[191]. Aber das war unnötig; die Herren schlugen sich um die drei Dukaten, und kams im Abstreich[192] herab auf drei Batzen[193], in einer Stund sind zwölf Rezepte geschrieben, daß das Tier auch bald drauf verreckte.

MOOR. Schändliche Kerls!

SPIEGELBERG. Der Leichenpomp[194] wird veranstaltet in aller Pracht, Carmina[195] gabs die schwere Meng um den Hund, und zogen wir aus des Nachts gegen tausend, eine Laterne in der einen Hand, unsre Raufdegen[196] in der andern, und so fort durch die Stadt mit Glockenspiel und Geklimper, bis der Hund beigesetzt war. Drauf gabs ein Fressen, das währt bis an den lichten Morgen, da bedanktest du dich bei den Herren für das herzliche Beileid und ließest das Fleisch verkaufen ums halbe Geld. Mort de ma vie[197], da hatten wir dir Respekt wie eine Garnison in einer eroberten Festung –

MOOR. Und du schämst dich nicht, damit groß zu prahlen? Hast nicht einmal so viel Scham, dich dieser Streiche zu schämen?

SPIEGELBERG. Geh, geh! Du bist nicht mehr Moor. Weißt du noch, wie tausendmal du, die Flasche in der Hand, den alten Filzen[198] hast aufgezogen und gesagt: Er soll nur drauflos schaben und scharren, du wollest dir dafür die Gurgel absaufen. – Weißt du noch? he? weißt du noch? O du heilloser, erbärmlicher Prahlhans! Das war noch männlich gesprochen und edelmännisch, aber –

MOOR. Verflucht seist du, daß du mich dran erinnerst! Verflucht ich, daß ich es sagte! Aber es war nur im Dampfe des Weins[199], und mein Herz hörte nicht, was meine Zunge prahlte.

SPIEGELBERG *schüttelt den Kopf.* Nein! nein! nein! das kann nicht sein. Unmöglich, Bruder, das kann dein Ernst nicht sein. Sag, Brüderchen, ist es nicht die Not, die dich so stimmt? Komm, laß dir ein Stückchen[200] aus meinen Bubenjahren erzählen. Da hatt ich neben meinem Haus einen Graben, der, wie wenig[201], seine acht Schuh[202] breit war, wo wir Buben uns in die Wette[203] bemühten hinüberzuspringen. Aber das war umsonst. Pflumpf[204]! lagst du, und ward

190 Konzilium: *Ratsversammlung*

191 forcieren: *erzwingen*

192 Abstreich: Unterbieten bei der einer Auktion

193 Batzen: eine *Geldmünze*

194 Leichenpomp: im Schwäbischen für ein *prunkvolles Begräbnis*

195 Carmina: *Grabgesänge*

196 Raufdegen: ein langer Degen mit großem Stichblatt

197 Mort de ma vie: französ. für *bei meinem Leben*

198 Filzen: im Schwäbischen für *Geizhals*

199 Dampfe des Weins: er war betrunken vom Wein

200 ein Stückchen: *eine Geschichte*

201 wie wenig: im Schwäbischen für *wenigstens*

202 Schuh: Schuh als Längenmaß (ca. 30 cm)

203 in die Wette: *um die Wette*

204 Pflumpf: oberdt. für *Plumps*

ein Gezisch[205] und Gelächter über dir, und wurdest mit Schneeballen geschmissen über und über. Neben meinem Haus lag eines Jägers Hund an einer Kette, eine so bissige Bestie, die dir die Mädels wie der Blitz am Rockzipfel hatte, wenn sie sichs versahn und zu nah dran vorbeistrichen. Das war nun mein Seelengaudium[206], den Hund überall zu necken, wo ich nur konnte, und wollt halb krepieren vor Lachen, wenn mich dann das Luder so giftig anstierte und so gern auf mich losgerannt wär, wenns nur gekonnt hätte. – Was geschieht? Ein andermal mach ichs ihm auch wieder so und werf ihn mit einem Stein so derb an die Ripp, daß er vor Wut von der Kette reißt und auf mich dar[207], und ich wie alle Donnerwetter reißaus und davon – Tausend Schwerenot! Da ist dir just der vermaledeite[208] Graben dazwischen. Was zu tun? Der Hund ist mir hart an den Fersen und wütig[209], also kurz resolviert[210] – ein Anlauf genommen – drüben bin ich. Dem Sprung hatt ich Leib und Leben zu danken; die Bestie hätte mich zuschanden gerissen[211].

MOOR. Aber wozu itzt das?

SPIEGELBERG. Dazu – daß du sehen sollst, wie die Kräfte wachsen in der Not. Darum laß ich mirs auch nicht bange sein, wenns aufs Äußerste kommt. Der Mut wächst mit der Gefahr; die Kraft erhebt sich im Drang. Das Schicksal muß einen großen Mann aus mir haben wollen, weils mir so quer durch den Weg streicht.

MOOR *ärgerlich.* Ich wüßte nicht, wozu wir den Mut noch haben sollten und noch nicht gehabt hätten.

SPIEGELBERG. So? – Und du willst also deine Gaben in dir verwittern lassen? Dein Pfund vergraben[212]? Meinst du, deine Stinkereien[213] in Leipzig machen die Grenzen des menschlichen Witzes[214] aus? Da laß uns erst in die große Welt kommen. Paris und London! – wo man Ohrfeigen einhandelt[215], wenn man einen mit dem Namen eines ehrlichen Mannes grüßt. Da ist es auch ein Seelenjubilo[216], wenn man das Handwerk ins Große praktiziert[217]. – Du wirst gaffen! Du wirst Augen machen! Wart, und wie man Handschriften nachmacht, Würfel verdreht, Schlösser aufbricht und den Koffern das Eingeweid ausschüttet – das sollst du noch von Spiegelberg lernen! Die Kanaille[218] soll man an den nächsten besten Galgen knüpfen, die bei geraden Fingern[219] verhungern will.

MOOR *zerstreut.* Wie? Du hast es wohl gar noch weiter gebracht?

---

205 Gezisch: *Spott*

206 Seelengaudium: im Schwäbischen für *Vergnügen*

207 dar: *zu*

208 vermaledeite: *verfluchte*

209 wütig: *wütend*

210 resolviert: *entschlossen*

211 zuschanden gerissen: *zerrissen*

212 Pfund vergraben: vgl. mit dem Gleichnis von den anvertrauten Pfunden in Lukas 19, 11–28

213 Stinkereien: *Stänkereien, unnütze Streiterei*

214 Witzes: *Verstandes, Geistes*

215 einhandelt: *bekommt*

216 Seelenjubilo: *Seelenfreude*

217 das Handwerk ins Große praktiziert: *das Handwerk mit großer List ausgeführt*

218 Kanaille: französ. für *Gesindel, Lump*

219 geraden Fingern: als Gegenteil von *krummen Fingern,* also hier als ehrlicher Mensch (und kein Dieb)

SPIEGELBERG. Ich glaube gar, du setzest ein Mißtrauen in mich. Wart, laß mich erst warm werden; du sollst Wunder sehen, dein Gehirnchen soll sich im Schädel umdrehen, wenn mein kreißender Witz[220] in die Wochen kommt. — *Steht auf, hitzig.* Wie es sich aufhellt in mir! Große Gedanken dämmern auf in meiner Seele! Riesenplane gären in meinem schöpfrischen Schädel. Verfluchte Schlafsucht! *Sich vorn Kopf schlagend.* Die bisher meine Kräfte in Ketten schlug, meine Aussichten sperrte und spannte[221]; ich erwache, fühle, wer ich bin — wer ich werden muß!

MOOR. Du bist ein Narr. Der Wein bramarbasiert[222] aus deinem Gehirne.

SPIEGELBERG *hitziger.* Spiegelberg, wird es heißen, kannst du hexen, Spiegelberg? Es ist schade, daß du kein General worden bist, Spiegelberg, wird der König sagen, du hättest die Östreicher durch ein Knopfloch gejagt. Ja, hör ich die Dokters jammern, es ist unverantwortlich, daß der Mann nicht die Medizin studiert hat, er hätte ein neues Kropfpulver[223] erfunden. Ach! und daß er das Kamerale[224] nicht zum Fach genommen hat, werden die Sullys[225] in ihren Kabinetten seufzen, er hätte aus Steinen Louisdore[226] hervorgezaubert. Und Spiegelberg wird es heißen in Osten und Westen, und in den Kot mit euch, ihr Memmen, ihr Kröten, indes Spiegelberg mit ausgespreiteten[227] Flügeln zum Tempel des Nachruhms emporfliegt.

MOOR. Glück auf den Weg! Steig du auf Schandsäulen zum Gipfel des Ruhms. Im Schatten meiner väterlichen Haine[228], in den Armen meiner Amalia lockt mich ein edler Vergnügen. Schon die vorige Woche hab ich meinem Vater um Vergebung geschrieben, hab ihm nicht den kleinsten Umstand verschwiegen, und wo Aufrichtigkeit ist, ist auch Mitleid und Hilfe. Laß uns Abschied nehmen, Moritz. Wir sehen uns heut, und nie mehr. Die Post ist angelangt. Die Verzeihung meines Vaters ist schon innerhalb dieser Stadtmauren[229].

Schweizer, Grimm, Roller, Schufterle, Razmann treten auf.

ROLLER. Wißt ihr auch, daß man uns auskundschaftet?

GRIMM. Daß wir keinen Augenblick sicher sind aufgehoben zu werden[230]?

MOOR. Mich wunderts nicht. Es gehe, wie es will! saht ihr den Schwarz nicht? sagt er euch von keinem Brief, den er an mich hätte?

ROLLER. Schon lang sucht er dich, ich vermute so etwas.

MOOR. Wo ist er, wo? wo? Will eilig fort.

ROLLER. Bleib! wir haben ihn hieher beschieden[231]. Du zitterst? —

---

220 Witz: wieder als *Verstand, Geist*

221 spannte: *hemmte*

222 bramarbasiert: *schneidet auf, prahlt*

223 Kropfpulver: ein Heilmittel bei Erkrankungen des Halses

224 Kamerale: gemeint ist die *Kameralistik* als Verwaltungs- und Wirtschaftslehre

225 Sullys: Der Herzog von Sully (1559–1641) war Finanzminister in England.

226 Louisdore: Goldmünzen in Frankreich

227 ausgespreiteten: *ausgebreiteten*

228 Haine: *Wälder* (Hain = kleiner, lichter Wald)

229 Stadtmauren: Ort der Szene ist eine Räuberschenke an der Grenze zu Böhmen. Stadtmauern passen hierzu eigentlich schlecht. Die Szene sollte sich wahrscheinlich in Leipzig ereignen, zumal zu diesem Zeitpunkt ja die Räuberbande erst zur beschlossenen Sache wurde.

230 aufgehoben zu werden: *gefangengenommen zu werden*

231 beschieden: *geschickt, bestellt*

MOOR. Ich zittre nicht. Warum sollt ich auch zittern? Kameraden! dieser Brief – freut euch mit mir! Ich bin der Glücklichste unter der Sonne, warum sollt ich zittern?

Schwarz tritt auf.

MOOR *fliegt ihm entgegen.* Bruder! Bruder! den Brief! den Brief!

SCHWARZ *gibt ihm den Brief, den er hastig aufbricht.* Was ist dir? Wirst du nicht wie die Wand?

MOOR. Meines Bruders Hand!

SCHWARZ. Was treibt denn der Spiegelberg?

GRIMM. Der Kerl ist unsinnig. Er macht Gestus wie beim Sankt-Veits-Tanz[232].

SCHUFTERLE. Sein Verstand geht im Ring herum. Ich glaub, er macht Verse.

RAZMANN. Spiegelberg, He, Spiegelberg! – Die Bestie hört nicht.

GRIMM *schüttelt ihn.* Kerl! träumst du, oder –?

SPIEGELBERG *der sich die ganze Zeit über mit den Pantomimen eines Projektmachers[233] im Stubeneck abgearbeitet hat, springt wild auf.* La bourse ou la vie[234]! *Und packt Schweizern an der Gurgel, der ihn gelassen an die Wand wirft. – Moor läßt den Brief fallen und rennt hinaus. Alle fahren auf.*

ROLLER *ihm nach.* Moor! wo'naus[235], Moor? was beginnst du?

GRIMM. Was hat er, was hat er? Er ist bleich wie die Leiche.

SCHWEIZER. Das müssen schöne Neuigkeiten sein! Laß doch sehen!

ROLLER *nimmt den Brief von der Erde und liest.* »Unglücklicher Bruder!« Der Anfang klingt lustig. »Nur kürzlich[236] muß ich dir melden, daß deine Hoffnung vereitelt ist – du sollst hingehen, läßt dir der Vater sagen, wohin dich deine Schandtaten führen. Auch, sagt er, werdest du dir keine Hoffnung machen, jemals Gnade zu seinen Füßen zu erwimmern, wenn du nicht gewärtig sein wollest[237], im untersten Gewölb seiner Türme mit Wasser und Brot so lang traktiert zu werden, bis deine Haare wachsen wie Adlersfedern und deine Nägel wie Vogelsklauen werden. Das sind seine eigene Worte. Er befiehlt mir, den Brief zu schließen. Leb wohl auf ewig. Ich bedaure dich – Franz von Moor«.

SCHWEIZER. Ein zuckersüßes Brüderchen! In der Tat! – Franz heißt die Kanaille?

SPIEGELBERG *sachte herbeischleichend.* Von Wasser und Brot ist die Rede? Ein schönes Leben! Da hab ich anders für euch gesorgt! Sagt ichs nicht, ich müßt am Ende für euch alle denken?

SCHWEIZER. Was sagt der Schafskopf? der Esel will für uns alle denken?

SPIEGELBERG. Hasen, Krüppel, lahme Hunde seid ihr alle, wenn ihr das Herz nicht habt, etwas Großes zu wagen!

ROLLER. Nun, das wären wir freilich, du hast recht – aber wird es uns auch aus dieser vermaledeiten[238] Lage reißen, was du wagen wirst? wird es? –

---

232 Sankt-Veits-Tanz: Ausdruck für unkontrollierte Muskelzuckungen

233 Projektmachers: als eine Charakterisierung eines Schwärmers

234 La bourse ou la vie: französ. für *Geld oder Leben*

235 wo'naus: *wohin*

236 kürzlich: *kurz*

237 wenn du nicht gewärtig sein wollest: *wenn du nicht möchtest*

238 vermaledeiten: *verdammten, verfluchten*

SPIEGELBERG *mit einem stolzen Gelächter.* Armer Tropf! Aus dieser Lage reißen? hahaha! – aus dieser Lage reißen? – und auf mehr raffiniert[239] dein Fingerhut voll Gehirn nicht? und damit trabt deine Mähre[240] zum Stalle? Spiegelberg müßte ein Hundsfott[241] sein, wenn er mit dem nur anfangen wollte. Zu Helden, sag ich dir, zu Freiherrn, zu Fürsten, zu Göttern wirds euch machen!

RAZMANN. Das ist viel auf einen Hieb, wahrlich! Aber es wird wohl eine halsbrechende Arbeit sein, den Kopf wirds wenigstens kosten.

SPIEGELBERG. Es will nichts als Mut, denn was den Witz[242] betrifft, den nehm ich ganz über mich. Mut, sag ich, Schweizer! Mut! Roller, Grimm, Razmann, Schufterle! Mut! –

SCHWEIZER. Mut? Wenns nur das ist – Mut hab ich genug, um barfuß mitten durch die Hölle zu gehn.

SCHUFTERLE. Mut genug, mich unterm lichten[243] Galgen mit dem leibhaftigen Teufel um einen armen Sünder[244] zu balgen.

SPIEGELBERG. So gefällt mirs! Wenn ihr Mut habt, tret einer auf und sag: Er habe noch etwas zu verlieren, und nicht alles zu gewinnen! –

SCHWARZ. Wahrhaftig, da gäbs manches zu verlieren, wenn ich das verlieren wollte, was ich noch zu gewinnen habe!

RAZMANN. Ja, zum Teufel! und manches zu gewinnen, wenn ich das gewinnen wollte, was ich nicht verlieren kann.

SCHUFTERLE. Wenn ich das verlieren müßte, was ich auf Borgs[245] auf dem Leibe trage, so hätt ich allenfalls morgen nichts mehr zu verlieren.

SPIEGELBERG. Also denn! *Er stellt sich mitten unter sie mit beschwörendem Ton.* Wenn noch ein Tropfen deutschen Heldenbluts in euren Adern rinnt – kommt! Wir wollen uns in den böhmischen Wäldern niederlassen, dort eine Räuberbande zusammenziehen und – Was gafft ihr mich an? – Ist euer bißchen Mut schon verdampft?

ROLLER. Du bist wohl nicht der erste Gauner, der über den hohen Galgen weggesehen hat – und doch – Was hätten wir sonst noch für eine Wahl übrig?

SPIEGELBERG. Wahl? Was? nichts habt ihr zu wählen! Wollt ihr im Schuldturm stecken, und zusammenschnurren[246], bis man zum Jüngsten Tag[247] posaunt? Wollt ihr euch mit der Schaufel und Haue[248] um einen Bissen trocken Brot abquälen? Wollt ihr an der Leute Fenster mit einem Bänkelsängerlied ein mageres Almosen erpressen? oder wollt ihr zum Kalbsfell schwören[249] – und da ist erst noch die Frage, ob man euren Gesichtern traut – und dort

239 raffiniert: *denkt, sinnt*

240 Mähre: Spottbegriff für ein *ungeeignetes Pferd*

241 Hundsfott: Hundsfutt bezeichnet das Geschlechtsteil eines Hundes. Hundsfott ist hier also ein niedriges Schimpfwort.

242 Witz: *Verstand*

243 lichten: *öffentlichen*

244 armen Sünder: *Todgeweihten*

245 auf Borgs: *geborgt, geliehen, auf Pump*

246 zusammenschnurren: im Schwäbischen für *zusammenschrumpfen*

247 Jüngsten Tag: Der Tag des jüngsten Gerichtes in der Offenbarung des Johannes 8–11.

248 Haue: *Hacke*

249 zum Kalbsfell schwören: Bei Soldaten war es Brauch, auf das Fell der Trommel zu schwören.

unter der milzsüchtigen[250] Laune eines gebieterischen Korporals das Fegfeuer zum voraus abverdienen, oder bei klingendem Spiel nach dem Takt der Trommel spazieren gehn[251], oder im Galliotenparadies[252] das ganze Eisenmagazin Vulkans hinterherschleifen[253]? Seht, das habt ihr zu wählen, da ist es beisammen, was ihr wählen könnt!

ROLLER. So unrecht hat der Spiegelberg eben nicht. Ich hab auch meine Plane schon zusammengemacht, aber sie treffen endlich auf eins. Wie wärs, dacht ich, wenn ihr euch hinsetztet und ein Taschenbuch oder einen Almanach oder so was ähnliches zusammensudeltet und um den lieben Groschen rezensiertet, wie's wirklich Mode ist?

SCHUFTERLE. Zum Henker! ihr ratet nach[254] zu meinen Projekten. Ich dacht bei mir selbst, wie, wenn du ein Pietist[255] würdest und wöchentlich deine Erbauungsstunden hieltest?

GRIMM. Getroffen! und wenn das nicht geht, ein Atheist[256]! Wir könnten die vier Evangelisten aufs Maul schlagen, ließen unser Buch durch den Schinder verbrennen, und so gings reißend ab.

RAZMANN. Oder zögen wir wider die Franzosen zu Felde – ich kenne einen Dokter, der sich ein Haus von purem Quecksilber[257] gebauet hat, wie das Epigramm[258] auf der Haustüre lautet.

SCHWEIZER *steht auf und gibt Spiegelberg die Hand.* Moritz, du bist ein großer Mann! – oder es hat ein blindes Schwein eine Eichel gefunden.

SCHWARZ. Vortreffliche Plane! honette[259] Gewerbe! Wie doch die großen Geister sympathisieren! Itzt fehlte nur noch, daß wir Weiber und Kupplerinnen würden, oder gar unsere Jungferschaft zu Markte trieben.

SPIEGELBERG. Possen, Possen! Und was hinderts, daß ihr nicht das meiste in einer Person sein könnt? Mein Plan wird euch immer am höchsten poussieren[260], und da habt ihr noch Ruhm und Unsterblichkeit! Seht, arme Schlucker! Auch so weit muß man hinausdenken! Auch auf den Nachruhm, das süße Gefühl von Unvergeßlichkeit[261] –

ROLLER. Und obenan in der Liste der ehrlichen Leute! Du bist ein Meisterredner, Spiegelberg, wenns drauf ankommt, aus einem ehrlichen Mann einen Hollunken[262] zu machen – Aber sag doch einer, wo der Moor bleibt? –

---

250 milzsüchtigen: *hypochondrischen*

251 spazieren gehn: beim Spießrutenlauf

252 Galliotenparadies: ironisch das Paradies der verurteilten Verbrecher, die zur Strafe auf einer Galeere rundern müssen.

253 Eisenmagazin Vulkans hinterherschleifen: die Eisenketten hinterherschleifen. In der röm. Mythologie war der Gott Vulkan ein Schmied in der Unterwelt.

254 ihr ratet nach: *ihr seid nahe*

255 Pietist: Der Pietismus war eine protestanitische Reformbewegung, die sich auf die zentralen Anliegen der Reformation rückbesann und der Persönlichkeit des Individuums und seiner Gefühlswelt einen hohen Stellenwert verlieh. Pietisten waren zur ständigen Reue und Buße angehalten.

256 Atheist: *Gottesleugner*

257 Haus von purem Quecksilber: Die Geschlechtskrankheit Syphilis konnte im 18. Jahrhundert durch Quecksilber kuriert werden.

258 das Epigramm: *die Inschrift*

259 honette: *anständige*

260 poussieren: *emportragen*

261 Unvergeßlichkeit: *Unsterblichkeit*

262 Hollunken: *Halunken*

SPIEGELBERG. Ehrlich, sagst du? Meinst du, du seist nachher weniger ehrlich, als du itzt bist? Was heißt du ehrlich? Reichen Filzen[263] ein Dritteil ihrer Sorgen vom Hals schaffen, die ihnen nur den goldnen Schlaf verscheuchen, das stockende Geld in Umlauf bringen, das Gleichgewicht der Güter wiederherstellen, mit einem Wort, das goldne Alter[264] wieder zurückrufen, dem lieben Gott von manchem lästigen Kostgänger helfen, ihm Krieg, Pestilenz, teure Zeit und Dokters ersparen — siehst du, das heiß ich ehrlich sein, das heiß ich ein würdiges Werkzeug in der Hand der Vorsehung abgeben. — Und so bei jedem Braten, den man ißt, den schmeichelhaften Gedanken zu haben: den haben dir deine Finten[265], dein Löwenmut, deine Nachtwachen[266] erworben — von groß und klein respektiert zu werden —

ROLLER. Und endlich gar bei lebendigem Leibe gen Himmel fahren, und trutz[267] Sturm und Wind, trutz dem gefräßigen Magen der alten Urahne Zeit unter Sonn und Mond und allen Fixsternen schweben[268], wo selbst die unvernünftigen Vögel des Himmels, von edler Begierde herbeigelockt, ihr himmlisches Konzert musizieren, und die Engel mit Schwänzen ihr hochheiliges Synedrium halten[269]? Nicht wahr? — Und wenn Monarchen und Potentaten von Motten und Würmern verzehrt werden, die Ehre haben zu dürfen, von Jupiters königlichem Vogel[270] Visiten[271] anzunehmen? — Moritz, Moritz, Moritz! nimm dich in acht! nimm dich in acht, vor dem dreibeinigten Tiere[272]!

SPIEGELBERG. Und das schröckt dich, Hasenherz? ist doch schon manches Universalgenie, das die Welt hätte reformieren können, auf dem Schindanger[273] verfault, und spricht man nicht von so einem Jahrhunderte, Jahrtausende lang, da mancher König und Kurfürst in der Geschichte überhüpft[274] würde, wenn sein Geschichtschreiber die Lücke in der Successionsleiter[275] nicht scheute und sein Buch dardurch nicht um ein paar Oktavseiten[276] gewönne, die ihm der Verleger mit barem Gelde bezahlt — Und wenn dich der Wanderer so hin und her fliegen sieht im Winde — der muß auch kein Wasser im Hirn gehabt haben[277], brummt er in den Bart, und seufzt über die elenden Zeiten.

SCHWEIZER *klopft ihn auf die Achsel.* Meisterlich, Spiegelberg! Meisterlich! Was zum Teufel, steht ihr da, und zaudert?

---

263 Filzen: *Geizhälse*

264 das goldne Alter: Das goldene Zeitalter, in dem Menschen unschuldig und rein zusammenlebten, also als der Mensch das Paradies bewohnte.

265 Finten: hier im Sinne von *Betrügereien*

266 Nachtwachen: *Wachen bei Nacht*

267 trutz: *trotz*

268 schweben: gemeint ist hier im ironischen Sinne *am Galgen hängen*

269 die Engel mit Schwänzen ihr hochheiliges Synedrium halten: Die Teufel holten die Verdammten direkt am Galgen ab, wo sie Versammlung (Synedrium) abhalten.

270 Jupiters königlichem Vogel: Jupiter ist in der röm. Mythologie der höchste Gott, der von einem Adler begleitet wurde. Gemeint ist hier aber ironisch ein Aasgeier.

271 Visiten: *Besuche*

272 dreibeinigten Tiere: *der Galgen*

273 Schindanger: Ort, an dem die Hingerichteten begraben wurden.

274 überhüpft: *übersprungen*

275 Successionsleiter: *Thronfolge*

276 Oktavseiten: *Papierseiten, Briefpapiere* (*Oktav* bezeichnet die Seitengröße)

277 kein Wasser im Hirn gehabt haben: *der muss kein Genie gewesen sein*

SCHWARZ. Und laß es auch Prostitution[278] heißen – Was folgt weiter? Kann man nicht auf den Fall immer ein Pülverchen mit sich führen, das einen so im stillen übern Acheron[279] fördert, wo kein Hahn darnach kräht? Nein, Bruder Moritz! dein Vorschlag ist gut. So lautet auch mein Katechismus[280].

SCHUFTERLE. Blitz! Und der meine nicht minder. Spiegelberg, du hast mich geworben!

RAZMANN. Du hast, wie ein anderer Orpheus[281], die heulende Bestie, mein Gewissen in den Schlaf gesungen. Nimm mich ganz, wie ich da bin!

GRIMM. Si omnes consentiunt ego non dissentio[282]. Wohlgemerkt, ohne Komma! Es ist ein Aufstreich[283] in meinem Kopf: Pietisten – Quacksalber – Rezensenten und Jauner[284]. Wer am meist enbietet, der hat mich. Nimm diese Hand, Moritz!

ROLLER. Und auch du, Schweizer? *Gibt Spiegelberg die rechte Hand.* Also verpfänd ich meine Seele dem Teufel.

SPIEGELBERG. Und deinen Namen den Sternen! Was liegt daran, wohin auch die Seele fährt? Wenn Scharen vorausgesprengter[285] Kuriere unsere Niederfahrt melden, daß sich die Satane festtäglich herausputzen, sich den tausendjährigen Ruß aus den Wimpern stäuben und Myriaden[286] gehörnter Köpfe aus der rauchenden Mündung ihrer Schwefelkamine hervorwachsen, unsern Einzug zu sehen? Kameraden! *Aufgesprungen.* Frisch auf! Kameraden! Was in der Welt wiegt diesen Rausch des Entzückens auf? Kommt, Kameraden!

ROLLER. Sachte nur! sachte! Wohin? Das Tier muß auch seinen Kopf haben, Kinder.

SPIEGELBERG *giftig.* Was predigt der Zauderer? Stand nicht der Kopf schon, eh noch ein Glied sich regte? Folgt, Kameraden.

ROLLER. Gemach sag ich. Auch die Freiheit muß ihren Herrn haben. Ohne Oberhaupt ging Rom und Sparta zugrunde.

SPIEGELBERG *geschmeidig.* Ja – haltet – Roller sagt recht. Und das muß ein erleuchteter Kopf sein. Versteht ihr? Ein feiner[287], politischer[288] Kopf muß das sein! Ja! wenn ich mirs denke, was ihr vor einer Stunde waret, was ihr itzt seid, – durch einen glücklichen Gedanken seid – ja freilich, freilich müßt ihr einen Chef haben – und wer diesen Gedanken entsponnen, sagt, muß das nicht ein erleuchteter politischer Kopf sein?

ROLLER. Wenn sichs hoffen ließe – träumen ließe – aber ich fürchte, er wird es nicht tun.

SPIEGELBERG. Warum nicht? Sags keck heraus, Freund! – So schwer es ist, das kämpfende Schiff gegen die Winde zu lenken, so schwer sie auch drückt, die Last der Kronen – sags unverzagt, Roller, – vielleicht wird ers doch tun.

---

278 Prostitution: *Ehrlosigkeit*

279 Acheron: In der griech. Mythologie ein Fluss in die Unterwelt. Die Toten müssen ihn überqueren.

280 Katechismus: *Glaubensbekenntnis*

281 Orpheus: Orpheus konnte durch seinen Gesang die Wächter der Unterwelt überwältigen und so seine Frau Eurydike aus dem Reich der Toten befreien.

282 Si omnes consentiunt ego non dissentio: latein. für *Wenn alle zustimmen, widerspreche ich nicht.*

283 Aufstreich: hier wieder das überbietende Gebot in der Auktion

284 Jauner: *Gauner*

285 vorausgesprengter: *vorausspringender, vorausreitender*

286 Myriaden: aus dem Griech. für *zehntausend*

287 feiner: *gescheiter*

288 politischer: *vernünftig beurteilender*

ROLLER. Und leck ist das Ganze, wenn ers nicht tut. Ohne den Moor sind wir Leib ohne Seele.

SPIEGELBERG *unwillig von ihm weg.* Stockfisch[289]!

MOOR *tritt herein in wilder Bewegung und läuft heftig im Zimmer auf und nieder, mit sich selber.* Menschen — Menschen! falsche, heuchlerische Krokodilbrut! Ihre Augen sind Wasser! Ihre Herzen sind Erzt[290]! Küsse auf den Lippen! Schwerter im Busen[291]! Löwen und Leoparden füttern ihre Jungen, Raben tischen ihren Kleinen auf dem Aas, und Er, Er — Bosheit hab ich dulden gelernt, kann dazu lächeln, wenn mein erboster Feind mir mein eigen Herzblut zutrinkt — aber wenn Blutliebe zur Verräterin, wenn Vaterliebe zur Megäre[292] wird, o so fange Feuer, männliche Gelassenheit, verwilde[293] zum Tiger, sanftmütiges Lamm, und jede Faser recke sich auf zu Grimm[294] und Verderben.

ROLLER. Höre, Moor! Was denkst du davon? Ein Räuberleben ist doch auch besser, als bei Wasser und Brot im untersten Gewölbe der Türme?

MOOR. Warum ist dieser Geist nicht in einen Tiger gefahren, der sein wütendes Gebiß in Menschenfleisch haut? Ist das Vatertreue? Ist das Liebe für Liebe? Ich möchte ein Bär sein, und die Bären des Nordlands wider dies mörderische Geschlecht anhetzen — Reue, und keine Gnade! — Oh ich möchte den Ozean vergiften, daß sie den Tod aus allen Quellen saufen! Vertrauen, unüberwindliche Zuversicht, und kein Erbarmen!

ROLLER. So höre doch, Moor, was ich dir sage!

MOOR. Es ist unglaublich, es ist ein Traum, eine Täuschung — So eine rührende Bitte, so eine lebendige Schilderung des Elends und der zerfließenden Reue — die wilde Bestie wär in Mitleid zerschmolzen! Steine hätten Tränen vergossen, und doch — man würde es für ein boshaftes Pasquill[295] aufs Menschengeschlecht halten, wenn ichs aussagen wollte — und doch, doch — oh, daß ich durch die ganze Natur das Horn des Aufruhrs blasen könnte, Luft, Erde und Meer wider das Hyänengezücht ins Treffen zu führen!

GRIMM. Höre doch, höre! vor Rasen hörst du ja nicht.

MOOR. Weg, weg von mir! Ist dein Name nicht Mensch? Hat dich das Weib nicht geboren? — Aus meinen Augen, du mit dem Menschengesicht! — Ich hab ihn so unaussprechlich geliebt! so liebte kein Sohn, ich hätte tausend Leben für ihn — *Schäumend auf die Erde stampfend.* Ha! wer mir itzt ein Schwert in die Hand gäb, dieser Otterbrut eine brennende Wunde zu versetzen! wer mir sagte, wo ich das Herz ihres Lebens erzielen, zermalmen, zernichten[296] — er sei mein Freund, mein Engel, mein Gott — ich will ihn anbeten!

ROLLER. Eben diese Freunde wollen ja wir sein, laß dich doch weisen!

SCHWARZ. Komm mit uns in die böhmischen Wälder! Wir wollen eine Räuberbande sammeln, und du — *Moor stiert ihn an.*

SCHWEIZER. Du sollst unser Hauptmann sein! du mußt unser Hauptmann sein!

SPIEGELBERG *wirft sich wild in einen Sessel.* Sklaven und Memmen!

---

289 Stockfisch: Beschimpfung für einen dummen Menschen

290 Erzt: *Eisen*

291 Schwerter im Busen: gemeint sind Dolche im Oberwand, wie es die Römer trugen

292 Megäre: In der griech. Mythologie eine der drei Rachegöttinnen.

293 verwilde: *verwildere*

294 Grimm: *Zorn*

295 Pasquill: Eine Spottschrift auf eine Person, die anonym veröffentlicht wurde.

296 zernichten: *vernichten*

MOOR. Wer blies dir das Wort ein? Höre, Kerl! *Indem er Schwarzen hart ergreift.* Das hast du nicht aus deiner Menschenseele hervorgeholt! Wer blies dir das Wort ein? Ja, bei dem tausendarmigen Tod! das wollen wir, das müssen wir! Der Gedanke verdient Vergötterung – Räuber und Mörder! – So wahr meine Seele lebt, ich bin euer Hauptmann!

ALLE *mit lärmendem Geschrei.* Es lebe der Hauptmann!

SPIEGELBERG *aufspringend, vor sich.* Bis ich ihm hinhelfe[297]!

MOOR. Siehe, da fällts wie der Star von meinen Augen! was für ein Tor ich war, daß ich ins Käficht[298] zurückwollte! – Mein Geist dürstet nach Taten, mein Atem nach Freiheit, – Mörder, Räuber! – mit diesem Wort war das Gesetz unter meine Füße gerollt – Menschen haben Menschheit vor mir verborgen, da ich an Menschheit[299] appellierte, weg dann von mir Sympathie und menschliche Schonung[300]! – Ich habe keinen Vater mehr, ich habe keine Liebe mehr, und Blut und Tod soll mich vergessen lehren, daß mir jemals etwas teuer war! Kommt, kommt! – Oh ich will mir eine fürchterliche Zerstreuung machen – es bleibt dabei, ich bin euer Hauptmann! Und Glück zu dem Meister unter euch, der am wildesten sengt, am gräßlichsten mordet, denn ich sage euch, er soll königlich belohnet werden – tretet her um mich ein jeder und schwöret mir Treu und Gehorsam zu bis in den Tod! – schwört mir das bei dieser männlichen Rechte!

ALLE *geben ihm die Hand.* Wir schwören dir Treu und Gehorsam bis in den Tod!

MOOR. Nun, und bei dieser männlichen Rechte! schwör ich euch hier, treu und standhaft euer Hauptmann zu bleiben bis in den Tod! Den soll dieser Arm gleich zur Leiche machen, der jemals zagt oder zweifelt oder zurücktritt! Ein Gleiches widerfahre mir von jedem unter euch, wenn ich meinen Schwur verletze! Seid ihrs zufrieden?

Spiegelberg läuft wütend auf und nieder.

ALLE *mit aufgeworfenen Hüten.* Wir sinds zufrieden.

MOOR. Nun dann, so laßt uns gehn! Fürchtet euch nicht vor Tod und Gefahr, denn über uns waltet ein unbeugsames Fatum[301]! Jeden ereilet endlich sein Tag, es sei auf dem weichen Kissen von Flaum, oder im rauhen Gewühl des Gefechts, oder auf offenem Galgen und Rad! Eins davon ist unser Schicksal! *Sie gehen ab.*

SPIEGELBERG *ihnen nachsehend, nach einer Pause.* Dein Register hat ein Loch. Du hast das Gift weggelassen. *Ab.*

---

297 hinhelfe: *umbringe*

298 Käficht: sächliches Geschlecht (als Kind des Grafen)

299 Menschheit: *Menschlichkeit*

300 Schonung: *Verschonung*

301 Fatum: latein. für *Schicksal*

Dritte Szene

Im Moorischen Schloß, Amaliens Zimmer.
Franz. Amalia.

FRANZ. Du siehst weg, Amalia? Verdien ich weniger als der, den der Vater verflucht hat?

AMALIA. Weg! – Ha des liebevollen, barmherzigen Vaters, der seinen Sohn Wölfen und Ungeheuern preisgibt! daheim labt er sich mit süßem, köstlichem Wein und pflegt[302] seiner morschen Glieder in Kissen von Eider[303], während sein großer, herrlicher Sohn darbt[304] – schämt euch, ihr Unmenschen! schämt euch, ihr Drachenseelen, ihr Schande der Menschheit! – seinen einzigen Sohn!

FRANZ. Ich dächte, er hätt ihrer zween[305].

AMALIA. Ja, er verdient solche Söhne zu haben, wie du bist. Auf seinem Todbett wird er umsonst die welken Hände ausstrecken nach seinem Karl und schaudernd zurückfahren, wenn er die eiskalte Hand seines Franzens faßt – oh es ist süß, es ist köstlich süß, von deinem Vater verflucht zu werden! Sprich, Franz, liebe brüderliche Seele! was muß man tun, wenn man von ihm verflucht sein will?

FRANZ. Du schwärmst, meine Liebe, du bist zu bedauren.

AMALIA. O ich bitte dich – bedauerst du deinen Bruder? – Nein, Unmensch, du hassest ihn! Du hassest mich doch auch?

FRANZ. Ich liebe dich wie mich selbst, Amalia!

AMALIA. Wenn du mich liebst, kannst du mir wohl eine Bitte abschlagen?

FRANZ. Keine, keine! wenn sie nicht mehr ist als mein Leben.

AMALIA. O, wenn das ist! Eine Bitte, die du so leicht, so gern erfüllen wirst, *Stolz.* – Hasse mich! Ich müßte feuerrot werden vor Scham, wenn ich an Karln denke und mir eben einfiel', daß du mich nicht hassest. Du versprichst mirs doch? – Itzt geh, und laß mich, ich bin so gern allein!

FRANZ. Allerliebste Träumerin! wie sehr bewundere ich dein sanftes liebevolles Herz. *Ihr auf die Brust klopfend.* Hier, hier herrschte Karl wie ein Gott in seinem Tempel, Karl stand vor dir im Wachen, Karl regierte in deinen Träumen, die ganze Schöpfung schien dir nur in den Einzigen zu zerfließen, den Einzigen widerzustrahlen, den Einzigen dir entgegenzutönen.

AMALIA *bewegt.* Ja wahrhaftig, ich gesteh es. Euch Barbaren zum Trutz will ichs vor aller Welt gestehen – ich lieb ihn!

FRANZ. Unmenschlich, grausam! Diese Liebe so zu belohnen! Die zu vergessen –

AMALIA *auffahrend.* Was, mich vergessen?

FRANZ. Hattest du ihm nicht einen Ring an den Finger gesteckt? einen Diamantring zum Unterpfand deiner Treue! – Freilich nun, wie kann auch ein Jüngling den Reizen einer Metze[306] Widerstand tun? Wer wirds ihm auch verdenken, da ihm sonst nichts mehr übrig war

---

302 pflegt: er lässt es sich gut gehen

303 Eider: Die Eiderente, die an den nördlichen Meerküsten lebt, liefert sehr weiche Daunenfedern.

304 darbt: *Not leidet*

305 zween: *zwei*

306 Metze: *Hure*

wegzugeben, — und bezahlte sie ihn nicht mit Wucher[307] dafür mit ihren Liebkosungen, ihren Umarmungen?

AMALIA *aufgebracht.* Meinen Ring einer Metze?

FRANZ. Pfui, pfui! das ist schändlich. Wohl aber, wenns nur das wäre! — Ein Ring, so kostbar er auch ist, ist im Grunde bei jedem Juden wiederzuhaben — vielleicht mag ihm die Arbeit daran nicht gefallen haben, vielleicht hat er einen schönern dafür eingehandelt.

AMALIA *heftig.* Aber m e i n e n Ring — ich sage, m e i n e n Ring?

FRANZ. Keinen andern, Amalia — ha! solch ein Kleinod, und an meinem Finger — und von Amalia! — von hier sollt ihn der Tod nicht gerissen haben — nicht wahr, Amalia, nicht die Kostbarkeit des Diamants, nicht die Kunst des Gepräges[308] — die Liebe macht seinen Wert aus. — Liebstes Kind, du weinest? wehe über den, der diese köstliche Tropfen aus so himmlischen Augen preßt — ach, und wenn du erst alles wüßtest, ihn selbst sähest, ihn unter der Gestalt sähest? —

AMALIA. Ungeheuer! wie, unter welcher Gestalt?

FRANZ. Stille, stille, gute Seele, frage mich nicht aus! *Wie vor sich, aber laut.* Wenn es doch wenigstens nur einen Schleier hätte, das garstige Laster, sich dem Auge der Welt zu entstehlen[309]! Aber da blickts schrecklich durch den gelben, bleifarbenen Augenring[310]; — da verrät sichs im totenblassen, eingefallenen Gesicht und dreht die Knochen häßlich hervor — da stammelts in der halben, verstümmelten Stimme — da predigts fürchterlich laut vom zitternden, hinschwankenden Gerippe — da durchwühlt es der Knochen innerstes Mark und bricht die mannhafte Stärke der Jugend — da, da spritzt es den eitrigten, fressenden Schaum aus Stirn und Wangen und Mund und der ganzen Fläche des Leibes zum scheußlichen Aussatz hervor und nistet abscheulich in den Gruben der viehischen Schande — pfui, pfui! mir ekelt. Nasen, Augen, Ohren schütteln sich. — Du hast jenen Elenden gesehen, Amalia, der in unserem Siechenhause[311] seinen Geist auskeuchte, die Scham schien ihr scheues Auge vor ihm zuzublinzen[312] — du ruftest Wehe über ihn aus. Ruf dies Bild noch einmal ganz in deine Seele zurück, und Karl steht vor dir! — Seine Küsse sind Pest, seine Lippen vergiften die deinen!

AMALIA *schlägt ihn.* Schamloser Lästerer!

FRANZ. Graut dir vor diesem Karl? Ekelt dir schon von dem matten Gemälde? Geh, gaff ihn selbst an, deinen schönen, englischen[313] göttlichen Karl! Geh, sauge seinen balsamischen Atem ein und laß dich von den Ambrosiadüften[314] begraben, die aus seinem Rachen dampfen! der bloße Hauch seines Mundes wird dich in jenen schwarzen todähnlichen Schwindel

---

307 Wucher: *Gewinn, Zinsen*

308 Gepräge: die Gravuren und Verzierungen des Ringes

309 entstehlen: *verstecken*

310 gelben, bleifarbenen Augenring: Franz beschreibt Symptome der Syphilis, eine Geschlechtskrankheit.

311 Siechenhause: *Krankenhaus*

312 zuzublinzen: *zuzublinzeln*

313 englischen: im Sinne von *hervorragenden*

314 Ambrosiadüften: Ambrosia ist die duftende Speise der Götter, die ihnen ewige Jugend und Unsterblichkeit verleiht.

hauchen, der den Geruch eines berstenden[315] Aases und den Anblick eines leichenvollen Walplatzes[316] begleitet.

Amalia wendet ihr Gesicht ab.

FRANZ. Welches Aufwallen der Liebe! Welche Wollust in der Umarmung – aber ist es nicht ungerecht, einen Menschen um seiner siechen[317] Außenseite willen zu verdammen? Auch im elendesten äsopischen Krüppel[318] kann eine große, liebenswürdige Seele wie ein Rubin aus dem Schlamme glänzen. *Boshaft lächelnd.* Auch aus blattrigten Lippen[319] kann ja die Liebe – Freilich, wenn das Laster auch die Festen des Charakters erschüttert, wenn mit der Keuschheit auch die Tugend davonfliegt, wie der Duft aus der welken Rose verdampft – wenn mit dem Körper auch der Geist zum Krüppel verdirbt –

AMALIA *froh aufspringend.* Ha! Karl! nun erkenn ich dich wieder! du bist noch ganz! ganz! alles war Lüge! – Weißt du nicht, Bösewicht, daß Karl unmöglich das werden kann? *Franz steht einige Zeit tiefsinnig, dann dreht er sich plötzlich, um zu gehen.* Wohin so eilig, fliehst du vor deiner eigenen Schande?

FRANZ *mit verhülltem Gesicht.* Laß mich, laß mich! – meinen Tränen den Lauf lassen – tyrannischer Vater! den besten deiner Söhne so hinzugeben dem Elend – der rings umgebenden Schande – laß mich, Amalia! ich will ihm zu Füßen fallen, auf den Knien will ich ihn beschwören, den ausgesprochenen Fluch auf mich, auf mich zu laden – mich zu enterben – mich – mein Blut – mein Leben – alles –

AMALIA *fällt ihm um den Hals.* Bruder meines Karls, bester, liebster Franz!

FRANZ. O Amalia! Wie lieb ich dich um dieser unerschütterten Treue gegen meinen Bruder – verzeih, daß ich es wagte, deine Liebe auf diese harte Probe zu setzen! – Wie schön hast du meine Wünsche gerechtfertigt! – mit diesen Tränen, diesen Seufzern, diesem himmlischen Unwillen – auch für mich, für mich – unsere Seelen stimmten so zusammen.

AMALIA. O nein, das taten sie nie!

FRANZ. Ach, sie stimmten so harmonisch zusammen, ich meinte immer, wir müßten Zwillinge sein! Und wär der leidige Unterschied von außen nicht, wobei leider freilich ich verlieren muß, wir würden zehnmal verwechselt. Du bist, sagt ich oft zu mir selbst, ja, du bist der ganze Karl, sein Echo, sein Ebenbild!

AMALIA *schüttelt den Kopf.* Nein, nein, bei jenem keuschen Lichte des Himmels! kein Äderchen von ihm, kein Fünkchen von seinem Gefühle –

FRANZ. So ganz gleich in unsern Neigungen – die Rose war seine liebste Blume – welche Blume war mir über die Rose? Er liebte die Musik unaussprechlich, und ihr seid Zeugen, ihr Sterne! ihr habt mich so oft in der Totenstille der Nacht beim Klaviere belauscht, wenn alles um mich begraben lag in Schatten und Schlummer – und wie kannst du noch zweifeln, Ama-

---

315 berstenden: *platzenden, zerspringenden*

316 Walplatzes: aus dem Mittelhochdt. für *Schlachtfeld*

317 siechen: *kranken*

318 äsopischen Krüppel: Aesop (lebte im 6. Jh. v. Chr.) war ein griech. Dichter, der als Begründer der Fabeldichtung gilt. Um seine Biographie ranken verschiedene Mythen. Dass er besonders hässlich und verkrüppelt gewesen sein soll, sind eher Erfindungen (im Mittelalter) als verbürgte Wahrheit.

319 blattrigten Lippen: Als *Blattern* werden die *Pocken* (Infektionskrankheit) bezeichnet. Hier spricht Franz also von *pockenbesetzten Lippen.*

lia, wenn unsere Liebe in einer Vollkommenheit zusammentraf, und wenn die Liebe die nämliche ist, wie könnten ihre Kinder entarten?

Amalia sieht ihn verwundernd an.

FRANZ. Es war ein stiller heiterer Abend, der letzte, eh er nach Leipzig abreiste, da er mich mit sich in jene Laube nahm, wo ihr so oft zusammensaßet in Träumen der Liebe – stumm blieben wir lang – zuletzt ergriff er meine Hand und sprach leise mit Tränen: Ich verlasse Amalia, ich weiß nicht – mir ahndets, als hieß es auf ewig – verlaß sie nicht, Bruder! – sei ihr Freund – ihr Karl – wenn Karl – nimmer – wiederkehrt – *Er stürzt vor ihr nieder und küßt ihr die Hand mit Heftigkeit.* Nimmer, nimmer, nimmer wird er wiederkehren, und ich habs ihm zugesagt mit einem heiligen Eide!

AMALIA *zurückspringend.* Verräter, wie ich dich ertappe! In eben dieser Laube beschwur er mich, keiner andern Liebe – wenn er sterben sollte – sieht du, wie gottlos, wie abscheulich du – geh aus meinen Augen!

FRANZ. Du kennst mich nicht, Amalia, du kennst mich gar nicht!

AMALIA. O ich kenne dich, von itzt an kenn ich dich – und du wolltest ihm gleich sein? Vor dir sollt er um mich geweint haben? Vor dir? Ehe hätt er meinen Namen auf den Pranger geschrieben! Geh den Augenblick!

FRANZ. Du beleidigst mich!

AMALIA. Geh, sag ich. Du hast mir eine kostbare Stunde gestohlen, sie werde dir an deinem Leben abgezogen!

FRANZ. Du hassest mich.

AMALIA. Ich verachte dich, geh!

FRANZ *mit den Füßen stampfend.* Wart! so sollst du vor mir zittern! Mich einem Bettler aufopfern? *Zornig ab.*

AMALIA. Geh, Lotterbube[320] – itzt bin ich wieder bei Karln – Bettler, sagt er? so hat die Welt sich umgedreht, Bettler sind Könige, und Könige sind Bettler! – Ich möchte die Lumpen, die er anhat, nicht mit dem Purpur der Gesalbten[321] vertauschen – der Blick, mit dem er bettelt, daß muß ein großer, ein königlicher Blick sein – ein Blick, der die Herrlichkeit, den Pomp, die Triumphe der Großen und Reichen zernichtet[322]! In den Staub mit dir, du prangendes Geschmeide[323]! *Sie reißt sich die Perlen vom Hals.* Seid verdammt, Gold und Silber und Juwelen zu tragen, ihr Großen und Reichen! Seid verdammt, an üppigen Mahlen[324] zu zechen! Verdammt, euren Gliedern wohl zu tun auf weichen Polstern der Wollust! Karl! Karl! so bin ich dein wert – *Ab.*

---

320 Lotterbube: *liederlicher, lästernder Mensch*

321 Purpur der Gesalbten: Gemeint ist der Hermelinmantel bzw. Purpurmantel, der bei Zeremonien von Königen getragen wurde.

322 zernichtet: *vernichtet*

323 Geschmeide: *kostbarer Schmuck*

324 Mahlen: *Mahlgängen*

Zweiter Akt

Erste Szene

FRANZ VON MOOR *nachdenkend in seinem Zimmer.* Es dauert mir zu lange – der Doktor will, er sei im Umkehren[325] – das Leben eines Alten ist doch eine Ewigkeit! – Und nun wär freie, ebene Bahn bis auf diesen ärgerlichen zähen Klumpen Fleisch, der mir, gleich dem unterirdischen Zauberhund in den Geistermärchen, den Weg zu meinen Schätzen verrammelt. Müssen denn aber meine Entwürfe sich unter das eiserne Joch des Mechanismus beugen? – Soll sich mein hochfliegender Geist an den Schneckengang der Materie ketten lassen? – Ein Licht ausgeblasen, das ohnehin nur mit den letzten Öltropfen noch wuchert[326] – mehr ists nicht – Und doch möcht ich das nicht gern selbst getan haben um der Leute willen. Ich möchte ihn nicht gern getötet, aber abgelebt. Ich möcht es machen wie der gescheite Arzt[327], nur umgekehrt. – Nicht der Natur durch einen Querstreich[328] den Weg verrannt, sondern sie in ihrem eigenen Gange befördert. Und wir vermögen doch wirklich die Bedingungen des Lebens zu verlängern, warum sollten wir sie nicht auch verkürzen können?
Philosophen und Mediziner lehren mich, wie treffend die Stimmungen des Geists mit den Bewegungen der Maschine[329] zusammenlauten. Gichtrische[330] Empfindungen werden jederzeit von einer Dissonanz der mechanischen Schwingungen begleitet[331] – Leidenschaften mißhandeln die Lebenskraft – der überladene Geist drückt sein Gehäuse zu Boden – Wie denn nun? – Wer es verstünde, dem Tod diesen ungebahnten Weg in das Schloß des Lebens zu ebenen! – den Körper vom Geist aus zu verderben – ha! ein Originalwerk[332]! – wer das zustand brächte! – Ein Werk ohnegleichen! – Sinne nach, Moor! – Das wär eine Kunst, dies verdiente, dich zum Erfinder zu haben. Hat man doch die Giftmischerei beinahe in den Rang einer ordentlichen Wissenschaft erhoben und die Natur durch Experimente gezwungen, ihre Schranken anzugeben, daß man nunmehr des Herzens Schläge jahrlang vorausrechnet und

325 im Umkehren: *auf dem Weg zur Besserung*

326 wuchert: im Sinne von *nutzt, taugt*

327 gescheite Arzt: ein philosophischer Arzt, der an die sittliche und physische Erhaltung des Menschen denkt

328 Querstreich: *Querschlag* im Sinne von *die Rechnung durchkreuzen*

329 Maschine: gemeint sind damit die Funktionen des Körpers ohne die seelischen Kräfte

330 Gichtrische: im Schwäbischen für *krampfhafte*

331 Dissonanz der mechanischen Schwingungen begleitet: gestörte physiologische Abläufe im menschlichen Körper

332 Originalwerk: das *Werk eines Genies*

zu dem Pulse spricht[333], bis hieher und nicht weiter[334]! – Wer sollte nicht auch hier seine Flügel[335] versuchen?

Und wie ich nun werde zu Werk gehen müssen, diese süße, friedliche Eintracht der Seele mit ihrem Leibe zu stören? Welche Gattung von Empfindnissen[336] ich werde wählen müssen? Welche wohl den Flor[337] des Lebens am grimmigsten anfeinden? Zorn? – dieser heißhungrige Wolf frißt sich zu schnell satt – Sorge? – dieser Wurm nagt mir zu langsam – Gram? diese Natter schleicht mir zu träge – Furcht? die Hoffnung läßt sie nicht umgreifen? – was? sind das all die Henker des Menschen? – Ist das Arsenal[338] des Todes so bald erschöpft? – *Tiefsinnend.* Wie? – Nun? – Was? Nein! – Ha! *Auffahrend.* Schreck! – Was kann der Schreck nicht? – Was kann Vernunft, Religion wider dieses Giganten eiskalte Umarmung? – Und doch? – Wenn er auch diesem Sturm stünde? – Wenn er? O so komme zu mir zu Hülfe Jammer, und du Reue, höllische Eumenide[339], grabende[340] Schlange, die ihren Fraß wiederkäut und ihren eigenen Kot wiederfrißt; ewige Zerstörerinnen und ewige Schöpferinnen eures Giftes, und du, heulende Selbstverklagung[341], die du dein eigen Haus verwüstest, und deine eigene Mutter verwundest – Und kommt auch ihr mir zu Hülfe wohltätige Grazien[342] selbst, sanftlächelnde Vergangenheit, und du mit dem überquellenden Füllhorn[343], blühende Zukunft, haltet ihm in euren Spiegeln die Freuden des Himmels vor, wenn euer fliehender Fuß seinen geizigen[344] Armen entgleitet – So fall ich Streich auf Streich, Sturm auf Sturm dieses zerbrechliche Leben an, bis den Furientrupp[345] zuletzt schließt – die Verzweiflung! Triumph! Triumph! – Der Plan ist fertig – schwer und kunstvoll wie keiner – zuverlässig – sicher – denn *Spöttisch.* des Zergliederers Messer findet ja keine Spuren von Wunde oder korrosivischem[346] Gift. *Entschlossen.* Wohlan denn! *Hermann tritt auf.* Ha! Deus ex machina[347]! Hermann!

---

333 Eine Frau in Paris soll es durch ordentlich angestellte Versuche mit Giftpulvern soweit gebracht haben, dass sie den entfernten Todestag mit ziemlicher Zuverlässigkeit vorausbestimmen konnte. Pfui über unsere Ärzte, die diese Frau im Prognostizieren beschämt! [eine Anmerkung Schillers]

334 bis hieher und nicht weiter: Spruch aus Hiob 38, 11

335 Flügel: eine Anspielung auf die Adlerflügel des Genies

336 Empfindnissen: Ideen, die durch die Vorstellungskraft und Fantasie hervorgebracht werden in Abgrenzung zu den Empfindungen.

337 Flor: *Blüte*

338 Arsenal: aus dem Italien. für *Vorratshaus, Zeughaus, Waffenhaus*

339 Eumenide: in der griech. Mythologie eine Rachegöttin

340 grabende: *wühlende*

341 Selbstverklagung: *Selbstanklage*

342 Grazien: in der röm. Mythologie die *Göttinnen der Anmut und des Liebreizes*

343 Füllhorn: Sinnbild der Fülle und des Überflusses

344 geizigen: oberdt. für *gierig*

345 Furientrupp: Furien sind in der röm. Mythologie – analog zu den Eumeniden (Anm. 339) – die Rachegöttinnen.

346 korrosivischem Gift: *ätzendem Gift*

347 Deus ex machina: latein. für *Der Gott in der Maschine.* Der Begriff bezeichnet ursprünglich eine Theatermaschine, mit deren Hilfe Gott auf der Bühne »auftauchte«. Sprichwörtlich hat der Begriff heute die Bedeutung für jede durch Personen oder außenstehende Mächte bewirkte Lösung eines Konflikts durch plötzliche, ungeplante Ereignisse.

HERMANN. Zu Euren Diensten, gnädiger Junker[348]!

FRANZ *gibt ihm die Hand.* Die du keinem Undankbaren erweisest.

HERMANN. Ich hab Proben davon[349].

FRANZ. Du sollst mehr haben mit nächstem – mit nächstem, Hermann! – Ich habe dir etwas zu sagen, Hermann.

HERMANN. Ich höre mit tausend Ohren.

FRANZ. Ich kenne dich, du bist ein entschloßner Kerl – Soldatenherz – Haar auf der Zunge[350]! – Mein Vater hat dich sehr beleidigt, Hermann!

HERMANN. Der Teufel hole mich, wenn ichs vergesse!

FRANZ. Das ist der Ton eines Manns! Rache geziemt einer männlichen Brust. Du gefällst mir, Hermann. Nimm diesen Beutel, Hermann. Er sollte schwerer sein, wenn ich erst Herr wäre.

HERMANN. Das ist ja mein ewiger Wunsch, gnädiger Junker, ich dank Euch.

FRANZ. Wirklich, Hermann? wünschest du wirklich, ich wäre Herr? – aber mein Vater hat das Mark[351] eines Löwen, und ich bin der jüngere Sohn.

HERMANN. Ich wollt, Ihr wärt der ältere Sohn und Euer Vater hätte das Mark eines schwindsüchtigen Mädchens.

FRANZ. Ha! wie dich der ältere Sohn dann belohnen wollte! wie er dich aus diesem unedlen Staub, der sich so wenig mit deinem Geist und Adel verträgt, ans Licht emporheben wollte! – Dann solltest du, ganz wie du da bist, mit Gold überzogen werden, und mit vier Pferden durch die Straßen dahinrasseln, wahrhaftig, das solltest du! – aber ich vergesse, wovon ich dir sagen wollte – hast du das Fräulein von Edelreich schon vergessen, Hermann?

HERMANN. Wetter Element! was erinnert Ihr mich an das?

FRANZ. Mein Bruder hat sie dir weggefischt.

HERMANN. Er soll dafür büßen!

FRANZ. Sie gab dir einen Korb. Ich glaube gar, er warf dich die Treppen hinunter.

HERMANN. Ich will ihn dafür in die Hölle stoßen.

FRANZ. Er sagte: man raune sich einander ins Ohr, du seist zwischen dem Rindfleisch und Meerrettich gemacht worden, und dein Vater habe dich nie ansehen können, ohne an die Brust zu schlagen und zu seufzen: Gott sei mir Sünder gnädig!

HERMANN *wild.* Blitz, Donner und Hagel, seid still!

FRANZ. Er riet dir, deinen Adelbrief[352] im Aufstreich zu verkaufen[353], und deine Strümpfe damit flicken zu lassen.

HERMANN. Alle Teufel! ich will ihm die Augen mit den Nägeln auskratzen.

FRANZ. Was? du wirst böse? was kannst du böse auf ihn sein? Was kannst du ihm Böses tun? Was kann so eine Ratze[354] gegen einen Löwen? Dein Zorn versüßt ihm seinen Triumph nur. Du kannst nichts tun, als deine Zähne zusammenschlagen, und deine Wut an trocknem Brote auslassen.

---

348 Junker: So wurden auch die Söhne adeliger Personen genannt.

349 Proben davon: *Beweise dafür*

350 Haar auf der Zunge: wie Haare auf den Zähne, heißt: *du kannst dich gut behaupten, durchsetzen*

351 das Mark: *das Beste*

352 Adelbrief: Urkunde zur Standeserhöhung

353 im Aufstreich zu verkaufen: *höchstbietend zu versteigern*

354 Ratze: oberdt. für *Ratte*

HERMANN *stampft auf den Boden.* Ich will ihn zu Staub zerreiben.

FRANZ *klopft ihm auf die Achsel.* Pfui, Hermann, du bist ein Kavalier. Du mußt den Schimpf nicht auf dir sitzen lassen. Du mußt das Fräulein nicht fahren lassen, nein das mußt du um alle Welt nicht tun, Hermann! Hagel und Wetter! Ich würde das Äußerste versuchen, wenn ich an deiner Stelle wäre.

HERMANN. Ich ruhe nicht, bis ich ihn und ihn[355] unterm Boden hab.

FRANZ. Nicht so stürmisch, Hermann! Komm näher – du sollst Amalia haben!

HERMANN. Das muß ich, trutz[356] dem Teufel! das muß ich!

FRANZ. Du sollst sie haben, sag ich dir, und das von meiner Hand. Komm näher, sag ich – du weißt vielleicht nicht, daß Karl so gut als enterbt ist?

HERMANN *näher kommend.* Unbegreiflich, das erste Wort, das ich höre.

FRANZ. Sei ruhig, und höre weiter! du sollst ein andermal mehr davon hören – ja, ich sage dir, seit eilf[357] Monaten so gut als verbannt. Aber schon bereut der Alte den voreiligen Schritt, den er doch, *Lachend.* will ich hoffen, nicht selbst getan hat. Auch liegt ihm die Edelreich täglich hart an mit ihren Vorwürfen und Klagen. Über kurz oder lang wird er ihn in allen vier Enden der Welt aufsuchen lassen, und gute Nacht, Hermann! wenn er ihn findet. Du kannst ihm ganz demütig die Kutsche halten, wenn er mit ihr in die Kirche zur Trauung fährt.

HERMANN. Ich will ihn am Kruzifix erwürgen!

FRANZ. Der Vater wird ihm bald die Herrschaft abtreten, und in Ruhe auf seinen Schlössern leben. Itzt hat der stolze Strudelkopf[358] den Zügel in Händen, itzt lacht er seiner Hasser und Neider – und ich, der ich dich zu einem wichtigen großen Manne machen wollte, ich selbst, Hermann, werde tiefgebückt vor seiner Türschwelle –

HERMANN *in Hitze.* Nein, so wahr ich Hermann heiße, das sollt Ihr nicht! wenn noch ein Fünkchen Verstand in diesem Gehirne glostet[359]! das sollt Ihr nicht!

FRANZ. Wirst du es hindern? auch dich, mein lieber Hermann, wird er seine Geißel fühlen lassen, wird dir ins Angesicht speien, wenn du ihm auf der Straße begegnest, und wehe dir dann, wenn du die Achsel zuckst oder das Maul krümmst[360] – siehe, so stehts mit deiner Anwerbung[361] ums Fräulein, mit deinen Aussichten, mit deinen Entwürfen.

HERMANN. Sagt mir! was soll ich tun?

FRANZ. Höre dann, Hermann! daß du siehst, wie ich mir dein Schicksal zu Herzen nehme als ein redlicher Freund – geh – kleide dich um[362] – mach dich ganz unkenntlich, laß dich beim Alten melden, gib vor, du kämest geraden Wegs aus Böhmen, hättest mit meinem Bruder dem Treffen bei Prag beigewohnt – hättest ihn auf der Walstatt[363] den Geist aufgeben sehen –

HERMANN. Wird man mir glauben?

---

355 ihn und ihn: Verdopplung als Ausdruck seiner Wut auf Karl

356 trutz: *trotz*

357 eilf: *elf*

358 Strudelkopf: im Schwäbischen für einen *unruhigen Geist, ungedultigen Menschen*

359 glostet: im Schwäbischen für *glimmt*

360 das Maul krümmst: *dich demütigst*

361 Anwerbung: *Bewerbung*

362 kleide dich um: *verkleide dich*

363 Walstatt: *Schlachtfeld*

FRANZ. Hoho! dafür laß mich sorgen! Nimm dieses Paket. Hier findest du deine Kommission[364] ausführlich. Und Dokumente darzu, die den Zweifel selbst glaubig machen[365] sollen – mach itzt nur, daß du fortkommst, und ungesehen! spring durch die Hintertüre in den Hof, von da über die Gartenmauer – die Katastrophe dieser Tragikomödie überlaß mir!

HERMANN. Und die wird sein: Vivat der neue Herr, Franziskus von Moor!

FRANZ *streichelt ihm die Backen.* Wie schlau du bist! – denn siehst du, auf diese Art erreichen wir alle Zwecke zumal[366] und bald. Amalia gibt ihre Hoffnung auf ihn auf. Der Alte mißt sich den Tod seines Sohnes bei, und – er kränkelt – ein schwankendes Gebäude braucht des Erdbebens nicht, um übern Haufen zu fallen – er wird die Nachricht nicht überleben – dann bin ich sein einiger Sohn – Amalia hat ihre Stützen verloren, und ist ein Spiel meines Willens, da kannst du leicht denken – kurz, alles geht nach Wunsch – aber du mußt dein Wort nicht zurücknehmen!

HERMANN. Was sagt Ihr? *Frohlockend.* Eh soll die Kugel in ihrem Lauf zurückkehren, und in dem Eingeweid ihres Schützen wüten – rechnet auf mich! Laßt nur mich machen – Adieu!

FRANZ *ihm nachrufend.* Die Ernte ist dein, lieber Hermann! – Wenn der Ochse den Kornwagen in die Scheune gezogen hat, so muß er mit Heu vorlieb nehmen. Dir eine Stallmagd, und keine Amalia! *Geht ab.*

Zweite Szene

Des alten Moors Schlafzimmer. Der alte Moor schlafend in einem Lehnsessel. Amalia.

AMALIA *sachte herbeischleichend.* Leise, leise! er schlummert. *Sie stellt sich vor den Schlafenden.* Wie schön, wie ehrwürdig! – ehrwürdig, wie man die Heiligen malt – nein, ich kann dir nicht zürnen! Weißlockigtes Haupt, dir kann ich nicht zürnen! Schlummre sanft, wache froh auf, ich allein will hingehn und leiden.

DER ALTE MOOR *träumend.* Mein Sohn! mein Sohn! mein Sohn!

AMALIA *ergreift seine Hand.* Horch, horch! sein Sohn ist in seinen Träumen.

DER ALTE MOOR. Bist du da? bist du wirklich? ach! wie siehst du so elend! Sieh mich nicht an mit diesem kummervollen Blick! ich bin elend genug.

AMALIA *weckt ihn schnell.* Seht auf, lieber Greis! Ihr träumtet nur. Faßt Euch!

DER ALTE MOOR *halb wach.* Er war nicht da? drückt ich nicht seine Hände? Garstiger Franz! willst du ihn auch meinen Träumen entreißen?

AMALIA. Merkst dus, Amalia?

DER ALTE MOOR *ermuntert sich.* Wo ist er? wo? wo bin ich? du da, Amalia?

AMALIA. Wie ist Euch? Ihr schlieft einen erquickenden Schlummer.

DER ALTE MOOR. Mir träumte von meinem Sohn. Warum hab ich nicht fortgeträumt? vielleicht hätt ich Verzeihung erhalten aus seinem Munde.

---

364 deine Kommission: *deinen Auftrag*

365 glaubig machen: *beglaubigen*

366 zumal: *auf ein Mal, gleichzeitig*

AMALIA. Engel grollen nicht – er verzeiht Euch. *Faßt seine Hand mit Wehmut.* Vater meines Karls! ich verzeih Euch.

DER ALTE MOOR. Nein, meine Tochter! diese Totenfarbe deines Angesichts verdammet den Vater. Armes Mädchen! Ich brachte dich um die Freuden deiner Jugend – o fluche mir nicht!

AMALIA *küßt seine Hand mit Zärtlichkeit.* Euch?

DER ALTE MOOR. Kennst du dieses Bild, meine Tochter?

AMALIA. Karls! –

DER ALTE MOOR. So sah er[367], als er ins sechszehente Jahr ging. Itzt ist er anders – Oh es wütet in meinem Innern – diese Milde ist Unwillen, dieses Lächeln Verzweiflung – Nicht wahr, Amalia? Es war an seinem Geburtstage in der Jasminlaube, als du ihn maltest? – Oh meine Tochter! Eure Liebe machte mich so glücklich.

AMALIA *immer das Aug auf das Bild geheftet.* Nein, nein! er ists nicht. Bei Gott! das ist Karl nicht – Hier, hier *Auf Herz und Stirne zeigend.* So ganz, so anders. Die träge Farbe reicht nicht, den himmlischen Geist nachzuspiegeln, der in seinem feurigen Auge herrschte. Weg damit! dies ist so menschlich! Ich war eine Stümperin.

DER ALTE MOOR. Dieser huldreiche[368], erwärmende Blick – wär er vor meinem Bette gestanden, ich hätte gelebt mitten im Tode! Nie, nie wär ich gestorben!

AMALIA. Nie, nie wärt Ihr gestorben! Es wär ein Sprung gewesen, wie man von einem Gedanken auf einen andern und schönern hüpft – dieser Blick hätt Euch übers Grab hinübergeleuchtet. Dieser Blick hätt Euch über die Sterne getragen!

DER ALTE MOOR. Es ist schwer, es ist traurig! Ich sterbe, und mein Sohn Karl ist nicht hier – ich werde zu Grabe getragen, und er weint nicht an meinem Grabe – wie süß ists, eingewiegt zu werden in den Schlaf des Todes von dem Gebet eines Sohns – das ist Wiegengesang.

AMALIA *schwärmend.* Ja süß, himmlisch süß ists, eingewiegt zu werden in den Schlaf des Todes von dem Gesang des Geliebten – vielleicht träumt man auch im Grabe noch fort – ein langer, ewiger unendlicher Traum von Karln, bis man die Glocke der Auferstehung läutet – *Aufspringend, entzückt.* und von itzt an in seinen Armen auf ewig, *Pause. Sie geht ans Klavier und spielt.*[369]

Willst dich, Hektor, ewig mir entreißen,
Wo des Äaciden[370] mordend Eisen[371]
Dem Patroklus[372] schröcklich Opfer bringt?
Wer wird künftig deinen Kleinen lehren

---

367 So sah er: *So sah er aus.*

368 huldreiche: im Sinne von *treue*

369 Schillers Lied »Hektors Abschied« handelt um eine Geschichte im Altertum, die aus der Ilias von Homer gegriffen ist. Der Kämpfer der Trojaner, der Held Hektor, bricht zu seinem voraussehbar letzten Kampf mit Achilles auf und muss sich von seiner Frau Andromache trennen. Da die Trennungsszene von Andromache in Homers Werk aber nicht zu finden ist, wird wahrscheinlich eine Szene aus Plutarchs *Brutus* die Quelle Schillers gewesen sein. Hierin verlässt Brutus nach der Ermordung von Cäsar das Land und verabschiedet sich von Porcia. Ein Gemälde von Hektors Abschied von Adromache soll Brutus ihren tiefen Schmerz über die Trennung verraten haben.

370 Äaciden: sind in der griech. Mythologie die Nachkommen des aiginischen Königs Aiakos. Gemeint ist Achilles.

371 Eisen: *Schwert*

372 Patroklus: Patroklos war der treue Freund von Achilles. Hektor hatte ihn im Kampf getötet.

Speere werfen und die Götter ehren,
Wenn hinunter dich der Xanthus[373] schlingt?

DER ALTE MOOR. Ein schönes Lied, meine Tochter. Das mußt du mir vorspielen, eh ich sterbe.

AMALIA. Es ist der Abschied Andromachas und Hektors – Karl und ich habens oft zusammen zu der Laute gesungen. *Spielt fort.*

Teures Weib, geh, hol die Todeslanze,
Laß mich fort zum wilden Kriegestanze,
Meine Schultern tragen Ilium[374];
Über Astyanax[375] unsre Götter!
Hektor fällt, ein Vaterlandserretter,
Und wir sehn uns wieder in Elysium[376].

Daniel.

DANIEL. Es wartet draußen ein Mann auf Euch. Er bittet, vorgelassen zu werden, er hab Euch eine wichtige Zeitung[377].

DER ALTE MOOR. Mir ist auf der Welt nur etwas wichtig, du weißts, Amalia – ists ein Unglücklicher, der meiner Hülfe bedarf? Er soll nicht mit Seufzen von hinnen gehn.

AMALIA. Ists ein Bettler, er soll eilig heraufkommen. *Daniel ab.*

DER ALTE MOOR. Amalia, Amalia! schone meiner!

AMALIA *spielt fort.*

Nimmer lausch ich deiner Waffen Schalle,
Einsam liegt dein Eisen in der Halle,
Priams[378] großer Heldenstamm verdirbt!
Du wirst hingehn, wo kein Tag mehr scheinet,
Der Cocytus[379] durch die Wüsten weinet,
Deine Liebe in dem Lethe[380] stirbt.

All mein Sehnen, all mein Denken
Soll der schwarze Lethefluß ertränken,
Aber meine Liebe nicht!
Horch! der Wilde rast schon an den Mauren –

---

373 Xanthus: in der griech. Mythologie ein Fluss in die Unterwelt. Diesen Namen trug aber auch der Skamandros, der eine natürliche Grenze zwischen Troja und ihren Angreifern bildete.

374 Ilium: anderer Name für *Troja*

375 Astyanax: der Sohn von Hektor und Andromache

376 Elysium: in der griech. Mythologie die *Insel der Seligen*

377 Zeitung: *Nachricht*

378 Priams: Priamos, der letzte König von Troja und Vater von Hektor

379 Cocytus: anderer Name für den *Styx*, in der griech. Mythologie der Fluss in die Unterwelt

380 Lethe: in der griech. Mythologie der Strom des Vergessens, ebenfalls ein Strom in die Unterwelt. Wer vom Wasser des Lethe trinkt, verliert seine Erinnerung.

Gürte mir das Schwert um, laß das Trauren,
Hektors Liebe stirbt im Lethe nicht!

Franz. Hermann verkappt[381]. *Daniel.*

FRANZ. Hier ist der Mann. Schröckliche Botschaften, sagt er, warten auf Euch. Könnt Ihr sie hören?

DER ALTE MOOR. Ich kenne nur eine. Tritt her, mein Freund, und schone mein nicht! Reicht ihm einen Becher Wein!

HERMANN *mit veränderter Stimme.* Gnädiger Herr! laßt es einen armen Mann nicht entgelten, wenn er wider Willen Euer Herz durchbohrt. Ich bin ein Fremdling in diesem Lande, aber Euch kenne ich sehr gut, Ihr seid der Vater Karls von Moor.

DER ALTE MOOR. Woher weißt du das?

HERMANN. Ich kannte Euren Sohn –

AMALIA *auffahrend.* Er lebt? lebt? Du kennst ihn? wo ist er? wo, wo? *Will hinwegrennen.*

DER ALTE MOOR. Du weißt von meinem Sohn?

HERMANN. Er studierte in Leipzig. Von da zog er, ich weiß nicht wie weit, herum. Er durchschwärmte Deutschland in die Runde und, wie er mir sagte, mit unbedecktem Haupt, barfuß, und erbettelte sein Brot vor den Türen. Fünf Monate drauf brach der leidige Krieg zwischen Preußen und Österreich[382] wieder aus, und da er auf der Welt nichts mehr zu hoffen hatte, zog ihn der Hall[383] von Friederichs[384] siegreicher Trommel nach Böhmen. Erlaubt mir, sagte er zum großen Schwerin[385], daß ich den Tod sterbe auf dem Bette der Helden, ich hab keinen Vater mehr!

DER ALTE MOOR. Sieh mich nicht an, Amalia!

HERMANN. Man gab ihm eine Fahne. Er flog den preußischen Siegesflug mit. Wir kamen zusammen unter ein Zelt zu liegen. Er sprach viel von seinem alten Vater und von bessern vergangenen Tagen – und von vereitelten Hoffnungen – uns standen die Tränen in den Augen.

DER ALTE MOOR *verhüllt sein Haupt in das Kissen.* Stille, o stille!

HERMANN. Acht Tage drauf war das heiße Treffen bei Prag[386] – ich darf Euch sagen, Euer Sohn hat sich gehalten wie ein wackerer Kriegsmann. Er tat Wunder vor den Augen der Armee. Fünf Regimenter mußten neben ihm wechseln, er stand. Feuerkugeln fielen rechts und links, Euer Sohn stand. Eine Kugel zerschmetterte ihm die rechte Hand, Euer Sohn nahm die Fahne in die Linke, und stand –

AMALIA *in Entzückung.* Hektor, Hektor! hört Ihrs? Er stand –

HERMANN. Ich traf ihn am Abend der Schlacht niedergesunken unter Kugelgepfeife, mit der Linken hielt er das stürzende Blut, die Rechte hatte er in die Erde gegraben. Bruder! rief er mir entgegen, es lief ein Gemurmel durch die Glieder[387], der General sei vor einer Stunde gefallen – er ist gefallen, sagt ich, und du? – Nun, wer ein braver Soldat ist, rief er und ließ

---

381 verkappt: *maskiert*

382 Krieg zwischen Preußen und Österreich: der siebenjährige Krieg (1756–1763)

383 Hall: *Ruf*

384 Friederichs: Friedrich II. von Preußen

385 großen Schwerin: Feldherr Graf Kurt Christoph von Schwerin, der im siebenjährigen Krieg bei Prag fiel.

386 heiße Treffen bei Prag: Schlacht bei Prag

387 Glieder: gemeint sind die *Reihen der Soldaten*

die linke Hand los, der folge seinem General wie ich! Bald darauf hauchte er seine große Seele dem Helden zu.

FRANZ *wild auf Hermann losgehend.* Daß der Tod deine verfluchte Zunge versiegle! Bist du hieher kommen, unserem Vater den Todesstoß zu geben? — Vater! Amalia! Vater!

HERMANN. Es war der letzte Wille meines sterbenden Kameraden. Nimm dies Schwert, röchelte er, du wirsts meinem alten Vater überliefern, das Blut seines Sohnes klebt daran, er ist gerochen[388], er mag sich weiden. Sag ihm, sein Fluch hätte mich gejagt in Kampf und Tod, ich sei gefallen in Verzweiflung! Sein letzter Seufzer war Amalia!

AMALIA *wie aus einem Todesschlummer aufgejagt.* Sein letzter Seufzer, Amalia!

DER ALTE MOOR *gräßlich schreiend, sich die Haare ausraufend.* Mein Fluch ihn gejagt in den Tod! gefallen in Verzweiflung!

FRANZ *umherirrend im Zimmer.* Oh! was habt Ihr gemacht, Vater? Mein Karl, mein Bruder!

HERMANN. Hier ist das Schwert, und hier ist auch ein Porträt, das er zu gleicher Zeit aus dem Busen zog! Es gleicht diesem Fräulein auf ein Haar. Dies soll meinem Bruder Franz, sagte er, — ich weiß nicht, was er damit sagen wollte.

FRANZ *wie erstaunt.* Mir? Amalias Porträt? Mir, Karl, Amalia? Mir?

AMALIA *heftig auf Hermann losgehend.* Feiler[389], bestochener Betrüger! *Faßt ihn hart an.*

HERMANN. Das bin ich nicht, gnädiges Fräulein. Sehet selbst, obs nicht Euer Bild ist — Ihr mögts ihm wohl selbst gegeben haben.

FRANZ. Bei Gott! Amalia, das deine! Es ist wahrlich das deine!

AMALIA *gibt ihm das Bild zurück.* Mein, mein! O Himmel und Erde!

DER ALTE MOOR *schreiend, sein Gesicht zerfleischend.* Wehe, wehe! mein Fluch ihn gejagt in den Tod! gefallen in Verzweiflung!

FRANZ. Und er gedachte meiner in der letzten schweren Stunde des Scheidens, meiner! Englische[390] Seele — da schon das schwarze Panier[391] des Todes über ihm rauschte — meiner! —

DER ALTE MOOR *lallend.* Mein Fluch ihn gejagt in den Tod, gefallen mein Sohn in Verzweiflung! —

HERMANN. Den Jammer steh ich nicht aus. Lebt wohl, alter Herr! *Leise zu Franz.* Warum habt Ihr auch das gemacht, Junker? *Geht schnell ab.*

AMALIA *aufspringend, ihm nach.* Bleib! bleib! Was waren seine letzte Worte?

HERMANN *zurückrufend.* Sein letzter Seufzer war Amalia! *Ab.*

AMALIA. Sein letzter Seufzer war Amalia! — Nein, du bist kein Betrüger! So ist es wahr — wahr — er ist tot! — tot! — Hin und her taumelnd, bis sie umsinkt tot — Karl ist tot —

FRANZ. Was seh ich? Was steht da auf dem Schwert? geschrieben mit Blut — Amalia!

AMALIA. Von ihm?

FRANZ. Seh ich recht, oder träum ich? Siehe da mit blutiger Schrift: F r a n z, v e r l a ß m e i n e A m a l i a n i c h t! Sieh doch! sieh doch! Und auf der andern Seite: A m a l i a, d e i n e n E i d z e r b r a c h d e r a l l g e w a l t i g e T o d! — Siehst du nun, siehst du nun? Er schriebs mit erstar-

---

388 gerochen: *gerächt*

389 Feiler: Mensch, der sich durch Bestechung zu allem bewegen lässt.

390 Englische: im Sinne von *vortreffliche, vorzügliche*

391 Panier: eine am Stab hängende Fahne mit dem Hoheitszeichen bzw. Wappen des herrschenden Adeligen

render Hand, schriebs mit dem warmen Blut seines Herzens, schriebs an der Ewigkeit feierlichem Rande! sein fliehender Geist verzog[392], Franz und Amalia noch zusammenzuknüpfen.

AMALIA. Heiliger Gott! es ist seine Hand. – Er hat mich nie geliebt! *Schnell ab.*

FRANZ *auf den Boden stampfend.* Verzweifelt[393]! meine ganze Kunst erliegt an dem Starrkopf.

DER ALTE MOOR. Wehe, wehe! Verlaß mich nicht, meine Tochter! – Franz, Franz! gib mir meinen Sohn wieder!

FRANZ. Wer wars, der ihm den Fluch gab? Wer wars, der seinen Sohn jagte in Kampf und Tod und Verzweiflung? – Oh! er war ein Engel! ein Kleinod des Himmels. Fluch über seine Henker! Fluch, Fluch über Euch selber! –

DER ALTE MOOR *schlägt mit geballter Faust wider Brust und Stirn.* Er war ein Engel, war Kleinod des Himmels! Fluch, Fluch, Verderben, Fluch über mich selber! Ich bin der Vater, der seinen großen Sohn erschlug. Mich liebt' er bis in den Tod! mich zu rächen, rannte er in Kampf und Tod! Ungeheuer, Ungeheuer! *Wütet wider sich selber.*

FRANZ. Er ist dahin, was helfen späte Klagen? *Höhnisch lachend.* Es ist leichter morden, als lebendig machen. Ihr werdet ihn nimmer aus seinem Grabe zurückholen.

DER ALTE MOOR. Nimmer, nimmer, nimmer aus dem Grabe zurückholen! Hin, verloren auf ewig! – Und du hast mir den Fluch aus dem Herzen geschwätzt, du – du – Meinen Sohn mir wieder!

FRANZ. Reizt meinen Grimm nicht. Ich verlaß Euch im Tode! –

DER ALTE MOOR. Scheusal! Scheusal! Schaff mir meinen Sohn wieder! *Fährt aus dem Sessel, will Franzen an der Gurgel fassen, der ihn zurückschleudert.*

FRANZ. Kraftlose Knochen, ihr wagt es – sterbt! verzweifelt! *Ab.*

DER ALTE MOOR. Tausend Flüche donnern dir nach! Du hast mir meinen Sohn aus den Armen gestohlen. *Voll Verzweiflung hin und her geworfen im Sessel.* Wehe, wehe! Verzweifeln, aber nicht sterben! – Sie fliehen, verlassen mich im Tode – meine gute Engel fliehen von mir, weichen alle die Heilige vom eisgrauen Mörder – Wehe! Wehe! will mir keiner das Haupt halten, will keiner die ringende Seele entbinden[394]? Keine Söhne! keine Töchter! keine Freunde! – Menschen nur – Will keiner, allein – verlassen – Wehe! Wehe! – Verzweifeln, aber nicht sterben!

Amalia mit verweinten Augen.

DER ALTE MOOR. Amalia! Bote des Himmels! Kommst du, meine Seele zu lösen[395]?

AMALIA *mit sanfterem Ton.* Ihr habt einen herrlichen Sohn verloren.

DER ALTE MOOR. Ermordet willst du sagen. Mit diesem Zeugnis belastet tret ich vor den Richterstuhl Gottes.

AMALIA. Nicht also[396], jammervoller Greis! der himmlische Vater rückt'[397] ihn zu sich. Wir wären zu glücklich gewesen auf dieser Welt. – Droben, droben über den Sonnen – Wir sehn ihn wieder.

---

392 verzog: mittelhochdt. für *verweilte*

393 Verzweifelt: *Es ist zum Verzweifeln.*

394 entbinden: *befreien*

395 lösen: *erlösen*

396 Nicht also: *nicht doch*

397 rückt: *holt, nimmt*

DER ALTE MOOR. Wiedersehen, wiedersehen! Oh es wird mir durch die Seele schneiden ein Schwert – Wenn ich ein Heiliger ihn unter den Heiligen finde – mitten im Himmel werden durch mich schauern Schauer der Hölle! im Anschauen des Unendlichen mich zermalmen die Erinnerung: Ich hab meinen Sohn ermordet!

AMALIA. Oh, er wird Euch die Schmerzerinnerung aus der Seele lächeln, seid doch heiter, lieber Vater! ich bins so ganz. Hat er nicht schon den himmlischen Hörern den Namen Amalia vorgesungen auf der seraphischen[398] Harfe, und die himmlischen Hörer lispelten[399] leise ihn nach? Sein letzter Seufzer war ja, Amalia! wird nicht sein erster Jubel, Amalia! sein?

DER ALTE MOOR. Himmlischer Trost quillt von deinen Lippen! Er wird mir lächeln, sagst du? Vergeben? du mußt bei mir bleiben, Geliebte meines Karls, wenn ich sterbe.

AMALIA. Sterben ist Flug in seine Arme. Wohl Euch! Ihr seid zu beneiden. Warum sind diese Gebeine nicht mürb? warum diese Haare nicht grau? Wehe über die Kräfte der Jugend! Willkommen, du markloses Alter! näher gelegen dem Himmel und meinem Karl.

Franz tritt auf.

DER ALTE MOOR. Tritt her, mein Sohn! Vergib mir, wenn ich vorhin zu hart gegen dich war! Ich vergebe dir alles. Ich möchte so gern im Frieden den Geist aufgeben.

FRANZ. Habt Ihr genug um Euren Sohn geweint? Soviel ich sehe, habt Ihr nur einen.

DER ALTE MOOR. Jakob hatte der Söhne zwölf, aber um seinen Joseph hat er blutige Tränen geweint.

FRANZ. Hum!

DER ALTE MOOR. Geh, nimm die Bibel, meine Tochter, und lies mir die Geschichte Jakobs und Josephs[400]! Sie hat mich immer so gerührt, und damals bin ich noch nicht Jakob gewesen.

AMALIA. Welches soll ich Euch lesen? *Nimmt die Bibel und blättert.*

DER ALTE MOOR. Lies mir den Jammer des Verlassenen, als er ihn nimmer unter seinen Kindern fand – und vergebens sein harrte im Kreis seiner eilfe – und sein Klagelied, als er vernahm, sein Joseph sei ihm genommen auf ewig –

AMALIA *liest.* »Da nahmen sie Josephs Rock, und schlachteten einen Ziegenbock, und tauchten den Rock in das Blut, und schickten den bunten Rock hin, und ließen ihn ihrem Vater bringen, und sagen: Diesen haben wir funden, siehe, obs deines Sohnes Rock sei oder nicht? *Franz geht plötzlich hinweg.* Er kannte ihn aber und sprach: Es ist meines Sohnes Rock, ein böses Tier hat ihn gefressen, ein reißend Tier hat Joseph zerrissen! –«

DER ALTE MOOR *fällt aufs Kissen zurück.* Ein reißend Tier hat Joseph zerrissen!

AMALIA *liest weiter.* »Und Jakob zerriß seine Kleider, und legte einen Sack um seine Lenden, und trug Leide um seinen Sohn lange Zeit, und all sein Söhne und Töchter traten auf, daß sie ihn trösteten, aber er wollte sich nicht trösten lassen und sprach: Ich werde mit Leid hinunterfahren –«

DER ALTE MOOR. Hör auf, hör auf! Mir wird sehr übel.

AMALIA *hinzuspringend, läßt das Buch fallen.* Hilf Himmel! Was ist das?

---

398 seraphischen: Ein Seraph ist in der christlichen Anschauung ein Engel der höchsten Ordnung. Er trägt sechs Flügel und bewacht den Thron Gottes.

399 lispelten: *flüsterten*

400 Geschichte Jakobs und Josephs: vgl. die biblische Geschichte aus dem 1. Buch Mose 37–50. Joseph war der von seinem Vater Jakob bevorzugte Sohn.

DER ALTE MOOR. Das ist der Tod! – Schwarz – schwimmt – vor meinen – Augen – ich bitt dich – ruf dem Pastor – daß er mir – das Abendmahl reiche – Wo ist – mein Sohn Franz?

AMALIA. Er ist geflohen! Gott erbarme sich unser!

DER ALTE MOOR. Geflohen – geflohen von des Sterbenden Bett? – – Und das all – all – von zwei Kindern voll Hoffnung – du hast sie – gegeben – hast sie – genommen – – dein Name sei –

AMALIA *mit einem plötzlichen Schrei.* Tot! Alles tot! *Ab in Verzweiflung.*

Franz hüpft[401] *frohlockend herein.*

FRANZ. Tot! schreien sie, tot! Itzt bin ich Herr. Im ganzen Schlosse zetert[402] es, tot! – Wie aber, schläft er vielleicht nur? – freilich, ach freilich! das ist nun freilich ein Schlaf, wo es ewig niemals »Guten Morgen« heißt – Schlaf und Tod sind nur Zwillinge. Wir wollen einmal die Namen wechseln! Wackerer, willkommener Schlaf! Wir wollen dich Tod heißen! *Er drückt ihm die Augen zu.* Wer wird nun kommen, und es wagen, mich vor Gericht zu fordern? oder mir ins Angesicht zu sagen: du bist ein Schurke! Weg dann mit dieser lästigen Larve[403] von Sanftmut und Tugend! Nun sollt ihr den nackten Franz sehen, und euch entsetzen! Mein Vater überzuckerte seine Forderungen, schuf sein Gebiet zu einem Familienzirkel um, saß liebreich lächelnd am Tor, und grüßte sie Brüder und Kinder. – Meine Augbraunen sollen über euch herhangen wie Gewitterwolken, mein herrischer Name schweben wie ein drohender Komet über diesen Gebirgen, meine Stirne soll euer Wetterglas[404] sein! Er streichelte und koste den Nacken, der gegen ihn störrig zurückschlug. Streicheln und Kosen ist meine Sache nicht. Ich will euch die zackigte[405] Sporen ins Fleisch hauen, und die scharfe Geißel versuchen. – In meinem Gebiet solls so weit kommen, daß Kartoffeln und Dünnbier ein Traktament[406] für Festtage werden, und wehe dem, der mir mit vollen, feurigen Backen unter die Augen tritt! Blässe der Armut und sklavischen Furcht sind meine Leibfarbe[407]: in diese Liverei[408] will ich euch kleiden! *Er geht ab.*

---

401 hüpft: *springt*

402 zetert: *Zeter* als Ausruf *des höchsten Schmerzes*

403 Larve: *Maske*

404 Wetterglas: *Barometer*

405 zackigte: *zackigen*

406 Traktament: *Schmaus, Festessen*

407 Leibfarbe: *Lieblingsfarbe*

408 Liverei: Bekleidung von Bediensteten (Livree)

Dritte Szene

Die böhmischen Wälder.
Spiegelberg, Razmann, Räuberhaufen.

RAZMANN. Bist da? bists wirklich? So laß dich doch zu Brei zusammendrucken[409], lieber Herzensbruder Moritz! Willkommen in den böhmischen Wäldern! Bist ja groß worden und stark. Stern-Kreuz-Bataillon! Bringst ja Rekruten mit einen ganzen Trieb[410], du trefflicher Werber!

SPIEGELBERG. Gelt[411], Bruder? Gelt? Und das ganze Kerl[412] darzu! — du glaubst nicht, Gottes sichtbarer Segen ist bei mir; war dir ein armer hungriger Tropf, hatte nichts als diesen Stab, da ich über den Jordan ging[413], und itzt sind unserer achtundsiebenzig, meistens ruinierte Krämer, rejizierte[414] Magister und Schreiber aus den schwäbischen Provinzen. Das ist dir ein Korps[415] Kerles[416], Bruder, deliziöse[417] Bursche, sag ich dir, wo als[418] einer dem andern die Knöpfe von den Hosen stiehlt, und mit geladener Flinte neben ihm sicher ist — und haben voll auf, und stehen dir in einem Renommee[419] vierzig Meilen weit, das nicht zu begreifen ist. Da ist dir keine Zeitung, wo du nicht ein Artikelchen von dem Schlaukopf Spiegelberg wirst getroffen haben, ich halte sie mir auch pur[420] deswegen — vom Kopf bis zun Füßen haben sie mich dir hingestellt, du meinst, du sähst mich, — sogar meine Rockknöpfe haben sie nicht vergessen. Aber wir führen sie erbärmlich am Narrenseil[421] herum. Ich geh letzthin in die Druckerei, geb vor, ich hätte den berüchtigten Spiegelberg gesehn, und diktier einem Skrizler[422], der dort saß, das leibhafte Bild von einem dortigen Wurmdoktor[423] in die Feder, das Ding kommt um, der Kerl wird eingezogen, par force inquiriert[424], und in der Angst und in der Dummheit gesteht er dir, hol mich der Teufel! gesteht dir, er sei der Spiegelberg — Donner und Wetter! Ich war eben auf dem Sprung, mich beim Magistrat anzugeben, daß die Canaille mir meinen Namen so verhunzen soll — wie ich sage, drei Monat drauf hangt[425] er.

---

409 zusammendrucken: *zusammendrücken*
410 Trieb: *Herde*
411 Gelt: *nicht wahr*
412 Kerl: *Kerle*
413 hatte nichts als diesen Stab, da ich über den Jordan ging: ein Zitat aus der Bibel, 1. Buch Mose, 32, 10
414 rejizierte: aus dem Latein. für *verjagte*
415 Korps: *Truppe, Truppenverband*
416 Kerles: in der Mundart Plural von *Kerl*
417 deliziöse: *köstlicher, delikater*
418 wo als: *wo immer*
419 Renommee: aus dem Französ. für *Ruf, Ruhm*
420 pur: *bloß*
421 am Narrenseil herum: im Sinne von *an der Nase herumführen*
422 Skrizler: abwertend für *Schreiber*
423 Wurmdoktor: abwertend für *Arzt;* Arzt, der parasitäre Darmkrankheiten behandelt
424 par force inquiriert: *durch Gewalt (Folter) ausgefragt*
425 hangt: *hängt*

Ich mußte nachher eine derbe Prise Tobak in die Nase reiben, als ich am Galgen vorbeispazierte, und den Pseudo-Spiegelberg[426] in seiner Glorie da paradieren[427] sah – und unterdessen daß Spiegelberg hangt, schleicht sich Spiegelberg ganz sachte aus den Schlingen, und deutet der superklugen Gerechtigkeit hinterrucks Eselsohren, daß 's zum Erbarmen ist.

RAZMANN *lacht.* Du bist eben noch immer der alte.

SPIEGELBERG. Das bin ich, wie du siehst, an Leib und Seel. Narr! einen Spaß muß ich dir doch erzählen, den ich neulich im Cäcilienkloster angerichtet habe. Ich treffe das Kloster[428] auf meiner Wanderschaft so gegen die Dämmerung, und da ich eben den Tag noch keine Patrone verschossen hatte, du weißt, ich hasse das diem perdidi[429] auf den Tod, so mußte die Nacht noch durch einen Streich verherrlicht werden, und sollts dem Teufel um ein Ohr gelten! Wir halten uns ruhig bis in die späte Nacht. Es wird mausstill. Die Lichter gehen aus. Wir denken, die Nonnen könnten itzt in den Federn sein. – Nun nehm ich meinen Kameraden Grimm mit mir, heiß die andern warten vorm Tor, bis sie mein Pfeifchen hören würden, – versichere mich des Klosterwächters, nehm ihm die Schlüssel ab, schleich mich hinein, wo die Mägde schliefen, praktizier[430] ihnen die Kleider weg, und heraus mit dem Pack[431] zum Tor. Wir gehn weiter von Zelle zu Zelle, nehmen einer Schwester nach der andern die Kleider, endlich auch der Äbtissin. – Itzt pfeif ich, und meine Kerls draußen fangen an zu stürmen und zu hasselieren[432], als käm der Jüngste Tag, und hinein mit bestialischem Gepolter in die Zellen der Schwestern! – Hahaha! – da hättest du die Hatz sehen sollen, wie die armen Tierchen in der Finstere[433] nach ihren Röcken tappten, und sich jämmerlich gebärdeten, wie sie zum Teufel waren, und wir indes wie alle Donnerwetter zugesetzt[434], und wie sie sich vor Schreck und Bestürzung in Bettlaken wickelten, oder unter dem Ofen zusammenkrochen wie Katzen, andere in der Angst ihres Herzens die Stube so besprenzten[435], daß du hättest das Schwimmen drin lernen können, und das erbärmliche Gezeter und Lamento[436], und endlich gar die alte Schnurre[437], die Äbtissin, angezogen wie Eva vor dem Fall[438] – du weißt, Bruder, daß mir auf diesem weiten Erdenrund kein Geschöpf so zuwider ist als eine Spinne und ein altes Weib, und nun denk dir einmal die schwarzbraune, runzligte, zottigte Vettel[439] vor mir herumtanzen, und mich bei ihrer jungfräulichen Sittsamkeit beschwören – alle Teufel! ich hatte schon den Ellbogen angesetzt, ihr die übriggebliebenen wenigen Edlen[440] vollends

---

426 Pseudo-Spiegelberg: *falschen Spiegelberg*

427 paradieren: *vorbeimarschieren*

428 treffe das Kloster: *erreiche das Kloster*

429 das diem perdidi: Nach einem Ausspruch des röm. Kaisers Tiberius (39–81): *einen vergeudeten, vertanen Tag*

430 praktizier ... weg: *hier für mit List weggenommen*

431 Pack: im Schwäbischen für *Bündel*

432 hasselieren: *necken, machen tüchtig Lärm*

433 Finstere: *Finsternis*

434 zugesetzt: *genötigt*

435 besprenzten: im Schwäbischen für *sich nass machen*

436 Gezeter und Lamento: abwertend für *Geschrei und Jammer*

437 die alte Schnurre: *das hässliche Weib* oder auch abwertend *Liebchen*

438 Eva vor dem Fall: also nackt; *Eva vor dem Sündenfall*

439 zottigte Vettel: im Schwäbischen für *langhaariges, altes Weib*

440 Edlen: gemeint sind ironisch *Zähne*

in den Mastdarm zu stoßen – kurz resolviert[441]! entweder heraus mit dem Silbergeschirr, mit dem Klosterschatz und allen den blanken[442] Tälerchen, oder – meine Kerls verstanden mich schon – ich sage dir, ich hab aus dem Kloster mehr dann tausend Taler Werts geschleift, und den Spaß obendrein, und meine Kerls haben ihnen ein Andenken hinterlassen, sie werden ihre neun Monate dran zu schleppen haben.

RAZMANN *auf den Boden stampfend.* Daß mich der Donner da weg hatte!

SPIEGELBERG. Siehst du? Sag du mehr, ob das kein Luderleben ist? und dabei bleibt man frisch und stark, und das Korpus[443] ist noch beisammen, und schwillt dir stündlich wie ein Prälatsbauch[444] – ich weiß nicht, ich muß was Magnetisches an mir haben, das dir alles Lumpengesindel auf Gottes Erdboden anzieht wie Stahl und Eisen.

RAZMANN. Schöner Magnet du! Aber so möcht ich Henkers[445] doch wissen, was für Hexereien du brauchst –

SPIEGELBERG. Hexereien? Braucht keiner Hexereien – Kopf mußt du haben! Ein gewisses praktisches Judizium[446], das man freilich nicht in der Gerste frißt[447] – denn siehst du, ich pfleg immer zu sagen: einen honetten[448] Mann kann man aus jedem Weidenstotzen[449] formen, aber zu einem Spitzbuben wills Grütz[450] – auch gehört darzu ein eigenes Nationalgenie, ein gewisses, daß ich so sage, Spitzbubenklima, und da rat ich dir, reis du ins Graubünder Land, das ist das Athen der heutigen Gauner[451].

RAZMANN. Bruder! man hat mir überhaupt das ganze Italien gerühmt.

SPIEGELBERG. Ja ja! man muß niemand sein Recht vorenthalten, Italien weist auch seine Männer auf, und wenn Deutschland so fort macht, wie es bereits auf dem Weg ist, und die Bibel vollends hinausvotiert[452], wie es die glänzendsten Aspekten[453] hat, so kann mit der Zeit auch noch aus Deutschland was Gutes kommen – überhaupt aber, muß ich dir sagen, macht das Klima[454] nicht sonderlich viel, das Genie kommt überall fort, und das übrige, Bruder – ein Holzapfel[455] weißt du wohl, wird im Paradiesgärtlein selber ewig keine Ananas – aber daß ich dir weiter sage, – wo bin ich stehen geblieben?

---

441 resolviert: *beschlossen, entschlossen*

442 blanken: *glänzenden*

443 das Korpus: *der Körper*

444 Prälatsbauch: Ein Prälat ist ein Vorgesetzter bzw. Vorsteher in der christlichen Kirche. Eine Anspielung auf diese wohlgenährten Herren.

445 Henkers: *beim Henker*

446 praktisches Judizium: *praktischer Verstand*

447 das man freilich nicht in der Gerste frißt: *das natürlich nicht von selbst kommt*

448 honetten: *anständigen*

449 Weidenstotzen: im Schwäbischen für *Weidenstock*

450 Grütz: *Verstand, Grütze (volkstümlich)*

451 Graubünder Land, das ist das Athen der heutigen Gauner: Diese Stelle hat für große Aufregung gesorgt und wurde in mehreren Aufsätzen mit Empörung aufgenommen. Es kam zu Widerrufsforderungen. Schiller wurde letztlich bei Herzog Carl Eugen von Württemberg angezeigt, der ihm auch deswegen sämtliche schriftstellerische Tätigkeit verbot.

452 hinausvotiert: *verboten*

453 Aspekten: *Aussichten*

454 Klima: Nach Ansicht verschiedene Gelehrter soll das Klima Auswirkungen auf Geist und Bildung von Menschen haben. Darüber spottet Schiller in dieser Passage.

455 Holzapfel: *wild wachsender Apfel*

RAZMANN. Bei den Kunstgriffen.

SPIEGELBERG. Ja recht, bei den Kunstgriffen. So ist dein erstes, wenn du in die Stadt kommst, du ziehst bei den Bettelvögten[456], Stadtpatrollanten[457] und Zuchtknechten[458] Kundschaft ein, wer so am fleißigsten bei ihnen einspreche, die Ehre gebe, und diese Kunden suchst du auf – ferner nistest du dich in die Kaffeehäuser, Bordelle, Wirtshäuser ein, spähst, sondierst, wer am meisten über die wohlfeile Zeit[459], die fünf Prozent, über die einreißende Pest der Polizeiverbesserungen[460] schreit, wer am meisten über die Regierung schimpft, oder wider die Physiognomik[461] eifert und dergleichen. Bruder! das ist die rechte Höhe! die Ehrlichkeit wackelt wie ein hohler Zahn, du darfst nur den Pelikan[462] ansetzen – oder besser und kürzer: du gehst und wirfst einen vollen Beutel auf die offene Straße, versteckst dich irgendwo, und merkst dir wohl, wer ihn aufhebt – eine Weile drauf jagst du hinterher, suchst, schreist, und fragst nur so im Vorbeigehen: haben der Herr nicht etwa einen Geldbeutel gefunden? Sagt er ja? – nun, so hats der Teufel gesehen; leugnet ers aber: der Herr verzeihen – ich wüßte mich nicht zu entsinnen, – ich bedaure, *Aufspringend.* Bruder! Triumph Bruder! Lösch deine Laterne aus, schlauer Diogenes! – du hast deinen Mann gefunden[463].

RAZMANN. Du bist ein ausgelernter Praktikus[464].

SPIEGELBERG. Mein Gott! als ob ich noch jemals dran gezweifelt hätte – Nun du deinen Mann in dem Hamen[465] hast, mußt dus auch fein schlau angreifen, daß du ihn hebst! – Siehst du, mein Sohn? das hab ich so gemacht: – Sobald ich einmal die Fährte hatte, hängt ich mich meinem Kandidaten[466] an wie eine Klette, saufte Brüderschaft mit ihm, und notabene[467]! zechfrei mußt du ihn halten! da geht freilich ein Schönes drauf, aber das achtest du nicht – – du gehst weiter, du führst ihn in Spielkompanien[468] und bei liederlichen Menschern[469] ein, verwickelst ihn in Schlägereien, und schelmische Streiche, bis er an Saft und Kraft und Geld und Gewissen, und gutem Namen bankrutt[470] wird; denn incidenter[471] muß ich dir sagen, du richtest nichts aus, wenn du nicht Leib und Seele verderbst – Glaube mir, Bruder! das hab ich aus

---

456 Bettelvögten: Als Bettelvögte wurden spöttisch Helfer der Polizei genannt, die Bettler vertreiben sollten.

457 Stadtpatrollanten: Schutzwache, die die öffentliche Ruhe gewährleisten sollte.

458 Zuchtknechten: Aufseher in Zuchthäusern

459 wohlfeile Zeit: *gute Zeit*

460 Polizeiverbesserungen: Polizei ist die öffentliche Ordnung, hier also *Verbesserungen der öffentlichen Ordnung*

461 Physiognomik: In der Physiognomik werden die Charaktereigenschaften eines Menschen aus dessen physiognomischen Merkmalen bestimmt.

462 Pelikan: eine Zange zum Zähneziehen

463 Lösch deine Laterne aus ... gefunden: Einer Erzählung nach soll Diogenes (412–323 v. Chr.) einst am Tag mit einer Laterne unterwegs gewesen sein. Auf Nachfragen meinte er, er suche einen Menschen.

464 Praktikus: *Praktiker* im Sinne von *listenreicher Übeltäter*

465 Hamen: *Fangnetz* (Netz am Stab mit einem Metallring um die Öffnung)

466 Kandidaten: eigentlich Bewerber, hier *Prüfling*

467 notabene: aus dem Latein. für *wohlgemerkt*

468 Spielkompanien: *Spielgesellschaften*

469 Menschern: im Schwäbischen abwertend für *Frauen*

470 bankrutt: *bankrott*

471 incidenter: als dem Latein. für *zwischendurch*

meiner starken Praxi[472] wohl fünfzigmal abstrahiert[473], wenn der ehrliche Mann einmal aus dem Nest gejagt ist, so ist der Teufel Meister – Der Schritt ist dann so leicht – o so leicht, als der Sprung von einer Hure zu einer Betschwester. – Horch doch! was für ein Knall war das?

RAZMANN. Es war gedonnert, nur fortgemacht!

SPIEGELBERG. Noch ein kürzerer besserer Weg ist der, du plünderst deinem Mann Haus und Hof ab[474], bis ihm kein Hemd mehr am Leibe hebt[475], alsdann kommt er dir von selber – lern mich die Pfiffe nicht, Bruder – frag einmal das Kupfergesicht dort – Schwerenot! den hab ich schön ins Garn[476] gekriegt – ich hielt ihm vierzig Dukaten hin, die sollt er haben, wenn er mir seines Herrn Schlüssel in Wachs drücken wollte – denk einmal! die dumme Bestie tuts, bringt mir, hol mich der Teufel, die Schlüssel, und will itzt das Geld haben – Monsieur, sagt ich, weiß Er auch, daß ich itzt diese Schlüssel geradeswegs zum Polizei-Lieutenant trage, und Ihm ein Logis[477] am lichten Galgen miete? – Tausendsackerment! da hättest du den Kerl sehen sollen die Augen aufreißen, und anfangen zu zappeln wie ein nasser Budel[478]. – – »Ums Himmelswillen, hab der Herr doch Einsicht! ich will – will –« Was will Er? Will Er itzt gleich den Zopf hinaufschlagen[479] und mit mir zum Teufel gehn? – »O von Herzen gern, mit Freuden!« – Hahaha! guter Schlucker, mit Speck fangt man Mäuse – lach ihn doch aus, Razmann! hahaha!

RAZMANN. Ja, ja, ich muß gestehen. Ich will mir diese Lektion mit goldnen Ziffern auf meine Hirntafel schreiben. Der Satan mag seine Leute kennen, daß er dich zu seinem Mäkler[480] gemacht hat.

SPIEGELBERG. Gelt[481], Bruder? Und ich denke, wenn ich ihm zehen stelle, läßt er mich frei ausgehen – gibt ja jeder Verleger seinem Sammler[482] das zehente Exemplar gratis, warum soll der Teufel so jüdisch[483] zu Werk gehn? – Razmann! ich rieche Pulver –

RAZMANN. Sapperment[484]! ich riechs auch schon lang. – Gib acht, es wird in der Näh was gesetzt haben! – Ja ja! wie ich dir sage, Moritz – du wirst dem Hauptmann mit deinen Rekruten willkommen sein – er hat auch schon brave Kerl angelockt.

SPIEGELBERG. Aber die meinen! die meinen – pah –

RAZMANN. Nun ja! sie mögen hübsche Fingerchen haben – aber ich sage dir, der Ruf unsers Hauptmanns hat auch schon ehrliche Kerl in Versuchung geführt.

SPIEGELBERG. Ich will nicht hoffen.

---

472 Praxi: *Erfahrung*

473 abstrahiert: *geschlossen, gefolgert*

474 ab: *weg*

475 hebt: im Schwäbischen für *hält, bleibt*

476 Garn: *Netz*

477 Logis: *Platz*

478 Budel: *Pudel*

479 den Zopf hinaufschlagen: *sich auf den Weg machen* (Redensart)

480 Mäkler: *Händler, Vermittler*

481 Gelt: *nicht wahr*

482 Sammler: *Vertreter*

483 jüdisch: *mit Wucher*

484 Sapperment: *Donnerwetter*

RAZMANN. Sans[485] Spaß! und sie schämen sich nicht, unter ihm zu dienen. Er mordet nicht um des Raubes willen wie wir – nach dem Geld schien er nicht mehr zu fragen, sobald ers vollauf haben konnte, und selbst sein Dritteil an der Beute, das ihn von Rechts wegen trifft, verschenkt er an Waisenkinder, oder läßt damit arme Jungen von Hoffnung studieren. Aber soll er dir einen Landjunker schröpfen, der seine Bauren wie das Vieh abschindet[486], oder einen Schurken mit goldnen Borten unter den Hammer kriegen, der die Gesetze falschmünzt, und das Auge der Gerechtigkeit übersilbert[487], oder sonst ein Herrchen von dem Gelichter – Kerl! da ist er dir in seinem Element, und haust teufelmäßig, als wenn jede Faser an ihm eine Furie[488] wäre.

SPIEGELBERG. Hum! Hum!

RAZMANN. Neulich erfuhren wir im Wirtshaus, daß ein reicher Graf von Regensburg durchkommen würde, der einen Prozeß von einer Million durch die Pfiffe[489] seines Advokaten durchgesetzt hätte, er saß eben am Tisch und brettelte[490] – Wieviel sind unserer? frug er mich, indem er hastig aufstand, ich sah ihn die Unterlippe zwischen die Zähne klemmen, welches er nur tut, wenn er am grimmigsten ist – nicht mehr als fünf! sagt ich – es ist genug! sagt er, warf der Wirtin das Geld auf den Tisch, ließ den Wein, den er sich hatte reichen lassen, unberührt stehen – wir machten uns auf den Weg. Die ganze Zeit über sprach er kein Wort, lief abseitwärts und allein, nur daß er uns von Zeit zu Zeit fragte, ob wir noch nichts gewahr worden wären, und uns befahl, das Ohr an die Erde zu legen. Endlich so kommt der Graf hergefahren, der Wagen schwer bepackt, der Advokat saß bei ihm drin, voraus ein Reuter[491], nebenher ritten zwei Knechte – da hättest du den Mann sehen sollen, wie er, zwei Terzerolen[492] in der Hand, vor uns her auf den Wagen zusprang! Und die Stimme, mit der er rief: Halt! – der Kutscher, der nicht Halt machen wollte, mußte vom Bock herabtanzen, der Graf schoß aus dem Wagen in den Wind, die Reuter flohen – dein Geld, Kanaille! rief er donnernd – er lag wie ein Stier unter dem Beil – und bist du der Schelm, der die Gerechtigkeit zur feilen Hure macht? der Advokat zitterte, daß ihm die Zähne klapperten, – der Dolch stak in seinem Bauch wie ein Pfahl in dem Weinberg – ich habe das Meine getan! rief er, und wandte sich stolz von uns weg, das Plündern ist eure Sache – Und somit verschwand er in den Wald –

SPIEGELBERG. Hum, hum! Bruder, was ich dir vorhin erzählt habe, bleibt unter uns, er brauchts nicht zu wissen. Verstehst du?

RAZMANN. Recht, recht! ich versteh.

SPIEGELBERG. Du kennst ihn ja! Er hat so seine Grillen[493]. Du verstehst mich.

RAZMANN. Ich versteh, ich versteh.

Schwarz in vollem Lauf.

---

485 Sans: französ. für *ohne*

486 abschindet: *die Haut abzieht, behandelt*

487 übersilbert: *versilbert*

488 Furie: *Rachegöttin*

489 Pfiffe: im Schwäbischen für *Listen, Schlauheiten*

490 brettelte: im Schwäbischen für *ein Brettspiel spielen*

491 Reuter: *Reiter*

492 Terzerolen: *kleine Pistolen*

493 Grillen: *Einfälle, Macken*

RAZMANN. Wer da? was gibts da? Passagiers[494] im Wald?

SCHWARZ. Hurtig, hurtig! wo sind die andern? – tausendsackerment! ihr steht da und plaudert! Wißt ihr denn nicht – wißt ihr denn gar nicht? – und Roller –

RAZMANN. Was dann? was dann?

SCHWARZ. Roller ist gehangen[495], noch vier andere mit –

RAZMANN. Roller? Schwerenot[496]! seit wenn – woher weißt dus?

SCHWARZ. Schon über drei Wochen sitzt er, und wir erfahren nichts, schon drei Rechtstäge[497] sind über ihn gehalten worden, und wir hören nichts, man hat ihn auf der Tortur examiniert[498], wo der Hauptmann sei? – der wackere Bursche hat nichts bekannt, gestern ist ihm der Prozeß gemacht worden, diesen Morgen ist er dem Teufel Extrapost zugefahren.

RAZMANN. Vermaledeit[499]! weiß es der Hauptmann?

SCHWARZ. Erst gestern erfährt ers. Er schäumt wie ein Eber. Du weißts, er hat immer am meisten gehalten auf Roller, und nun die Tortur erst – Strick und Leiter sind schon an den Turm gebracht worden, es half nichts; er selbst hat sich schon in Kapuzinerskutte zu ihm geschlichen, und die Person mit ihm wechseln wollen, Roller schlugs hartnäckig ab, itzt hat er einen Eid geschworen, daß es uns eiskalt über die Leber lief, er wolle ihm eine Todesfackel anzünden, wie sie noch keinem König geleuchtet hat, die ihnen den Buckel braun und blau brennen soll. Mir ist bang für die Stadt. Er hat schon lang eine Pique[500] auf sie, weil sie so schändlich bigott[501] ist, und du weißt, wenn er sagt: ich wills tun! so ists so viel, als wenns unsereiner getan hat.

RAZMANN. Das ist wahr! ich kenne den Hauptmann. Wenn er dem Teufel sein Wort drauf gegeben hätte in die Hölle zu fahren, er würde nie beten, wenn er mit einem halben Vaterunser selig werden könnte! – Aber ach! der arme Roller! der arme Roller! –

SPIEGELBERG. Memento mori[502]! Aber das regt mich nicht an. *Trillert ein Liedchen.*

Geh ich vorbei am Rabensteine[503],
So blinz ich nur das rechte Auge zu
Und denk, du hängst mir wohl alleine,
Wer ist ein Narr, ich oder du?

RAZMANN *aufspringend.* Horch! ein Schuß. *Schießen und Lärmen.*

SPIEGELBERG. Noch einer!

RAZMANN. Wieder einer! der Hauptmann!

Hinter der Szene gesungen.

---

494 Passagiers: *Reisende*
495 ist gehangen: *wurde aufgehängt*
496 Schwerenot: im Sinne von *ich bin schockiert*
497 Rechtstäge: im Schwäbischen für *Gerichttermine*
498 auf der Tortur examiniert: *mit Folter verhört*
499 Vermaledeit: *verflucht*
500 Pique: französ. für *Streit, Zank, Ärgernis, Zorn*
501 bigott: *frömmelnd*
502 Memento mori: latein. für *Bedenke, dass du sterben musst.*
503 Rabensteine: gemauerte *Hinrichtungsstätten* (wo sich gern Raben blicken ließen)

Die Nürnberger henken keinen
Sie hätten ihn denn vor. *Da Capo*[504].

SCHWEIZER. ROLLER *hinter der Szene.* Holla ho! Holla ho!

RAZMANN. Roller! Roller! Holen mich zehn Teufel!

SCHWEIZER. ROLLER *hinter der Szene.* Razmann! Schwarz! Spiegelberg! Razmann!

RAZMANN. Roller! Schweizer! Blitz, Donner, Hagel und Wetter! *Fliegen ihm entgegen.*

Räuber Moor zu Pferd, Schweizer, Roller, Grimm, Schufterle, Räubertrupp mit Kot und Staub bedeckt, treten auf.

RÄUBER MOOR *vom Pferd springend.* Freiheit! Freiheit! — — du bist im Trocknen, Roller! — Führ meinen Rappen[505] ab, Schweizer, und wasch ihn mit Wein. *Wirft sich auf die Erde.* Das hat gegolten[506]!

RAZMANN *zu Roller.* Nun bei der Feueresse des Plutos[507]! bist du vom Rad[508] auferstanden?

SCHWARZ. Bist du sein Geist? oder bin ich ein Narr? oder bist dus wirklich?

ROLLER *in Atem.* Ich bins. Leibhaftig. Ganz. Wo glaubst du, daß ich herkomme?

SCHWARZ. Da frag die Hexe! der Stab war schon über dich gebrochen[509]!

ROLLER. Das war er freilich, und noch mehr. Ich komme recta[510] vom Galgen her. Laß mich nur erst zu Atem kommen. Der Schweizer wird dir erzählen. Gebt mir ein Glas Branntenwein[511]! — du auch wieder da, Moritz? Ich dachte, dich woanders wiederzusehen — gebt mir doch ein Glas Branntenwein! meine Knochen fallen auseinander — o mein Hauptmann! wo ist mein Hauptmann?

SCHWARZ. Gleich, gleich! — so sag doch, so schwätz[512] doch! wie bist du davonkommen? wie haben wir dich wieder? der Kopf geht mir um. Vom Galgen her, sagst du?

ROLLER *stürzt eine Flasche Branntenwein hinunter.* Ah, das schmeckt, das brennt ein! — geradeswegs vom Galgen her! sag ich. Ihr steht da, und gafft, und könnts nicht träumen — ich war auch nur drei Schritte von der Sackermentsleiter[513], auf der ich in den Schoß Abrahams[514] steigen sollte — so nah, so nah — war dir schon mit Haut und Haar auf die Anatomie verhandelt[515]! hättest mein Leben um 'n Prise Schnupftabak haben können, dem Hauptmann dank ich Luft, Freiheit und Leben.

---

504 *Da Capo:* aus dem Italien. für *von vorn, Wiederholung*

505 Rappen: schwarzes Pferd

506 Das hat gegolten: *Das hat funktioniert.*

507 Plutos: ein anderer Name für Hades, in der griech. Mythologie der Herrscher der Unterwelt

508 Rad: Rädern war eine brutale Hinrichtungsmethode, bei der dem Totgeweihten, der auf ein Rad geflochten wurde, alle Knochen gebrochen wurden.

509 Stab war schon ... gebrochen: Bei der Hinrichtung wurde symbolisch ein Stab gebrochen und vor die Füße des Verurteilten geworfen zum Zeichen, dass sein Leben verwirkt ist.

510 recta: latein. für *geradewegs, geradezu, direkt*

511 Branntenwein: im Schwäbischen für *Branntwein*

512 schwätz: im Schwäbischen für *sprich*

513 Sackermentsleiter: *verfluchten Leiter*

514 vgl. Neues Testament, Lukas 16, 22

515 auf die Anatomie verhandelt: Der Medizin-Forschung damals wurden häufig die Leichen von hingerichteten Stafftätern überlassen.

SCHWEIZER. Es war ein Spaß, der sich hören läßt. Wir hatten den Tag vorher durch unsre Spionen Wind gekriegt, der Roller liege tüchtig im Salz[516], und wenn der Himmel nicht beizeit noch einfallen wollte, so werde er morgen am Tag – das war als[517] heut – den Weg alles Fleisches gehen müssen – Auf! sagt der Hauptmann, was wiegt ein Freund nicht. – Wir retten ihn, oder retten ihn nicht, so wollen wir ihm wenigstens doch eine Todesfackel anzünden, wie sie noch keinem König geleuchtet hat, die ihnen den Buckel braun und blau brennen soll. Die ganze Bande wird aufgeboten. Wir schicken einen Expressen[518] an ihn, ders ihm in einem Zettelchen beibrachte, das er ihm in die Suppe warf.

ROLLER. Ich verzweifelte an dem Erfolg.

SCHWEIZER. Wir paßten die Zeit ab, bis die Passagen[519] leer waren. Die ganze Stadt zog dem Spektakel nach, Reuter und Fußgänger durcheinander und Wagen, der Lärm und der Galgenpsalm[520] johlten weit. Itzt, sagt der Hauptmann, brennt an, brennt an! Die Kerl flogen wie Pfeile, steckten die Stadt an dreiunddreißig Ecken zumal[521] in Brand, werfen feurige Lunten in die Nähe des Pulverturms, in Kirchen und Scheunen – Mordbleu[522] es war keine Viertelstunde vergangen, der Nordostwind, der auch seinen Zahn auf die Stadt haben muß, kam uns trefflich zustatten, und half die Flamme bis hinauf in die obersten Giebel jagen. Wir indes Gasse auf, Gasse nieder, wie Furien[523] – Feuerjo[524]! Feurjo! durch die ganze Stadt – Geheul, – Geschrei – Gepolter – fangen an die Brandglocken zu brummen[525], knallt der Pulverturm in die Luft, als wär die Erde mitten entzweigeborsten, und der Himmel zerplatzt und die Hölle zehntausend Klafter[526] tiefer versunken.

ROLLER. Und itzt sah mein Gefolge zurück – da lag die Stadt wie Gomorrha und Sodom[527], der ganze Horizont war Feuer, Schwefel und Rauch, vierzig Gebürge [528]brüllen den infernalischen[529] Schwank[530] in die Rund herum nach, ein panischer Schreck schmeißt alle zu Boden – itzt nutz ich den Zeitpunkt, und risch[531], wie der Wind! ich war losgebunden, so nah wars dabei – da meine Begleiter versteinert wie Lots Weib[532] zurückschaun, Reißaus! zerrissen

---

516 liege tüchtig im Salz: schwäbische Redeart für *im Gefängnis sein*

517 als: im Schwäbischen für *also*

518 Expressen: *Eilboten*

519 Passagen: *Straßenfluchten*

520 Galgenpsalm: Christliche Lieder, die vor der Hinrichtung gesungen wurden.

521 zumal: *auf einmal*

522 Mordbleu: Wortprägung aus einer Mischung von Deutsch und Französisch (was wohl Schiller mit seinen Schulkollegen in der Akademie in Stuttgart gern taten). Heißt so viel wie *der Tod von Gott.*

523 Furien: Rachegöttinnen

524 Feuerjo: Ausruf bei Feuerausbruch

525 brummen: im Schwäbischen für *dumpfes läuten*

526 Klafter: ein Längenmaß, die Spannweite der Arme

527 Gomorrha und Sodom: Die Städte wurden durch Gott (durch ein Feuer) vernichtet, weil sie durch und durch lasterhaft waren. vgl. 1. Buch Mose 19

528 brüllen ... nach: gemeint ist *das Echo* von den Bergen

529 infernalischen: *höllischen*

530 Schwank: *Rundumschlag*

531 risch: mundartl. für *rasch*

532 Lots Weib: Lot war in den Augen Gottes ein rechtschaffener Bewohner von Sodom. Er warnte Lot vor der Vernichtung der Stadt. Er solle mit seiner Frau aus der Stadt fahren, aber nicht zurückblicken. Doch Lots Frau achtete nicht auf dieses Gebot und schaute zurück. Da erstarrte sie zur Salzsäule.

die Haufen! davon! Sechzig Schritte weg werf ich die Kleider ab, stürze mich in den Fluß, schwimm unterm Wasser fort, bis ich glaubte, ihnen aus dem Gesichte zu sein. Mein Hauptmann schon parat mit Pferden und Kleidern – so bin ich entkommen. Moor! Moor! möchtest du bald auch in den Pfeffer geraten[533], daß ich dir Gleiches mit Gleichem vergelten kann!

RAZMANN. Ein bestialischer Wunsch, für den man dich hängen sollte – aber es war ein Streich zum Zerplatzen[534].

ROLLER. Es war Hülfe in der Not, ihr könnts nicht schätzen. Ihr hättet sollen – den Strick um den Hals – mit lebendigem Leib zu Grabe marschieren wie ich, und die sackermentalischen[535] Anstalten und Schinderszeremonien[536], und mit jedem Schritt, den der scheue Fuß vorwärts wankte, näher und fürchterlich näher die verfluchte Maschine[537], wo ich einlogiert werden sollte, im Glanz der schröcklichen Morgensonne steigend, und die laurenden[538] Schindersknechte[539] und die gräßliche Musik – noch raunt sie in meinen Ohren – und das Gekrächz hungriger Raben, die an meinem halbfaulen Antezessor[540] zu dreißigen hingen, und das alles, alles – und obendrein noch der Vorschmack[541] der Seligkeit, die mir blühete! – Bruder, Bruder! und auf einmal die Losung zur Freiheit – Es war ein Knall, als ob dem Himmelfaß ein Reif gesprungen wäre – hört, Kanaillen! ich sag euch, wenn man aus dem glühenden Ofen ins Eiswasser springt, kann man den Abfall[542] nicht so stark fühlen als ich, da ich am andern Ufer war.

SPIEGELBERG *lacht.* Armer Schlucker! Nun ists ja verschwitzt[543]. *Trinkt ihm zu.* Zur glücklichen Wiedergeburt!

ROLLER *wirft sein Glas weg.* Nein, bei allen Schätzen des Mammons[544]! ich möchte das nicht zum zweiten Mal erleben. Sterben ist etwas mehr als Harlekinssprung[545], und Todesangst ist ärger als Sterben.

SPIEGELBERG. Und der hüpfende[546] Pulverturm – merkst dus itzt, Razmann? – drum stank auch die Luft so nach Schwefel, stundenweit[547], als würde die ganze Garderobe des Molochs[548] unter dem Firmament ausgelüftet – es war ein Meisterstreich, Hauptmann! ich beneide dich drum.

---

533 in den Pfeffer geraten: Redensart für *in Schwierigkeiten geraten*

534 Zerplatzen: *totlachen*

535 sackermentalischen: *sakramentalischen*

536 Schinderszeremonien: *Zeremonien des Henkers*

537 Maschine: gemeint ist der *Galgen*

538 laurenden: *lauernden*

539 Schindersknechte: *Henkersknechte*

540 Antezessor: aus dem Latein. für *Vorgänger*

541 Vorschmack: *Vorgeschmack*

542 Abfall: im Sinne von *Kontrast*

543 verschwitzt: *vorüber*

544 Mammons: ist nach der christl. Überlieferung der *personifizierte Reichtum* im Sinne eines Dämons

545 Harlekinssprung: *Sprung eines Narren*

546 hüpfende: hier im Sinne von *zerprengende*

547 stundenweit: im Sinne von *meilenweit*

548 Molochs: hier im Sinne von *Teufels*

SCHWEIZER. Macht sich die Stadt eine Freude daraus, meinen Kameraden wie ein verhetztes[549] Schwein abtun zu sehen, was, zum Henker! sollen wir uns ein Gewissen daraus machen, unserem Kameraden zulieb die Stadt draufgehen zu lassen? Und nebenher hatten unsere Kerls noch das gefundene Fressen, über den alten Kaiser zu plündern. — Sagt einmal! was habt ihr weggekapert[550]?

EINER VON DER BANDE. Ich hab mich während des Durcheinanders in die Stephanskirche geschlichen und die Borten vom Altartuch abgetrennt, der liebe Gott da, sagt ich, ist ein reicher Mann und kann ja Goldfäden aus einem Batzenstrick[551] machen.

SCHWEIZER. Du hast wohlgetan — was soll auch der Plunder in einer Kirche? Sie tragens dem Schöpfer zu, der über den Trödelkram lachet, und seine Geschöpfe dörfen verhungern. — Und du, Spangeler — wo hast du dein Netz ausgeworfen?

EIN ZWEITER. Ich und Bügel haben einen Kaufladen geplündert und bringen Zeug für unser funfzig mit.

EIN DRITTER. Zwei goldne Sackuhren[552] hab ich weggebixt[553], und ein Dutzend silberne Löffel darzu.

SCHWEIZER. Gut, gut. Und wir haben ihnen eins angerichtet, dran sie vierzehn Tage werden zu löschen haben. Wenn sie dem Feuer wehren wollen, so müssen sie die Stadt durch Wasser ruinieren — Weißt du nicht, Schufterle, wieviel es Tote gesetzt hat?

SCHUFTERLE. Dreiundachtzig sagt man. Der Turm allein hat ihrer sechzig zu Staub zerschmettert.

RÄUBER MOOR *sehr ernst.* Roller, du bist teuer bezahlt.

SCHUFTERLE. Pah, pah! was heißt aber das? — ja, wenns Männer gewesen wären — aber da warens Wickelkinder, die ihre Laken vergolden, eingeschnurrte[554] Mütterchen, die ihnen die Mücken wehrten, ausgedörrte Ofenhocker, die keine Türe mehr finden konnten — Patienten, die nach dem Dokter winselten, der in seinem gravitätischen Trab der Hatz[555] nachgezogen war — Was leichte Beine hatte, war ausgeflogen der Komödie nach, und nur der Bodensatz der Stadt blieb zurück, die Häuser zu hüten.

MOOR. O der armen Gewürme[556]! Kranke, sagst du, Greise und Kinder? —

SCHUFTERLE. Ja zum Teufel! und Kindbetterinnen darzu, und hochschwangere Weiber, die befürchteten, unterm lichten Galgen zu abortieren[557], junge Frauen, die besorgten[558], sich an den Schindersstückchen[559] zu versehen und ihrem Kind in Mutterleib den Galgen auf den Bu-

549 verhetztes: im Schwäbischen für *davongehetzt*

550 weggekapert: im Sinne von *erobert*

551 Batzenstrick: Batzen war eine Münze mit niedrigem Wert. Hier also *ein billiger Strick*

552 Sackuhren: *Taschenuhren*

553 weggebixt: *gestohlen*

554 eingeschnurrte: *vertrocknete, alte, greise*

555 Hatz: *Hetzjagd*

556 Gewürme: gemeint sind *Säuglinge*

557 abortieren: *gebären (Frühgeburt)*

558 besorgten: *besorgt waren*

559 Schinderstück: Ein verwildertes Stück Land, das als Acker umgewandelt (gerodet) wird, wurde als Schinderstück bezeichnet. Hier also im Sinne dessen, dass die Frauen besorgt waren, von Trümmerteilen getroffen zu werden.

ckel zu brennen[560] – Arme Poeten, die keinen Schuh anzuziehen hatten, weil sie ihr einziges Paar in die Mache gegeben[561], und was das Hundsgesindel mehr ist, es lohnt sich der Mühe nicht, daß man davon redt. Wie ich von ungefähr so an einer Baracke vorbeigehe, hör ich drinnen ein Gezeter, ich guck hinein, und wie ichs beim Licht besehe, was wars? Ein Kind wars, noch frisch und gesund, das lag auf dem Boden unterm Tisch, und der Tisch wollte eben angehen, – Armes Tierchen, sagt ich, du verfrierst[562] ja hier, und warfs in die Flamme –

MOOR. Wirklich, Schufterle? – Und diese Flamme brenne in deinem Busen, bis die Ewigkeit grau wird! – Fort Ungeheuer! Laß dich nimmer unter meiner Bande sehen! Murrt ihr! – Überlegt ihr? – Wer überlegt, wann ich befehle? – Fort mit ihm, sag ich, – es sind noch mehr unter euch, die meinem Grimm reif sind. Ich kenne dich, Spiegelberg. Aber ich will nächstens unter euch treten, und fürchterlich Musterung halten. *Sie gehn zitternd ab.*

Moor allein, heftig auf und ab gehend.

Höre sie nicht, Rächer im Himmel! – Was kann ich dafür? Was kannst du dafür, wenn deine Pestilenz[563], deine Teurung, deine Wasserfluten, den Gerechten mit dem Bösewicht auffressen? Wer kann der Flamme befehlen, daß sie nicht auch durch die gesegneten Saaten wüte, wenn sie das Genist[564] der Hornissel[565] zerstören soll? – O pfui über den Kindermord! den Weibermord! – den Krankenmord! Wie beugt mich diese Tat! Sie hat meine schönsten Werke vergiftet – da steht der Knabe, schamrot und ausgehöhnt vor dem Auge des Himmels, der sich anmaßte, mit Jupiters Keule[566] zu spielen, und Pygmäen[567] niederwarf, da er Titanen[568] zerschmettern sollte – geh, geh! du bist der Mann nicht, das Rachschwert der obern Tribunale[569] zu regieren, du erlagst bei dem ersten Griff – hier entsag ich dem frechen Plan, gehe, mich in irgendeine Kluft der Erde zu verkriechen, wo der Tag vor meiner Schande zurücktritt. *Er will fliehen.*

RÄUBER *eilig.* Sieh dich vor, Hauptmann! Es spukt! Ganze Haufen böhmischer Reuter schwadronieren im Holz herum – der höllische Blaustrumpf[570] muß ihnen verträtscht[571] haben –

NEUE RÄUBER. Hauptmann! Hauptmann! Sie haben uns die Spur abgelauert[572] – rings ziehen ihrer etliche tausend einen Kordon[573] um den mittlern Wald.

---

560 ihrem Kind in Mutterleib den Galgen auf den Buckel zu brennen: Ein Aberglaube besagte, dass sich heftige Erregungen einer Schwangeren auf dem Körper des Kindes als Muttermal zeigen werden.

561 in die Mache gegeben: *zur Reparatur gebracht*

562 verfrierst: *erfrierst*

563 Pestilenz: *Pest*

564 Genist: im Schwäbischen für *Nest*

565 Hornissel: *Hornisse*

566 Jupiters Keule: Jupiter ist in der röm. Mythologie der höchste Gott, analog zu Zeus in der griech. Der Blitz ist sein Werkzeug, was warscheinlich hiermit gemeint ist.

567 Pygmäen: eine kleinwüchsigen Bevölkerungsgruppe in Afrika

568 Titanen: Nach der griech. Mythologie lebten vor den Göttern die Titanen, ein riesenhaftes Geschlecht.

569 der obern Tribunale: *des himmlischen Gerichts*

570 Blaustrumpf: im Schwäbischen auch eine Bezeichnung für den *Teufel*

571 verträtscht: im Schwäbischen für *verschwatzt, verraten*

572 uns die Spur abgelauert: *unsere Spur aufgelauert*

573 Kordon: aus dem Französ. für *Sperrung, Kette*

NEUE RÄUBER. Weh, weh, weh! Wir sind gefangen, gerädert, wir sind gevierteilt! Viele tausend Husaren[574], Dragoner[575] und Jäger[576] sprengen[577] um die Anhöhe, und halten die Luftlöcher[578] besetzt. *Moor geht ab.*

Schweizer. Grimm. Roller. Schwarz. Schufterle. Spiegelberg. Razmann. Räubertrupp.

SCHWEIZER. Haben wir sie aus den Federn geschüttelt? Freu dich doch, Roller! Das hab ich mir lange gewünscht, mich mit so Kommißbrotrittern[579] herumzuhauen – wo ist der Hauptmann? Ist die ganze Bande beisammen? Wir haben doch Pulver genug?

RAZMANN. Pulver die schwere Meng. Aber unser sind achtzig in allem, und so immer kaum einer gegen ihrer zwanzig.

SCHWEIZER. Desto besser! und laß es fünfzig gegen meinen großen Nagel sein – Haben sie so lang gewartet, bis wir ihnen die Streu unterm Arsch angezündt haben – Brüder, Brüder! so hats keine Not. Sie setzen ihr Leben an zehen Kreuzer[580], fechten wir nicht für Hals und Freiheit? – Wir wollen über sie her wie die Sündflut[581] und auf ihre Köpfe herabfeuren wie Wetterleuchten[582] – Wo zum Teufel! ist dann[583] der Hauptmann?

SPIEGELBERG. Er verläßt uns in dieser Not. Können wir denn nicht mehr entwischen?

SCHWEIZER. Entwischen?

SPIEGELBERG. Oh! warum bin ich nicht geblieben in Jerusalem.

SCHWEIZER. So wollt ich doch, daß du im Kloak[584] ersticktest, Dreckseele du! Bei nackten Nonnen hast du ein großes Maul, aber wenn du zwei Fäuste siehst, – Memme, zeige dich itzt, oder man soll dich in eine Sauhaut nähen, und durch Hunde verhetzen lassen.

RAZMANN. Der Hauptmann, der Hauptmann!

Moor, langsam, vor sich.

MOOR. Ich habe sie vollends ganz einschließen lassen, itzt müssen sie fechten wie Verzweifelte. *Laut.* Kinder! nun gilts! Wir sind verloren, oder wir müssen fechten wie angeschossene Eber.

SCHWEIZER. Ha! ich will ihnen mit meinen Fangern[585] den Bauch schlitzen, daß ihnen die Kutteln[586] schuhlang[587] herausplatzen! – Führ uns an, Hauptmann! Wir folgen dir in den Rachen des Todes.

---

574 Husaren: ungarische Reiter

575 Dragoner: Reiter mit Feuerwaffe. *Dragon* ist die Bezeichnung einer Handfeuerwaffe.

576 Jäger: Infanterieeinheit, mit Feuerwaffen bewaffnete Soldaten zu Fuß

577 sprengen: *springen*

578 Luftlöcher: *Schlupflöcher*

579 Kommißbrotrittern: abwertend *Soldaten*

580 Kreuzer: Münze mit geringem Wert

581 Sündflut: *Sinnflut*

582 Wetterleuchten: *Blitze*

583 dann: *denn*

584 Kloak: im Schwäbischen für *Abort*

585 Fangern: *Stoßzähne*

586 Kutteln: *Eingeweihde*

587 schuhlang: Schuh als Längenmaß (ca. 30 cm)

MOOR. Ladet alle Gewehre! Es fehlt doch an Pulver nicht?

SCHWEIZER *springt auf.* Pulver genug, die Erde gegen den Mond zu sprengen!

RAZMANN. Jeder hat fünf Paar Pistolen geladen, jeder noch drei Kugelbüchsen[588] darzu.

MOOR. Gut, gut! Und nun muß ein Teil auf die Bäume klettern, oder sich ins Dickicht verstecken, und Feuer auf sie geben im Hinterhalt –

SCHWEIZER. Da gehörst du hin, Spiegelberg!

MOOR. Wir andern, wie Furien, fallen ihnen in die Flanken!

SCHWEIZER. Darunter bin ich, ich!

MOOR. Zugleich muß jeder sein Pfeifchen hören lassen, im Wald herumjagen, daß unsere Anzahl schröcklicher werde: auch müssen alle Hunde los, und in ihre Glieder[589] gehetzt werden, daß sie sich trennen, zerstreuen und euch in den Schuß rennen. Wir drei, Roller, Schweizer und ich, fechten im Gedränge.

SCHWEIZER. Meisterlich, vortrefflich! – Wir wollen sie zusammenwettern[590], daß sie nicht wissen, wo sie die Ohrfeigen herkriegen. Ich habe wohl ehe[591] eine Kirsche vom Maul weggeschossen, laß sie nur anlaufen. *Schufterle zupft Schweizern, dieser nimmt den Hauptmann beiseit und spricht leise mit ihm.*

MOOR. Schweig!

SCHWEIZER. Ich bitte dich –

MOOR. Weg! Er dank es seiner Schande, sie hat ihn gerettet. Er soll nicht sterben, wenn ich und mein Schweizer sterben, und mein Roller. Laß ihn die Kleider ausziehen, so will ich sagen, er sei ein Reisender, und ich hab ihn bestohlen – Sei ruhig, Schweizer, ich schwöre darauf, er wird doch noch gehangen[592] werden.

Pater tritt auf.

PATER *vor sich, stutzt.* Ist das das Drachennest? – Mit eurer Erlaubnis, meine Herren! Ich bin ein Diener der Kirche, und draußen stehen siebenzehnhundert, die jedes Haar auf meinen Schläfen bewachen.

SCHWEIZER. Bravo! bravo! Das war wohl gesprochen, sich den Magen warm zu halten.

MOOR. Schweig, Kamerad! – Sagen Sie kurz, Herr Pater! Was haben Sie hier zu tun?

PATER. Mich sendet die hohe Obrigkeit, die über Leben und Tod spricht – ihr Diebe – ihr Mordbrenner – ihr Schelmen – giftige Otterbrut, die im Finstern schleicht, und im Verborgenen sticht – Aussatz der Menschheit – Höllenbrut – köstliches Mahl für Raben und Ungeziefer – Kolonie für Galgen und Rad –

SCHWEIZER. Hund! hör auf zu schimpfen, oder – *Er drückt ihm den Kolben vors Gesicht.*

MOOR. Pfui doch, Schweizer! du verdirbst ihm ja das Konzept – er hat seine Predigt so brav auswendig gelernt – nur weiter, mein Herr! – »für Galgen und Rad?«

---

588 Kugelbüchsen: Büchsen sind *Gewehre*

589 Glieder: *Reihen*

590 zusammenwettern: *zusammenschlagen, zusammendonnern*

591 ehe: *eher*

592 gehangen: *gehängt*

PATER. Und du, feiner Hauptmann! Herzog der Beutelschneider[593]! Gaunerkönig! Großmogol[594] aller Schelmen unter der Sonne! — Ganz ähnlich jenem[595] ersten abscheulichen Rädelsführer, der tausend Legionen schuldloser Engel in rebellisches Feuer fachte, und mit sich hinab in den tiefen Pfuhl der Verdammnis zog — das Zetergeschrei verlassener Mütter heult deinen Fersen nach, Blut saufst du wie Wasser, Menschen wägen[596] auf deinem mörderischen Dolch keine Luftblase auf. —

MOOR. Sehr wahr, sehr wahr! Nur weiter!

PATER. Was? Sehr wahr, sehr wahr? ist das auch eine Antwort?

MOOR. Wie, mein Herr? darauf haben Sie sich wohl nicht gefaßt gemacht? Weiter, nur weiter! Was wollten Sie weiter sagen?

PATER *im Eifer.* Entsetzlicher Mensch! hebe dich weg von mir! Picht[597] nicht das Blut des ermordeten Reichsgrafen an deinen verfluchten Fingern? Hast du nicht das Heiligtum des Herrn mit diebischen Händen durchbrochen[598], und mit einem Schelmengriff die geweihten Gefäße des Nachtmahls[599] entwandt? Wie? hast du nicht Feuerbrände in unsere gottesfürchtige Stadt geworfen? und den Pulverturm über die Häupter guter Christen herabgestürzt? *Mit zusammengeschlagenen Händen.* Greuliche, greuliche Frevel, die bis zum Himmel hinaufstinken, das Jüngste Gereicht waffnen, daß es reißend daherbricht! Reif zur Vergeltung, zeitig[600] zur letzten Posaune!

MOOR. Meisterlich geraten bis hieher! aber zur Sache! Was läßt mir der hochlöbliche Magistrat durch Sie kundmachen?

PATER. Was du nie wert bist zu empfangen — Schau um dich, Mordbrenner! Was nur dein Auge absehen[601] kann, bist du eingeschlossen von unsern Reutern — hier ist kein Raum zum Entrinnen mehr — so gewiß Kirschen auf diesen Eichen wachsen, und diese Tannen Pfirsiche tragen, so gewiß werdet ihr unversehrt diesen Eichen und diesen Tannen den Rücken kehren.

MOOR. Hörst dus wohl, Schweizer? — Aber nur weiter!

PATER. Höre dann, wie gütig, wie langmütig das Gericht mit dir Böswicht verfährt. Wirst du itzt gleich zum Kreuz kriechen, und um Gnade und Schonung flehen, siehe, so wird dir die Strenge selbst Erbarmen, die Gerechtigkeit eine liebende Mutter sein — sie drückt das Auge bei der Hälfte deiner Verbrechen zu, und läßt es — denk doch! — und läßt es bei dem Rade bewenden.

SCHWEIZER. Hast dus gehört, Hauptmann? Soll ich hingehn, und diesem abgerichteten Schäferhund die Gurgel zusammenschnüren, daß ihm der rote Saft aus allen Schweißlöchern[602] sprudelt? —

---

593 Beutelschneider: *listige Diebe*

594 Großmogol: *Großmogul* (türkisch-mongolischer Herrscher)

595 Ganz ähnlich jenem: gemeint ist der *Teufel, Luzifer*

596 wägen: *wiegen*

597 Picht: im Schwäbischen für *klebt*

598 durchbrochen: *aufgebrochen*

599 Nachtmahls: gemeint ist das *Abendmahl*

600 zeitig: im Schwäbischen für *reif*

601 absehen: *übersehen*

602 Schweißlöchern: *Poren*

ROLLER. Hauptmann! – Sturm, Wetter und Hölle! – Hauptmann! – wie er die Unterlippe zwischen die Zähne klemmt! – soll ich diesen Kerl das Oberst zu unterst unters Firmament[603] wie einen Kegel aufsetzen?

SCHWEIZER. Mir, mir! Laß mich kniend vor dir niederfallen! Mir laß die Wollust, ihn zu Brei zusammenzureiben! *Pater schreit.*

MOOR. Weg von ihm! Wag es keiner, ihn anzurühren! – *Zum Pater, indem er seinen Degen zieht.* Sehen Sie, Herr Pater! hier stehn neunundsiebenzig, deren Hauptmann ich bin, und weiß keiner, auf Wink und Kommando zu fliegen oder nach Kanonenmusik zu tanzen, und draußen stehn siebenzehnhundert, unter Musketen ergraut – aber hören Sie nun! so redet Moor, der Mordbrenner Hauptmann: Wahr ists, ich habe den Reichsgrafen erschlagen, die Dominikuskirche angezündet und geplündert, hab Feuerbrände in eure bigotte Stadt geworfen, und den Pulverturm über die Häupter guter Christen herabgestürzt – aber das ist noch nicht alles. Ich habe noch mehr getan. *Er streckt seine rechte Hand aus.* Bemerken Sie die vier kostbare Ringe, die ich an jedem Finger trage – gehen Sie hin, und richten Sie Punkt für Punkt den Herren des Gerichts über Leben und Tod aus, was Sie sehen und hören werden – diesen Rubin zog ich einem Minister vom Finger, den ich auf der Jagd zu den Füßen seines Fürsten niederwarf. Er hatte sich aus dem Pöbelstaub zu seinem ersten Günstling emporgeschmeichelt, der Fall seines Nachbars war seiner Hoheit Schemel[604] – Tränen der Waisen huben ihn auf. Diesen Demant[605] zog ich einem Finanzrat ab, der Ehrenstellen und Ämter an die Meistbietenden verkaufte und den traurenden Patrioten von seiner Türe stieß. – Diesen Achat trag ich einem Pfaffen Ihres Gelichters[606] zur Ehre, den ich mit eigener Hand erwürgte, als er auf offener Kanzel geweint hatte, daß die Inquisition so in Zerfall käme – ich könnte Ihnen noch mehr Geschichten von meinen Ringen erzählen, wenn mich nicht schon die paar Worte gereuten, die ich mit Ihnen verschwendet habe –

PATER. O Pharao! Pharao!

MOOR. Hört ihrs wohl? Habt ihr den Seufzer bemerkt? Steht er nicht da, als wollte er Feuer vom Himmel auf die Rotte Korah[607] herunterbeten, richtet mit einem Achselzucken, verdammt mit einem christlichen A c h! – Kann der Mensch denn so blind sein? Er, der die hundert Augen des Argus[608] hat, Flecken an seinem Bruder zu spähen, kann er so gar blind gegen sich selbst sein? – Da donnern[609] sie Sanftmut und Duldung[610] aus ihren Wolken, und bringen dem Gott der Liebe Menschenopfer wie einem feuerarmigen Moloch – predigen Liebe des Nächsten, und fluchen den achtzigjährigen Blinden von ihren Türen hinweg; – stürmen wider den Geiz und haben Peru[611] um goldner Spangen willen entvölkert und die Heiden wie Zugvieh vor ihre Wagen gespannt – Sie zerbrechen sich die Köpfe, wie es doch

---

603 Firmament: *Himmelszelt*

604 Schemel: *Hocker, Fußbank*

605 Demant: *Diamant*

606 Gelichters: *Gesindel, Sippe*

607 Rotte Korah: Korah war ein Aufständischer, der sich mit seinen Rebellen gegen Moses auflehnte. Rotte ist die Bezeichnung für eine größere Gruppe. Gott vertilgte Korah und seine Rotte, indem sie von der Erde verschluckt wurden.

608 Argus: in der griech. Mythologie ein Riese mit hundert Augen

609 donnern: *nachdrücklich reden, wettern*

610 Duldung: *Toleranz*

611 Peru: gemeint sind die spanischen Eroberer

möglich gewesen wäre, daß die Natur hätte können einen Ischariot[612] schaffen, und nicht der Schlimmste unter ihnen würde den dreieinigen Gott um zehen Silberlinge verraten. – O über euch Pharisäer[613], euch Falschmünzer der Wahrheit, euch Affen der Gottheit! Ihr scheut euch nicht, vor Kreuz und Altären zu knien, zerfleischt eure Rücken mit Riemen, und foltert euer Fleisch mit Fasten; ihr wähnt, mit diesen erbärmlichen Gaukeleien demjenigen einen blauen Dunst vorzumachen, den ihr Toren doch den Allwissenden nennt, nicht anders, als wie man der Großen am bittersten spottet, wenn man ihnen schmeichelt, daß sie die Schmeichler hassen; ihr pocht auf Ehrlichkeit und exemplarischen Wandel[614], und der Gott, der euer Herz durchschaut, würde wider den Schöpfer ergrimmen, wenn er nicht eben der wäre, der das Ungeheuer am Nilus[615] erschaffen hat. – Schafft ihn aus meinen Augen!

PATER. Daß ein Bösewicht noch so stolz sein kann!

MOOR. Nicht genug – itzt will ich stolz reden. Geh hin und sage dem hochlöblichen Gericht, das über Leben und Tod würfelt – Ich bin kein Dieb, der sich mit Schlaf und Mitternacht verschwört, und auf der Leiter groß und herrisch tut – was ich getan habe, werd ich ohne Zweifel einmal im Schuldbuch des Himmels lesen, aber mit seinen erbärmlichen Verwesern[616] will ich kein Wort mehr verlieren. Sag ihnen, mein Handwerk ist Wiedervergeltung – Rache ist mein Gewerbe. *Er kehrt ihm den Rücken zu.*

PATER. Du willst also nicht Schonung und Gnade? – Gut, mit dir bin ich fertig. *Wendet sich zu der Bande.* So höret dann ihr, was die Gerechtigkeit euch durch mich zu wissen tut! – Werdet ihr itzt gleich diesen verurteilten Missetäter gebunden überliefern, seht, so soll euch die Strafe eurer Greuel bis auf das letzte Andenken erlassen sein – die heilige Kirche wird euch verlorne Schafe mit erneuerter Liebe in ihren Mutterschoß aufnehmen, und jedem unter euch soll der Weg zu einem Ehrenamt offenstehn. *Mit triumphierendem Lächeln.* Nun, nun? Wie schmeckt das, E. Majestät? – Frisch also! Bindet ihn, und seid frei!

MOOR. Hört ihrs auch? Hört ihr? Was stutzt ihr? Was steht ihr verlegen da? Sie bietet euch Freiheit, und ihr seid wirklich schon ihre Gefangene. – Sie schenkt euch das Leben, und das ist keine Prahlerei, denn ihr seid wahrhaftig gerichtet – Sie verheißt euch Ehren und Ämter, und was kann euer Los anders sein, wenn ihr auch obsiegtet, als Schmach und Fluch und Verfolgung. – Sie kündigt euch Versöhnung vom Himmel an, und ihr seid wirklich verdammt. Es ist kein Haar an keinem unter euch, das nicht in die Hölle fährt. Überlegt ihr noch? Wankt ihr noch? Ist es so schwer, zwischen Himmel und Hölle zu wählen? Helfen Sie doch, Herr Pater!

PATER *vor sich.* Ist der Kerl unsinnig? – Sorgt ihr etwa, daß dies eine Falle sei, euch lebendig zu fangen? – Leset selbst, hier ist der Generalpardon[617] unterschrieben. *Er gibt Schweizern ein Papier.* Könnt ihr noch zweifeln?

MOOR. Seht doch, seht doch! Was könnt ihr mehr verlangen? – Unterschrieben mit eigener Hand – es ist Gnade über alle Grenzen – oder fürchtet ihr wohl, sie werden ihr Wort

---

612 Ischariot: Judas Ischariot, der Jesus verriet, vgl. Matthäus 26, 14f.

613 Pharisäer: jüdische Gelehrte, die die Auslegung der heiligen Schrift wortgläubig praktizierten, ohne auf Zusammenhänge, Bedeutung und Sinn acht zu geben.

614 exemplarischen Wandel: *vorbildlichen Lebenswandel*

615 Ungeheuer am Nilus: das Krokodil als Symbol für den Menschen

616 Verwesern: *Verwaltern*

617 Generalpardon: *generelle Begnadigung*

brechen, weil ihr einmal gehört habt, daß man Verrätern nicht Wort hält? – O seid außer Furcht! Schon die Politik könnte sie zwingen, Wort zu halten, wenn sie es auch dem Satan gegeben hätten. – Wer würde ihnen in Zukunft noch Glauben beimessen? Wie würden sie je einen zweiten Gebrauch davon machen können? – Ich wollte drauf schwören, sie meinens aufrichtig. Sie wissen, daß ich es bin, der euch empört und erbittert hat, euch halten sie für unschuldig. Eure Verbrechen legen sie für Jugendfehler, für Übereilungen aus. Mich allein wollen sie haben, ich allein verdiene zu büßen. Ist es nicht so, Herr Pater?

PATER. Wie heißt der Teufel, der aus ihm spricht? – Ja freilich, freilich ist es so – der Kerl macht mich wirbeln[618].

MOOR. Wie, noch keine Antwort? denkt ihr wohl gar, mit den Waffen noch durchzureißen[619]? Schaut doch um euch, schaut doch um euch! Das werdet ihr doch nicht denken, das wäre itzt kindische Zuversicht. – Oder schmeichelt ihr euch wohl gar, als Helden zu fallen, weil ihr saht, daß ich mich aufs Getümmel freute? – Oh glaubt das nicht! – Ihr seid nicht Moor! – Ihr seid heillose Diebe! Elende Werkzeuge meiner größeren Plane, wie der Strick verächtlich in der Hand des Henkers! – Diebe können nicht fallen, wie Helden fallen. Das Leben ist den Dieben Gewinn, dann kommt was Schröckliches nach – Diebe haben das Recht, vor dem Tode zu zittern. – Höret, wie ihre Hörner tönen! Sehet, wie drohend ihre Säbel daherblinken! wie? noch unschlüssig? seid ihr toll? seid ihr wahnwitzig? – Es ist unverzeihlich! Ich dank euch mein Leben nicht, ich schäme mich eures Opfers!

PATER *äußerst erstaunt.* Ich werde unsinnig, ich laufe davon! Hat man je von so was gehört?

MOOR. Oder fürchtet ihr wohl, ich werde mich selbst erstechen, und durch einen Selbstmord den Vertrag zernichten[620], der nur an dem Lebendigen haftet? Nein, Kinder! das ist eine unnütze Furcht. Hier werf ich meinen Dolch weg, und meine Pistolen und dies Fläschchen mit Gift, das mir noch wohlkommen[621] sollte – ich bin so elend, daß ich auch die Herrschaft über mein Leben verloren habe. – Was, noch unschlüssig? Oder glaubt ihr vielleicht, ich werde mich zur Wehr setzen, wenn ihr mich binden wollt? Seht! hier bind ich meine rechte Hand an diesen Eichenast, ich bin ganz wehrlos, ein Kind kann mich umwerfen – Wer ist der erste, der seinen Hauptmann in der Not verläßt?

ROLLER *in wilder Bewegung.* Und wann die Hölle uns neunfach umzingelte! *Schwenkt seinen Degen.* Wer kein Hund ist, rette den Hauptmann!

SCHWEIZER *zerreißt den Pardon und wirft die Stücke dem Pater ins Gesicht.* In unsern Kugeln Pardon! Fort, Kanaille! sag dem Senat, der dich gesandt hat, du träfst unter Moors Bande keinen einzigen Verräter an. – Rettet, rettet den Hauptmann!

ALLE *lärmen.* Rettet, rettet, rettet den Hauptmann!

MOOR *sich losreißend, freudig.* Itzt sind wir frei – Kameraden! Ich fühle eine Armee in meiner Faust – Tod oder Freiheit! Wenigstens sollen sie keinen lebendig haben!

Man bläst zum Angriff. Lärm und Getümmel. Sie gehen ab mit gezogenem Degen.

---

618 wirbeln: *schwindelig*

619 noch durchzureißen: *zum Ziel zu gelangen*

620 zernichten: *vernichten*

621 wohlkommen: *wohlbekommen*

Dritter Akt

Erste Szene

AMALIA *im Garten, spielt auf der Laute.*

Schön wie Engel, voll Walhallas[622] Wonne,
Schön vor allen Jünglingen war er,
Himmlisch mild sein Blick, wie Maiensonne,
Rückgestrahlt vom blauen Spiegelmeer.

Sein Umarmen – wütendes Entzücken! –
Mächtig feurig klopfte Herz an Herz,
Mund und Ohr gefesselt – Nacht vor unsern Blicken –
Und der Geist gewirbelt[623] himmelwärts.

Seine Küsse – paradiesisch Fühlen! –
Wie zwo Flammen sich ergreifen, wie
Harfentöne ineinander spielen
Zu der himmelvollen Harmonie,

Stürzten, flogen, rasten Geist und Geist zusammen,
Lippen, Wangen brannten, zitterten, –
Seele rann in Seele – Erd und Himmel schwammen
Wie zerronnen, um die Liebenden.

Er ist hin – vergebens ach! vergebens
Stöhnet ihm der bange Seufzer nach.
Er ist hin – und alle Lust des Lebens
Wimmert hin in ein verlornes Ach! –

Franz tritt auf.

FRANZ. Schon wieder hier, eigensinnige Schwärmerin? Du hast dich vom frohen Mahle hinweggestohlen, und den Gästen die Freude verdorben.

AMALIA. Schade für diese unschuldige Freuden! Das Totenlied muß noch in deinen Ohren murmeln, das deinem Vater zu Grabe hallte –

---

622 Walhalla: In der nordischen Mythologie ist Walhalla der Ort, am dem die im Kampf gefallenen, tapferen Kämpfer ruhen.

623 gewirbelt: im Schwäbischen für *verwirrt*

FRANZ. Willst du dann ewig klagen? Laß die Toten schlafen, und mache die Lebendigen glücklich! Ich komme –

AMALIA. Und wann gehst du wieder?

FRANZ. O weh! Kein so finsteres, stolzes Gesicht! du betrübst mich, Amalia! Ich komme, dir zu sagen –

AMALIA. Ich muß wohl hören, Franz von Moor ist ja gnädiger Herr worden.

FRANZ. Ja recht, das wars, worüber ich dich vernehmen wollte Maximilian – ist schlafen gegangen in der Väter Gruft. Ich bin Herr. Aber ich möchte es vollends ganz sein, Amalia. – Du weißt, was du unserm Hause warst, du wardst gehalten wie Moors Tochter, selbst den Tod überlebte seine Liebe zu dir, das wirst du wohl niemals vergessen? –

AMALIA. Niemals, niemals. Wer das auch so leichtsinnig beim frohen Mahle hinwegzechen könnte!

FRANZ. Die Liebe meines Vaters mußt du in seinen Söhnen belohnen, und Karl ist tot – staunst du? schwindelt dir? Ja wahrhaftig, der Gedanke ist auch so schmeichelnd erhaben, daß er selbst den Stolz eines Weibes betäubt. Franz tritt die Hoffnungen der edelsten Fräuleins[624] mit Füßen, Franz kommt und bietet einer armen, ohne ihn hülflosen Waise sein Herz, seine Hand, und mit ihr all sein Gold an und alle seine Schlösser und Wälder. – Franz, der Beneidete, der Gefürchtete, erklärt sich freiwillig für Amalias Sklaven –

AMALIA. Warum spaltet der Blitz die ruchlose Zunge nicht, die das Frevelwort ausspricht! Du hast meinen Geliebten ermordet, und Amalia soll dich Gemahl nennen! du –

FRANZ. Nicht so ungestüm, allergnädigste Prinzessin! – Freilich krümmt Franz sich nicht wie ein girrender Seladon[625] vor dir – freilich hat er nicht gelernt, gleich dem schmachtenden Schäfer Arkadiens, dem Echo der Grotten und Felsen seine Liebesklagen entgegen zu jammern – Franz spricht, und wenn man nicht antwortet, so wird er – b e f e h l e n.

AMALIA. Wurm, du, befehlen? mir befehlen? – und wenn man den Befehl mit Hohnlachen zurückschickt?

FRANZ. Das wirst du nicht. Noch weiß ich Mittel, die den Stolz eines einbildischen[626] Starrkopfs so hübsch niederbeugen können – Kloster und Mauren!

AMALIA. Bravo! herrlich! und in Kloster und Mauren mit deinem Basiliskenanblick[627] auf ewig verschont, und Muße genug, an Karln zu denken, zu hangen. Willkommen mit deinem Kloster! auf auf mit deinen Mauren!

FRANZ. Haha! ist es das? – Gib acht! Itzt hast du mich die Kunst gelehrt, wie ich dich quälen soll – diese ewige Grille[628] von Karl soll dir mein Anblick gleich einer feuerhaarigen Furie aus dem Kopfe geißeln, das Schreckbild F r a n z soll hinter dem Bild deines Lieblings im Hinterhalt lauren[629], gleich dem verzauberten Hund, der auf unterirdischen Goldkästen

624 edelsten Fräuleins: Fräulein als Begriff für unverheiratete adelige Frauen

625 girrender Seladon: Seladon ist der Name des Helden aus dem Roman *L'Astrée* von *Honoré d'Urfé* aus dem Jahre 1610. Das mattgrüne Gewand des Schäfers und zärtlichen Liebhabers Céladon war eine zeitlang Mode und prägte auch den Namen der Farbe Seladon. Bis ins 19. Jahrhundert war der Ausdruck »*zärtlich wie Seladon*« ein bekanntes Sprichwort. *Girren* ist ein Ausdruck für *klagen*, hier also ein *klagender Seladon*.

626 einbildischen: *eingebildeten*

627 Basilisk: ein mythisches Tier, das mit Hahnenkopf (mit Krone) und Schlangenunterleib dargestellt wird. Der Name bedeutet »kleiner König«.

628 Grille: *Idee*

629 lauren: *lauern*

liegt – an den Haaren will ich dich in die Kapelle schleifen, den Degen in der Hand, dir den ehlichen Schwur aus der Seele pressen, dein jungfräuliches Bette mit Sturm ersteigen, und deine stolze Scham mit noch größerem Stolze besiegen.

AMALIA *gibt ihm eine Maulschelle.* Nimm erst das zur Aussteuer hin.

FRANZ *aufgebracht.* Ha! wie das zehnfach, und wieder zehnfach geahndet werden soll! – Nicht meine Gemahlin – die Ehre sollst du nicht haben – meine Mätresse[630] sollst du werden, daß die ehrlichen Bauernweiber mit Fingern auf dich deuten, wenn du es wagst und über die Gasse gehst. Knirsche nur mit den Zähnen – speie Feuer und Mord aus den Augen – mich ergötzt der Grimm eines Weibes, macht dich nur schöner, begehrenswerter. Komm – dieses Sträuben wird meinen Triumph zieren und mir die Wollust in erzwungnen Umarmungen würzen – Komm mit in meine Kammer – ich glühe vor Sehnsucht – itzt gleich sollst du mit mir gehn. *Will sie fortreißen.*

AMALIA *fällt ihm um den Hals.* Verzeih mir, Franz! *Wie er sie umarmen will, reißt sie ihm den Degen von der Seite und tritt hastig zurück.* Siehst du, Bösewicht, was ich jetzt aus dir machen kann? – Ich bin ein Weib, aber ein rasendes Weib – wag es einmal, mit unzüchtigem Griff meinen Leib zu betasten – dieser Stahl soll deine geile Brust mitten durchrennen, und der Geist meines Oheims[631] wird mir die Hand dazu führen. Fleuch[632] auf der Stelle! *Sie jagt ihn davon.*

AMALIA. Ah! wie mir wohl ist – Itzt kann ich frei atmen – ich fühlte mich stark wie das funkensprühende Roß, grimmig wie die Tigerin dem siegbrüllenden Räuber ihrer Jungen nach – In ein Kloster, sagt er – dank dir für diese glückliche Entdeckung! – Itzt hat die betrogene Liebe ihre Freistatt[633] gefunden – das Kloster – das Kreuz des Erlösers ist die Freistatt der betrognen Liebe. *Sie will gehn.*

Hermann tritt schüchtern herein.

HERMANN. Fräulein Amalia! Fräulein Amalia!

AMALIA. Unglücklicher! Was störest du mich?

HERMANN. Dieser Zentner[634] muß von meiner Seele, eh er sie zur Hölle drückt. *Wirft sich vor ihr nieder.* Vergebung! Vergebung! Ich hab Euch sehr beleidigt, Fräulein Amalia.

AMALIA. Steh auf! Geh! Ich will nichts wissen. *Will fort.*

HERMANN *der sie zurückhält.* Nein! Bleibt! Bei Gott! Bei dem ewigen Gott! Ihr sollt alles wissen!

AMALIA. Keinen Laut weiter – Ich vergebe dir – Ziehe heim in Frieden. *Will hinwegeilen.*

HERMANN. So höret nur ein einziges Wort – es wird Euch all Eure Ruhe wiedergeben.

AMALIA *kommt zurück und blickt ihn verwundernd an.* Wie Freund? – wer im Himmel und auf Erden kann mir meine Ruhe wiedergeben?

HERMANN. Das kann von meinen Lippen ein einiges[635] Wort – höret mich an!

---

630 Mätresse: die Geliebte eines Fürsten

631 Oheims: *Onkels*

632 Fleuch: *verschwinde*

633 ihre Freistatt: *ihren Zufluchtsort*

634 Zentner: im Schwäbischen für *Gewicht*

635 einiges: *einziges*

AMALIA *mit Mitleiden, seine Hand ergreifend.* Guter Mensch – Kann ein Wort von deinen Lippen die Riegel der Ewigkeit aufreißen?

HERMANN *steht auf.* Karl lebt noch!

AMALIA *schreiend.* Unglücklicher!

HERMANN. Nicht anders – Nun noch ein Wort – Euer Oheim –

AMALIA *gegen ihn herstürzend.* Du lügst –

HERMANN. Euer Oheim –

AMALIA. Karl lebt noch!

HERMANN. Und Euer Oheim –

AMALIA. Karl lebt noch?

HERMANN. Auch Euer Oheim – Verratet mich nicht. Eilt hinaus.

AMALIA *steht lang wie versteinert. Dann fährt sie wild auf, eilt ihm nach.* Karl lebt noch!

Zweite Szene

Gegend an der Donau. Die Räuber, gelagert auf einer Anhöhe unter Bäumen, die Pferde weiden am Hügel hinunter.

MOOR. Hier muß ich liegen bleiben. *Wirft sich auf die Erde.* Meine Glieder wie abgeschlagen. Meine Zunge trocken wie eine Scherbe. *Schweizer verliert sich unvermerkt.* Ich wollt euch bitten, mir eine Handvoll Wassers aus diesem Strome zu holen, aber ihr seid alle matt bis in den Tod[636].

SCHWARZ. Auch ist der Wein all in unsern Schläuchen.

MOOR. Seht doch, wie schön das Getreide steht! – Die Bäume brechen fast unter ihrem Segen. – Der Weinstock voll Hoffnung.

GRIMM. Es gibt ein fruchtbares Jahr.

MOOR. Meinst du? – Und so würde doch ein Schweiß in der Welt bezahlt. – Einer? – – Aber es kann ja über Nacht ein Hagel fallen und alles zugrund schlagen.

SCHWARZ. Das ist leicht möglich. Es kann alles zugrund gehen, wenig Stunden vorm Schneiden.

MOOR. Das sag ich ja. Es wird alles zugrund gehn. Warum soll dem Menschen das gelingen, was er von der Ameise hat, wenn ihm das fehlschlägt, was ihn den Göttern gleich macht? – Oder ist hier die Mark[637] seiner Bestimmung?

SCHWARZ. Ich kenne sie nicht.

MOOR. Du hast gut gesagt, und noch besser getan, wenn du sie nie zu kennen verlangtest! – Bruder – ich habe die Menschen gesehen, ihre Bienensorgen, und ihre Riesenprojekte – ihre Götterplane und ihre Mäusegeschäfte, das wunderseltsame Wettrennen nach Glückseligkeit; – dieser dem Schwung seines Rosses anvertraut – ein anderer der Nase seines Esels – ein

636 vgl. Heilige Schrift, Buch Richter 16, 16: »Da sie ihn aber drängte mit ihren Worten alle Tage und ihn zerplagte, ward seine Seele matt bis an den Tod.«

637 Mark: *Grenze*

dritter seinen eigenen Beinen; dieses bunte Lotto des Lebens, worein so mancher seine Unschuld und — seinen Himmel setzt, einen Treffer zu haschen, und — Nullen sind der Auszug[638] — am Ende war kein Treffer darin. Es ist ein Schauspiel, Bruder, das Tränen in deine Augen lockt, wenn es dein Zwerchfell zum Gelächter kitzelt.

SCHWARZ. Wie herrlich die Sonne dort untergeht!

MOOR *in den Anblick verschwemmt*[639]. So stirbt ein Held! — Anbetenswürdig.

GRIMM. Du scheinst tief gerührt.

MOOR. Da ich noch ein Bube war — wars mein Lieblingsgedanke, wie s i e zu leben, zu sterben wie sie. — *Mit verbißnem Schmerz.* Es war ein Bubengedanke!

GRIMM. Das will ich hoffen.

MOOR *drückt den Hut übers Gesicht.* Es war eine Zeit — Laßt mich allein, Kameraden.

SCHWARZ. Moor! Moor! Was zum Henker? — wie er seine Farbe verändert!

GRIMM. Alle Teufel! was hat er? wird ihm übel?

MOOR. Es war eine Zeit, wo ich nicht schlafen konnte, wenn ich mein Nachtgebet vergessen hatte —

GRIMM. Bist du wahnsinnig? Willst du dich von deinen Bubenjahren hofmeistern lassen?

MOOR *legt sein Haupt auf Grimms Brust.* Bruder! Bruder!

GRIMM. Wie? sei doch kein Kind — ich bitte dich —

MOOR. Wär ichs — wär ichs wieder!

GRIMM. Pfui! Pfui!

SCHWARZ. Heitre dich auf. Sieh diese malerische Landschaft — den lieblichen Abend.

MOOR. Ja, Freunde, diese Welt ist so schön.

SCHWARZ. Nun, das war wohl gesprochen.

MOOR. Diese Erde so herrlich.

GRIMM. Recht — recht — so hör ichs gerne.

MOOR *zurückgesunken.* Und ich so häßlich auf dieser schönen Welt — und ich ein Ungeheuer auf dieser herrlichen Erde.

GRIMM. O weh, o weh!

MOOR. Meine Unschuld! Meine Unschuld! — Seht! es ist alles hinausgegangen, sich im friedlichen Strahl des Frühlings zu sonnen — warum ich allein die Hölle saugen aus den Freuden des Himmels? — daß alles so glücklich ist, durch den Geist des Friedens alles so verschwistert! — die ganze Welt e i n e Familie und ein Vater dort oben — M e i n Vater nicht — Ich allein der Verstoßene, ich allein ausgemustert aus den Reihen der Reinen — mir nicht der süße Name Kind — nimmer mir der Geliebten schmachtender Blick — nimmer nimmer des Busenfreundes Umarmung! *Wild zurückfahrend.* Umlagert von Mördern — von Nattern umzischt — angeschmiedet an das Laster mit eisernen Banden — hinausschwindelnd[640] ins Grab des Verderbens auf des Lasters schwankendem Rohr — mitten in den Blumen der glücklichen Welt ein heulender Abbadona[641]!

SCHWARZ *zu den übrigen.* Unbegreiflich! Ich hab ihn nie so gesehen.

---

638 Nullen sind der Auszug: soviel wie *nichts ist das Ergebnis, eine Niete habe ich gezogen (beim Losen)*

639 verschwemmt: im Sinne von *verloren, vertieft*

640 hinausschwindelnd: *hinaustaumelnd*

641 Abbadona: in Kloppstocks »Messias« ein gefallener Engel und reuiger Teufel

MOOR *mit Wehmut.* Daß ich wiederkehren dürfte in meiner Mutter Leib! daß ich ein Bettler geboren werden dürfte! – nein! ich wollte nicht mehr o Himmel – daß ich werden dürfte wie dieser Taglöhner einer! – O ich wollte mich abmüden[642], daß mir das Blut von den Schläfen rollte – mir die Wollust[643] eines einzigen Mittagschlafs zu erkaufen – die Seligkeit einer einzigen Träne.

GRIMM *zu den andern.* Nur Geduld! der Paroxysmus[644] ist schon im Fallen.

MOOR. Es war eine Zeit, wo sie mir so gern flossen – o ihr Tage des Friedens! Du Schloß meines Vaters – ihr grünen, schwärmerischen Täler! O all ihr Elysiumszenen[645] meiner Kindheit! – Werdet ihr nimmer zurückkehren – nimmer mit köstlichen Säuseln meinen brennenden Busen kühlen? – Traure mit mir, Natur – Sie werden nimmer zurückkehren, nimmer mit köstlichen Säuseln meinen brennenden Busen kühlen. – Dahin! dahin! unwiederbringlich! –

Schweizer mit Wasser im Hut.

SCHWEIZER. Sauf zu, Hautpmann – hier ist Wasser genug, und frisch wie Eis.

SCHWARZ. Du blutest ja – was hat du gemacht?

SCHWEIZER. Narr, einen Spaß, der mich bald zwei Beine und einen Hals gekostet hätte. Wie ich so auf dem Sandhügel am Fluß hintrolle, glitsch, so rutscht der Plunder unter mir ab und ich zehn rheinländische Schuhe[646] lang hinunter – da lag ich, und wie ich mir eben meine fünf Sinne wieder zurechtsetze, treff ich dir das klarste Wasser im Kies. Genug diesmal für den Tanz, dacht ich, dem Hauptmann wirds wohl schmecken.

MOOR *gibt ihm den Hut zurück und wischt ihm sein Gesicht ab.* Sonst sieht man ja die Narben nicht, die die böhmischen Reuter in deine Stirne gezeichnet haben – dein Wasser war gut, Schweizer – diese Narben stehen dir schön.

SCHWEIZER. Pah! hat noch Platz genug für ihrer dreißig.

MOOR. Ja, Kinder – es war ein heißer Nachmittag – und nur e i n e n Mann verloren – mein Roller starb einen schönen Tod. Man würde einen Marmor auf seine Gebeine setzen, wenn er nicht mir gestorben wäre. Nehmet vorlieb mit diesem. *Er wischt sich die Augen.* Wieviel warens doch von den Feinden, die auf dem Platz blieben?

SCHWEIZER. Hundertundsechzig Husaren[647] – dreiundneunzig Dragoner, gegen vierzig Jäger – dreihundert in allem.

MOOR. Dreihundert für einen! – Jeder von euch hat Anspruch an diesen Scheitel! Er entblößt das Haupt. Hier heb ich meinen Dolch auf! So wahr meine Seele lebt! I c h w i l l e u c h n i e m a l s v e r l a s s e n.

SCHWEIZER. Schwöre nicht! du weißt nicht, ob du nicht noch glücklich werden, und bereuen wirst.

MOOR. B e i d e n G e b e i n e n m e i n e s R o l l e r s ! I c h w i l l e u c h n i e m a l s v e r l a s s e n.

---

642 abmüden: im Schwäbischen für *abmühen, müde machen*

643 die Wollust: *das Vergnügen*

644 Paroxysmus: *Krankheitsverlauf*

645 Elysiumszenen: *seligen Szenen*; Elysium ist in der griech. Mythologie der Ort der Seligen.

646 Schuhe: Schuhe als Längenmaß (etwa 30 cm)

647 Husaren ... Dragoner ... Jäger: vgl. Anm. 574, 575, 576

Kosinsky kommt.

KOSINSKY *vor sich.* In dieser Revier[648] herum, sagen sie, werd ich ihn antreffen – he, holla! was sind das für Gesichter? – Solltens –? wie, wenns diese – sie sinds, sinds! – ich will sie anreden.

SCHWARZ. Gebt acht! wer kommt da?

KOSINSKY. Meine Herrn, verzeihen Sie! Ich weiß nicht, geh ich recht, oder unrecht?

MOOR. Und wer müssen wir sein, wenn Sie recht gehn?

KOSINSKY. Männer!

SCHWEIZER. Ob wir das auch gezeigt haben, Hauptmann?

KOSINSKY. Männer such ich, die dem Tod ins Gesicht sehen, und die Gefahr wie eine zahme Schlange um sich spielen lassen, die Freiheit höher schätzen als Ehre und Leben, deren bloßer Name, willkommen dem Armen und Unterdrückten, die Beherztesten feig und Tyrannen bleich macht.

SCHWEIZER *zum Hauptmann.* Der Bursche gefällt mir. – Höre, guter Freund! Du hast deine Leute gefunden.

KOSINSKY. Das denk ich, und will hoffen, bald meine Brüder. – So könnt ihr mich dann zu meinem rechten Manne weisen, denn ich such euren Hauptmann, den großen Grafen von Moor.

SCHWEIZER *gibt ihm die Hand, mit Wärme.* Lieber Junge! wir duzen einander.

MOOR *näherkommend.* Kennen Sie auch den Hauptmann?

KOSINSKY. Du bists – in dieser Miene – wer sollte dich ansehn und einen andern suchen? *Starrt ihn lang an.* Ich habe mir immer gewünscht, den Mann mit dem vernichtenden Blicke zu sehen, wie er saß auf den Ruinen von Karthago[649] – itzt wünsch ich es nicht mehr.

SCHWEIZER. Blitzbub!

MOOR. Und was führt Sie zu mir?

KOSINSKY. O Hauptmann! mein mehr als grausames Schicksal – ich habe Schiffbruch gelitten auf der ungestümen See dieser Welt, die Hoffnungen meines Lebens hab ich müssen sehen in den Grund sinken, und blieb mir nichts übrig als die marternde Erinnerung ihres Verlustes, die mich wahnsinnig machen würde, wenn ich sie nicht durch anderwärtige Tätigkeit zu ersticken suchte.

MOOR. Schon wieder ein Kläger wider die Gottheit! – Nur weiter.

KOSINSKY. Ich wurde Soldat; das Unglück verfolgte mich auch da – ich machte eine Fahrt nach Ostindien mit, mein Schiff scheiterte an Klippen – nichts als fehlgeschlagene Plane! Ich höre endlich weit und breit erzählen von deinen Taten, Mordbrennereien, wie sie sie nannten, und bin hieher gereist dreißig Meilen weit, mit dem festen Entschluß, unter dir zu dienen, wenn du meine Dienste annehmen willst – Ich bitte dich, würdiger Hauptmann, schlage mirs nicht ab!

SCHWEIZER *mit einem Sprung.* Heisa! Heisa! So ist ja unser Roller zehnhundertfach vergütet! Ein ganzer Mordbruder für unsere Bande!

MOOR. Wie ist dein Name?

---

648 dieser Revier: *diesem Revier, Gebiet*

649 saß auf den Ruinen von Karthago: In der Biographie von Plutarch über den römischen Feldherren Gaius Marius (157–83 v. Chr.) wird eine entsprechende Begebenheit berichtet. Der aus Rom verbannte und nach Afrika geflohene Marius schickte einen Boten nach Rom, der berichten sollte, Marius säße als Flüchtling auf den zerstörten Mauern Karthagos.

KOSINSKY. Kosinsky.

MOOR. Wie Kosinsky, weißt du auch, daß du ein leichtsinniger Knabe bist, und über den großen Schritt deines Lebens weggaukelst wie ein unbesonnenes Mädchen – Hier wirst du nicht Bälle werfen oder Kegelkugeln schieben, wie du dir einbildest.

KOSINSKY. Ich weiß, was du sagen willst – ich bin vierundzwanzig Jahr alt, aber ich habe Degen blinken gesehen, und Kugeln um mich surren gehört.

MOOR. So, junger Herr? – und hast du dein Fechten nur darum gelernt, arme Reisende um einen Reichstaler niederzustoßen, oder Weiber hinterrücks in den Bauch zu stechen? Geh, geh! du bist deiner Amme entlaufen, weil sie dir mit der Rute gedroht hat.

SCHWEIZER. Was zum Henker, Hauptmann! was denkst du? willst du diesen Herkules[650] fortschicken? Sieht er nicht gerade so drein, als wollt er den Marschall von Sachsen[651] mit einem Rührlöffel über den Ganges[652] jagen?

MOOR. Weil dir deine Lappereien[653] mißglücken, kommst du, und willst ein Schelm, ein Meuchelmörder werden? – Mord, Knabe, verstehst du das Wort auch? du magst ruhig schlafen gegangen sein, wenn du Mohnköpfe abgeschlagen hast, aber einen Mord auf der Seele zu tragen –

KOSINSKY. Jeden Mord, den du mich begehen heißt, will ich verantworten.

MOOR. Was? Bist du so klug? Willst du dich anmaßen, einen Mann mit Schmeicheleien zu fangen? Woher weißt du, daß ich nicht böse Träume habe, oder auf dem Todbett nicht werde blaß werden? Wieviel hast du schon getan, wobei du an Verantwortung gedacht hast?

KOSINSKY. Wahrlich! noch sehr wenig, aber doch diese Reise zu dir, edler Graf!

MOOR. Hat dir dein Hofmeister[654] die Geschichte des Robins[655] in die Hände gespielt, – man sollte dergleichen unvorsichtige Kanaillen auf die Galeere schmieden – die deine kindische Phantasie erhitzte, und dich mit der tollen Sucht zum großen Mann ansteckte? Kützelt[656] dich nach Namen und Ehre? willst du Unsterblichkeit mit Mordbrennereien erkaufen? Merk dirs, ehrgeiziger Jüngling! Für Mordbrenner grünet kein Lorbeer! Auf Banditensiege ist kein Triumph gesetzt – aber Fluch, Gefahr, Tod, Schande – siehst du auch das Hochgericht[657] dort auf dem Hügel?

SPIEGELBERG *unwillig auf und ab gehend.* Ei wie dumm! wie abscheulich, wie unverzeihlich dumm! das ist die Manier nicht! Ich habs anderst gemacht.

KOSINSKY. Was soll der fürchten, der den Tod nicht fürchtet?

MOOR. Brav! Unvergleichlich! Du hast dich wacker in den Schulen gehalten, du hast deinen Seneca[658] meisterlich auswendig gelernt. – Aber lieber Freund, mit dergleichen Sentenzen

---

650 Herkules: ein für seine Stärke berühmter Held in der griech. Mythologie, auch *Herakles* genannt

651 Marschall von Sachsen: Moritz von Sachsen (1696–1750) war ein ruhmreicher Feldherr, der für die Franzosen in diversen Schlachten siegreich war.

652 Ganges: der heilige Fluss in Indien; die Redewendung hier analog zu *über den Jordan jagen (töten)*

653 Lappereien: *unwichtigen Sachen, unbedeutende Angelegenheiten*

654 Hofmeister: *Hauslehrer*

655 Robins: gemeint ist *Robin Hood*

656 Kützelt: *Kitzelt*

657 Hochgericht: *Galgen*

658 Seneca: Der röm. Philosoph Seneca (4 v. Chr. – 65 n. Chr.) war Anhänger der stoischen Schule und predigte lebenslanges Lernen. Er konzentrierte sich auf alltagsbezogene Fragen der Ethik und vertrat die Ansicht, Tod und Schicksalsschläge durch Gleichmut zu begegnen und hinzunehmen.

wirst du die leidende Natur nicht beschwätzen, damit wirst du die Pfeile des Schmerzens nimmermehr stumpf machen. – Besinne dich recht, mein Sohn! *Er nimmt seine Hand.* Denk, ich rate dir als ein Vater – lern erst die Tiefe des Abgrunds kennen, eh du hineinspringst! Wenn du noch in der Welt eine einzige Freude zu erhaschen weißt – es könnten Augenblicke kommen, wo du – aufwachst – und dann – möcht es zu spät sein. Du trittst hier gleichsam aus dem Kreise der Menschheit – entweder mußt du ein höherer Mensch sein, oder du bist ein Teufel – Noch einmal, mein Sohn! wenn dir noch ein Funken von Hoffnung irgend anderswo glimmt, so verlaß diesen schröcklichen Bund, den nur Verzweiflung eingeht, wenn ihn nicht eine höhere Weisheit gestiftet hat – man kann sich täuschen – Glaube mir, man kann das für Stärke des Geistes halten, was doch am Ende Verzweiflung ist – Glaub mir, mir! und mach dich eilig hinweg.

KOSINSKY. Nein! ich fliehe itzt nicht mehr. Wenn dich meine Bitten nicht rühren, so höre die Geschichte meines Unglücks. – Du wirst mir dann selbst den Dolch in die Hände zwingen, du wirst – lagert euch hier auf dem Boden, und hört mir aufmerksam zu!

MOOR. Ich will sie hören.

KOSINSKY. Wisset also, ich bin ein böhmischer Edelmann, und wurde durch den frühen Tod meines Vaters Herr eines ansehnlichen Ritterguts. Die Gegend war paradiesisch – denn sie enthielt einen Engel – ein Mädchen, geschmückt mit allen Reizen der blühenden Jugend, und keusch wie das Licht des Himmels. Doch, wem sag ich das? Es schallt an euren Ohren vorüber – ihr habt niemals geliebt, seid niemals geliebt worden –

SCHWEIZER. Sachte, sachte! Unser Hauptmann wird feuerrot.

MOOR. Hör auf! ich wills ein andermal hören – morgen, nächstens, oder – wenn ich Blut gesehen habe.

KOSINSKY. Blut, Blut – höre nur weiter! Blut, sag ich dir, wird deine ganze Seele füllen. Sie war bürgerlicher Geburt, eine Deutsche – aber ihr Anblick schmelzte die Vorurteile des Adels hinweg. Mit der schüchternsten Bescheidenheit nahm sie den Trauring von meiner Hand, und übermorgen sollte ich meine Amalia vor den Altar führen.

Moor steht schnell auf.

KOSINSKY. Mitten im Taumel der auf mich wartenden Seligkeit, unter den Zurüstungen zur Vermählung – werd ich durch einen Expressen[659] nach Hof zitiert. Ich stellte mich. Man zeigte mir Briefe, die ich geschrieben haben sollte, voll verräterischen Inhalts. Ich errötete über der Bosheit – man nahm mir den Degen ab, warf mich ins Gefängnis, alle meine Sinnen waren hinweg.

SCHWEIZER. Und unterdessen – nur weiter! Ich rieche den Braten schon.

KOSINSKY. Hier lag ich einen Monat lang und wußte nicht, wie mir geschah. Mir bangte für meine Amalia, die meines Schicksals wegen jede Minute einen Tod würde zu leiden haben. Endlich erschien der erste Minister des Hofes, wünschte mir zur Entdeckung meiner Unschuld Glück, mit zuckersüßen Worten, liest mir den Brief der Freiheit vor, gibt mir meinen Degen wieder. Itzt im Triumphe nach meinem Schloß, in die Arme meiner Amalia zu fliegen, – sie war verschwunden. In der Mitternacht sei sie weggebracht worden, wüßte niemand, wohin; und seitdem mit keinem Aug mehr gesehen. Hui! schoß mirs auf wie der Blitz, ich

659 Expressen: *Eilboten*

flieg nach der Stadt, sondiere[660] am Hof – alle Augen wurzelten auf mir, niemand wollte Bescheid geben – endlich entdeck ich sie durch ein verborgenes Gitter im Palast – sie warf mir ein Billettchen[661] zu.

SCHWEIZER. Hab ichs nicht gesagt?

KOSINSKY. Hölle, Tod und Teufel! da stands! man hatte ihr die Wahl gelassen, ob sie mich lieber sterben sehen, oder die Mätresse des Fürsten werden wollte. Im Kampf zwischen Ehre und Liebe entschied sie für das zweite, und *Lachend.* ich war gerettet.

SCHWEIZER. Was tatst du da?

KOSINSKY. Da stand ich, wie von tausend Donnern getroffen! – Blut! war mein erster Gedanke, Blut! mein letzter. Schaum auf dem Munde renn ich nach Haus, wähle mir einen dreispitzigen Degen[662], und damit in aller Jast[663] in des Ministers Haus, denn nur er – er nur war der höllische Kuppler gewesen. Man muß mich von der Gasse bemerkt haben, denn wie ich hinauftrete, waren alle Zimmer verschlossen. Ich suche, ich frage: Er sei zum Fürsten gefahren, war die Antwort. Ich mache mich geradenwegs dahin, man wollte nichts von ihm wissen. Ich gehe zurück, sprenge die Türen ein[664], find ihn, wollte eben – aber da sprangen fünf bis sechs Bediente aus dem Hinterhalt, und entwanden mir den Degen.

SCHWEIZER *stampft auf den Boden.* Und er kriegte nichts, und du zogst leer ab?

KOSINSKY. Ich ward ergriffen, angeklagt, peinlich prozessiert[665], infam[666] – merkts euch! – aus besonderer Gnade infam aus den Grenzen gejagt, meine Güter fielen als Präsent[667] dem Minister zu, meine Amalia bleibt in den Klauen des Tigers, verseufzt und vertrauert ihr Leben, während daß meine Rache fasten, und sich unter das Joch des Despotismus krümmen muß.

SCHWEIZER *aufstehend, seinen Degen wetzend.* Das ist Wasser auf unsere Mühle, Hauptmann! Da gibts was anzuzünden!

MOOR *der bisher in heftigen Bewegungen hin- und hergegangen, springt rasch auf, zu den Räubern.* Ich muß sie sehen. – Auf! rafft zusammen[668] – du bleibst, Kosinsky – packt eilig zusammen!

DIE RÄUBER. Wohin? Was?

MOOR. Wohin? wer fragt wohin? *Heftig zu Schweizern.* Verräter, du willst mich zurückhalten? Aber bei der Hoffnung des Himmels! –

SCHWEIZER. Verräter ich? – geh in die Hölle, ich folge dir!

MOOR *fällt ihm um den Hals.* Bruderherz! du folgst mir – sie weint, sie vertrauert ihr Leben. Auf! Hurtig! Alle! nach Franken! in acht Tagen müssen wir dort sein. *Sie gehen ab.*

---

660 sondiere: *untersuche, suche*

661 Bilettchen: *Briefchen*

662 dreispitzigen Degen: ein mit drei großen Stichblättern (mit drei Kanten) versehener Degen, Stoßschläger genannt

663 Jast: im Schwäbischen für *Aufregung, Wut, Zorn*

664 sprenge die Türen ein: *breche die Tür auf*

665 peinlich prozessiert: *strafrechtlich belangt, vom Strafgericht verurteilt*

666 infam: *schändlich*

667 Präsent: *Geschenk*

668 rafft zusammen: *packt zusammen*

Vierter Akt

Erste Szene

Ländliche Gegend um das Moorische Schloß. Räuber Moor, Kosinsky in der Ferne.

MOOR. Geh voran, und melde mich. Du weißt doch noch alles, was du sprechen mußt?

KOSINSKY. Ihr seid der Graf von Brand, kommt aus Mecklenburg, ich Euer Reutknecht[669] – sorgt nicht[670], ich will meine Rolle schon spielen, lebt wohl! *Ab.*

MOOR. Sei mir gegrüßt, Vaterlandserde! *Er küßt die Erde.* Vaterlandshimmel! Vaterlandssonne! – und Fluren und Hügel und Ströme und Wälder! seid alle, alle mir herzlich gegrüßt! – wie so köstlich wehet die Luft von meinen Heimatgebürgen[671]! wie strömt balsamische[672] Wonne aus euch dem armen Flüchtling entgegen! – Elysium! dichterische Welt! Halt ein Moor! dein Fuß wandelt in einem heiligen Tempel. *Er kommt näher.* Sieh da auch die Schwalbennester im Schloßhof – auch das Gartentürchen! – und diese Ecke am Zaun, wo du so oft den Fanger[673] belauschtest und necktest – und dort unten das Wiesental, wo du, der Held Alexander, deine Mazedonier ins Treffen bei Arbela führtest[674], und nebendran der grasigte Hügel, von welchem du den persischen Satrapen[675] niederwarfst – und deine siegende Fahne flatterte hoch! *Er lächelt.* Die goldne Maienjahre der Knabenzeit leben wieder auf in der Seele des Elenden[676] – da warst du so glücklich, warst so ganz[677], so wolkenlos heiter – und nun – da liegen die Trümmer deiner Entwürfe[678]! Hier solltest du wandeln dereinst, ein großer, stattlicher, gepriesener Mann – hier dein Knabenleben in Amalias blühenden Kindern zum zweiten Mal leben – hier! hier der Abgott deines Volks – aber der böse Feind[679] schmollte[680] darzu! *Er fährt auf.* Warum bin ich hiehergekommen? daß mirs ginge wie dem Gefangenen, den der klirrende Eisenring aus Träumen der Freiheit aufjagt – nein, ich gehe in mein Elend zurück! – der Gefangene hatte das Licht vergessen, aber der Traum der Freiheit fuhr über

---

669 Reutknecht: *Reitknecht*

670 sorgt nicht: *sorge dich nicht*

671 Heimatgebürgen: *Heimatgebirgen*

672 balsamische: *heilsame*

673 Fanger: *Hund, Hetzhund*

674 Alexander, deine Mazedonier ins Treffen bei Arbela führtest: Alexander der Große führte die Makedonier bei Arbela in Assyrien zum Sieg. *Treffen* hier für *Schlacht, das Aufeinandertreffen der Armeen*

675 persischen Satrapen: Ein *Satrap* ist ein *Statthalter in Persien.*

676 Elenden: auch für *Fremden, Heimatlosen*

677 ganz: *heil, vollkommen*

678 Entwürfe: *Pläne*

679 böse Feind: gemeint ist *der Teufel*

680 schmollte: im Schwäbischen für *lächelte*

ihm wie ein Blitz in die Nacht, der sie finsterer zurückläßt – Lebt wohl, ihr Vaterlandstäler! einst saht ihr den Knaben Karl, und der Knabe Karl war ein glücklicher Knabe – itzt saht ihr den Mann, und er war in Verzweiflung. *Er dreht sich schnell nach dem äußersten Ende der Gegend, allwo er plötzlich stille steht und nach dem Schloß mit Wehmut herüberblickt.* Sie nicht sehen, nicht einen Blick? – und nur eine Mauer gewesen zwischen mir und Amalia – Nein! sehen muß ich sie – muß ich ihn – es soll mich zermalmen! *Er kehrt um.* Vater! Vater! dein Sohn naht – weg mit dir, schwarzes, rauchendes Blut! weg, hohler, grasser[681], zuckender Todesblick! Nur diese Stunde laß mir frei – Amalia! Vater! dein Karl naht! *Er geht schnell auf das Schloß zu.* Quäle mich, wenn der Tag erwacht, laß nicht ab von mir, wenn die Nacht kommt quäle mich in schröcklichen Träumen! nur vergifte mir diese einzige Wollust nicht! *Er steht an der Pforte.* Wie wird mir? was ist das, Moor? Sei ein Mann! – – Todesschauer – Schreckenahndung – – *Er geht hinein.*

Zweite Szene

Galerie im Schloß. Räuber Moor, Amalia treten auf.

AMALIA. Und getrauten Sie sich wohl, sein Bildnis unter diesen Gemälden zu erkennen?

MOOR. O ganz gewiß. Sein Bild war immer lebendig in mir. *An den Gemälden herumgehend.* Dieser ists nicht.

AMALIA. Erraten! – Er war der Stammvater des gräflichen Hauses, und erhielt den Adel vom Barbarossa[682], dem er wider die Seeräuber diente.

MOOR *immer an den Gemälden.* Dieser ists auch nicht – auch der nicht – auch nicht jener dort – er ist nicht unter ihnen.

AMALIA. Wie, sehen Sie doch besser! ich dachte, Sie kennten ihn –

MOOR. Ich kenne meinen Vater nicht besser! Ihm fehlt der sanftmütige Zug um den Mund, der ihn aus Tausenden kenntlich machte – er ists nicht.

AMALIA. Ich erstaune. Wie? Achtzehn Jahre nicht mehr gesehn, und noch –

MOOR *schnell, mit einer fliegenden Röte.* Dieser ists! *Er steht wie vom Blitz gerührt.*

AMALIA. Ein vortrefflicher Mann!

MOOR *in seinen Anblick versunken.* Vater, Vater! vergib mir! – Ja ein vortrefflicher Mann! – *Er wischt sich die Augen.* Ein göttlicher Mann!

AMALIA. Sie scheinen viel Anteil an ihm zu nehmen.

MOOR. Oh ein vortrefflicher Mann – und er sollte dahin sein?

AMALIA. Dahin! wie unsere besten Freuden dahingehn – *Sanft seine Hand ergreifend.* Lieber Herr Graf, es reift keine Seligkeit unter dem Monde.

MOOR. Sehr wahr, sehr wahr – und sollten Sie schon diese traurige Erfahrung gemacht haben? Sie können nicht dreiundzwanzig Jahr alt sein.

681 grasser: im Schwäbischen für *zornig, fürchterlich, wild*

682 Barbarossa: Friedrich I. (1122–1190) war ab 1155 Kaiser des römisch-deutschen Reiches, auch als Barbarossa bekannt.

AMALIA. Und habe sie gemacht. Alles lebt, um traurig wieder zu sterben. Wir interessieren uns nur darum, wir gewinnen nur darum, daß wir wieder mit Schmerzen verlieren.

MOOR. Sie verloren schon etwas?

AMALIA. Nichts. Alles. Nichts – wollen wir weitergehen, Herr Graf?

MOOR. So eilig? Wes ist dies Bild[683] rechter Hand dort? Mich deucht, es ist eine unglückliche Physiognomie[684].

AMALIA. Dies Bild linker Hand ist der Sohn des Grafen, der wirkliche Herr – kommen Sie, kommen Sie!

MOOR. Aber dies Bild rechter Hand?

AMALIA. Sie wollen nicht in den Garten gehn?

MOOR. Aber dies Bild rechter Hand? – du weinst, Amalia?

Amalia schnell ab.

MOOR. Sie liebt mich, Sie liebt mich! – ihr ganzes Wesen fing an sich zu empören, verräterisch rollten die Tränen von ihren Wangen. Sie liebt mich! – Elender, das verdientest du um sie! Steh ich nicht hier wie ein Gerichteter vor dem tödlichen Block[685]? Ist das der Sofa[686], wo ich an ihrem Halse in Wonne schwamm? Sind das die väterlichen Säle? *Ergriffen vom Anblick seines Vaters.* Du, du – Feuerflammen aus deinem Auge – Fluch, Fluch, Verwerfung! – wo bin ich? Nacht vor meinen Augen – Schrecknisse Gottes – Ich, ich hab ihn getötet! *Er rennt davon.*

FRANZ VON MOOR *in tiefen Gedanken.* Weg mit diesem Bild! weg, feige Memme! was zagst du und vor wem? ist mirs nicht die wenige Stunden, die der Graf in diesen Mauren wandelt, als schlich immer ein Spion der Hölle meinen Fersen nach – Ich sollt ihn kennen! Es ist so was Großes und oft Gesehenes in seinem wilden, sonnverbrannten Gesicht, das mich beben macht – auch Amalia ist nicht gleichgültig gegen ihn! Läßt sie nicht so gierig schmachtende Blicke auf dem Kerl herumkreuzen, mit denen sie doch gegen alle Welt sonst so geizig tut? – Sah ichs nicht, wie sie ein paar diebische Tränen[687] in den Wein fallen ließ, den er hinter meinem Rücken so hastig in sich schlürfte, als wenn er das Glas mit hineinziehen wollte? Ja, das sah ich, durch den Spiegel sah ichs mit diesen meinen Augen. Holla Franz! siehe dich vor! dahinter steckt irgendein verderbenschwangeres Ungeheuer! *Er steht forschend dem Porträt Karls gegenüber.* Sein langer Gänsehals – seine schwarzen, feuerwerfenden Augen, hm! hm! – sein finsteres, überhangendes, buschigtes Augenbraun *Plötzlich zusammenfahrend.* – schadenfrohe Hölle! jagst du mir diese Ahndung ein? Es ist Karl! Ja, itzt werden mir alle Züge wieder lebendig – Er ists! trutz seiner Larve! – Er ists! trutz seiner Larve! – Er ists – Tod und Verdammnis! *Auf und ab mit heftigen Schritten.* Hab ich darum meine Nächte verpraßt – darum Felsen hinweggeräumt und Abgründe eben gemacht – bin ich darum gegen alle Instinkte der Menschheit rebellisch worden, daß mir zuletzt dieser unstete Landstreicher durch meine künstlichsten Wirbel[688] tölple – Sachte! Nur sachte! Es ist nur noch Spielarbeit

683 Wes ist dies Bild: *Wer ist auf diesem Bild.*

684 unglückliche Physiognomie: das Aussehen eines unglücklichen Menschens

685 tödlichen Block: der *Richtblock, Block für die Hinrichtung*

686 der Sofa: Sofa war damals noch ein männliches Wort.

687 diebische Tränen: *heimliche Tränen*

688 künstlichsten Wirbel: *ausgeklügelten Machenschaften*

übrig – Bin ich doch ohnehin schon bis an die Ohren in Todsünden gewatet, daß es Unsinn wäre zurückzuschwimmen, wenn das Ufer schon so weit hinten liegt – Ans Umkehren ist doch nicht mehr zu gedenken – Die Gnade selbst würde an den Bettelstab gebracht, und die unendliche Erbarmung bankerott werden, wenn sie für meine Schulden all gutsagen wollte – Also vorwärts wie ein Mann – *Er schellt.* Er versammle sich zu dem Geist seines Vaters und komme, der Toten spott ich. – Daniel, he, Daniel! – Was gilts, den haben sie auch schon gegen mich aufgewiegelt? Er sieht[689] so geheimnisvoll.

Daniel kommt.

DANIEL. Was steht zu Befehl, mein Gebieter?

FRANZ. Nichts. Fort, fülle diesen Becher Wein, aber hurtig! *Daniel ab.* Wart Alter! dich will ich fangen, ins Auge will ich dich fassen, so starr, daß dein getroffenes Gewissen durch die Larve erblassen soll! – Er soll sterben! – Der ist ein Stümper, der sein Werk nur auf die Hälfte bringt, und dann weggeht, und müßig zugafft, wie es weiter damit werden wird.

Daniel mit Wein.

FRANZ. Stell ihn hieher! Sieh mir fest ins Auge! Wie deine Knie schlottern! Wie du zitterst! Gesteh Alter! Was hast du getan?

DANIEL. Nichts, gnädiger Herr, so wahr Gott lebt, und meine arme Seele!

FRANZ. Trink diesen Wein aus! – Was? Du zauderst? – Heraus, schnell! Was hast du in den Wein geworfen?

DANIEL. Hilf Gott! Was? Ich – in den Wein?

FRANZ. Gift hast du in den Wein geworfen! Bist du nicht bleich wie Schnee? Gesteh, gesteh! Wer hats dir gegeben? Nicht wahr, der Graf, der Graf hat dirs gegeben?

DANIEL. Der Graf? Jesus Maria! Der Graf hat mir nichts gegeben.

FRANZ *greift ihn hart an.* Ich will dich würgen, daß du blau wirst, eisgrauer Lügner du! Nichts? Und was staket ihr denn so beisammen? Er und du und Amalia? Und was flüstertet ihr immer zusammen? Heraus damit! Was für Geheimnisse, was für Geheimnisse hat er dir anvertraut?

DANIEL. Das weiß der allwissende Gott! Er hat mir keine Geheimnisse anvertraut.

FRANZ. Willst du es leugnen? Was für Kabalen[690] habt ihr angezettelt, mich aus dem Weg zu räumen? Nicht wahr? Mich im Schlaf zu erdrosseln? Mir beim Bartscheren die Gurgel abzuschneiden? Mir im Wein oder im Schokolade zu vergeben? Heraus, heraus! – oder mir in der Suppe den ewigen Schlaf zu geben. Heraus damit, ich weiß alles.

DANIEL. So helfe mir Gott, wenn ich in Not bin, wie ich Euch itzt nichts anders sage als die reine, lautere Wahrheit.

FRANZ. Diesmal will ich dir verzeihen. Aber gelt, er steckte dir gewiß Geld in deinen Beutel? Er drückte dir die Hand stärker, als der Brauch ist? so ungefähr, wie man sie seinen alten Bekannten zu drücken pflegt?

DANIEL. Niemals, mein Gebieter.

689 sieht: *tut*

690 Kabalen: *Intrigen*

FRANZ. Er sagte dir, zum Exempel[691], daß er dich etwa schon kenne? – daß du ihn fast[692] kennen solltest? Daß dir einmal die Decke von den Augen fallen würde – daß – was? Davon sollt er dir niemals gesagt haben?

DANIEL. Nicht das mindeste.

FRANZ. Daß gewisse Umstände ihn abhielten – daß man oft Masken nehmen müsse, um seinen Feinden zuzukönnen[693] – daß er sich rächen wolle, aufs grimmigste rächen wolle.

DANIEL. Nicht einen Laut von diesem allem.

FRANZ. Was? Gar nichts? Besinne dich recht – daß er den alten Herrn sehr genau – besonders genau gekannt – daß er ihn liebe – ungemein liebe – wie ein Sohn liebe –

DANIEL Etwas dergleichen erinnere ich mich von ihm gehört zu haben.

FRANZ *blaß.* Hat er, hat er wirklich? Wie, so laß mich doch hören! Er sagte, er sei mein Bruder?

DANIEL *betroffen.* Was, mein Gebieter? – Nein, das sagte er nicht. Aber wie ihn das Fräulein in der Galerie herumführte, ich putzte eben den Staub von den Rahmen der Gemälde ab, stand er bei dem Porträt des seligen Herrn plötzlich still, wie vom Donner gerührt. Das gnädige Fräulein deutete drauf hin, und sagte: Ein vortrefflicher Mann! Ja, ein vortrefflicher Mann, gab er zur Antwort, indem er sich die Augen wischte.

FRANZ. Höre Daniel! Du weißt, ich bin immer ein gütiger Herr gegen dich gewesen, ich hab dir Nahrung und Kleider gegeben, und dein schwaches Alter in allen Geschäften geschonet –

DANIEL. Dafür lohn Euch der liebe Herrgott! und ich hab Euch immer redlich gedienet.

FRANZ. Das wollt ich eben sagen. Du hast mir in deinem Leben noch keine Widerrede gegeben, denn du weißt gar zu wohl, daß du mir Gehorsam schuldig bist in allem, was ich dich heiße.

DANIEL. In allem von ganzem Herzen, wenn es nicht wider Gott und mein Gewissen geht.

FRANZ. Possen, Possen! Schämst du dich nicht? Ein alter Mann, und an das Weihnachtmärchen zu glauben! Geh Daniel! das war ein dummer Gedanke. Ich bin ja Herr. Mich werden Gott und Gewissen strafen, wenn es ja einen Gott und ein Gewissen gibt.

DANIEL *schlägt die Hände zusammen.* Barmherziger Himmel!

FRANZ. Bei deinem Gehorsam! Verstehst du das Wort auch? Bei deinem Gehorsam befehl ich dir, morgen darf der Graf nimmer unter den Lebendigen wandeln.

DANIEL. Hilf, heiliger Gott! Weswegen?

FRANZ. Bei deinem b l i n d e n Gehorsam! – und an dich werd ich mich halten.

DANIEL. An mich? Hilf selige Mutter Gottes! An mich? Was hab ich alter Mann denn Böses getan?

FRANZ. Hier ist nicht lang Besinnszeit[694], dein Schicksal steht in meiner Hand. Willst du dein Leben im tiefsten meiner Türme vollends ausschmachten, wo der Hunger dich zwingen wird, deine eigene Knochen abzunagen, und der brennende Durst, dein eigenes Wasser wieder zu saufen? – Oder willst du lieber dein Brot essen in Frieden, und Ruhe haben in deinem Alter?

DANIEL. Was, Herr? Fried und Ruhe im Alter, und ein Totschläger?

FRANZ. Antwort auf meine Frage!

---

691 Exempel: *Beispiel*

692 fast: im Schwäbischen für *sehr, stark, wohl*

693 zuzukönnen: *beizukommen*

694 Besinnszeit: *Besinnungszeit*

DANIEL. Meine grauen Haare! meine grauen Haare!

FRANZ. Ja oder nein!

DANIEL. Nein! – Gott erbarme sich meiner!

FRANZ *im Begriff zu gehen.* Gut, du sollsts nötig haben. *Daniel hält ihn auf und fällt vor ihm nieder.*

DANIEL. Erbarmen Herr! Erbarmen!

FRANZ. Ja oder nein!

DANIEL. Gnädiger Herr! ich bin heute einundsiebenzig Jahr alt, und hab Vater und Mutter geehret, und niemand meines Wissens um des Hellers Wert im Leben vervorteilt[695], und hab an meinem Glauben gehalten, treu und redlich, und hab in Eurem Hause gedienet vierundvierzig Jahr, und erwarte itzt ein ruhig seliges Ende, ach Herr, Herr! *Umfaßt seine Knie heftig.* und Ihr wollt mir den letzten Trost rauben im Sterben, daß der Wurm des Gewissens mich um mein letztes Gebet bringe, daß ich ein Greuel vor Gott und Menschen schlafen gehen soll? Nein, nein, mein liebster, bester, liebster gnädiger Herr! Das wollt Ihr nicht, das könnt Ihr nicht wollen von einem einundsiebenzigjährigen Manne.

FRANZ. Ja oder nein! was soll das Geplapper?

DANIEL. Ich will Euch von nun an noch eifriger dienen. Will meine dürren Sehnen in Eurem Dienst wie ein Taglöhner abarbeiten, will früher aufstehen, will später mich niederlegen – ach, und will Euch einschließen in mein Abend- und Morgengebet, und Gott wird das Gebet eines alten Mannes nicht wegwerfen.

FRANZ. Gehorsam ist besser, denn Opfer[696]. Hast du je gehört, daß sich der Henker zierte, wenn er ein Urteil vollstrecken sollte?

DANIEL. Ach ja wohl! Aber eine Unschuld erwürgen – einen –

FRANZ. Bin ich dir etwa Rechenschaft schuldig? darf das Beil den Henker fragen, warum dahin und nicht dorthin? – aber sieh, wie langmütig ich bin – ich biete dir eine Belohnung für das, was du mir huldigtest[697].

DANIEL. Aber ich hoffte, ein Christ bleiben zu dörfen, da ich Euch huldigte.

FRANZ. Keine Widerrede! siehe ich gebe dir einen ganzen Tag noch Bedenkzeit! Überlege es nochmals. Glück und Unglück – hörst du, verstehst du? das höchste Glück, und das äußerste Unglück! Ich will Wunder tun im Peinigen.

DANIEL *nach einigem Nachdenken.* Ich wills tun, morgen will ichs tun. *Ab.*

FRANZ. Die Versuchung ist stark, und der war wohl nicht zum Märtyrer seines Glaubens geboren – Wohl bekomms dann, Herr Graf! Allem Ansehen nach werden Sie morgen Abend ihr Henkermahl[698] halten! – Es kommt alles nur darauf an, wie man davon denkt, und der ist ein Narr, der wider seine Vorteile denkt! Den Vater, der vielleicht eine Bouteille[699] Wein weiter getrunken hat[700], kommt der Kitzel[701] an – und draus wird ein Mensch, und der Mensch war gewiß das letzte, woran bei der ganzen Herkulesarbeit gedacht wird. Nun kommt mich

695 vervorteilt: *bevorteilt*

696 Gehorsam ist besser, denn Opfer: vgl. Heilige Schrift, Samuel 15, 22

697 huldigtest: *Treue schwörtest*

698 Henkermahl: letzte Mahlzeit eines Verurteilten

699 Bouteille: französ. für *Flasche*

700 Wein weiter getrunken hat: im Schwäbischen für *hat zu viel Wein getrunken*

701 Kitzel: *Nervenkitzel, sexueller Reiz, sexuelle Versuchung*

eben auch der Kitzel an – und dran krepiert ein Mensch, und gewiß ist hier mehr Verstand und Absichten, als dort bei seinem Entstehen war – Hängt nicht das Dasein der meisten Menschen mehrenteils an der Hitze eines Juliusmittags[702], oder am anziehenden Anblick eines Bettuchs, oder an der waagrechten Lage einer schlafenden Küchengrazie, oder an einem ausgelöschten Licht? – Ist die Geburt des Menschen das Werk einer viehischen Anwandlung, eines Ungefährs, wer sollte wegen der Verneinung seiner Geburt sich einkommen lassen[703], an ein bedeutendes Etwas zu denken? Verflucht sei die Torheit unserer Ammen und Wärterinnen[704], die unsere Phantasie mit schröcklichen Märchen verderben, und gräßliche Bilder von Strafgerichten in unser weiches Gehirnmark drücken, daß unwillkürliche Schauder die Glieder des Mannes noch in frostige Angst rütteln, unsere kühnste Entschlossenheit sperren, unsere erwachende Vernunft an Ketten abergläubischer Finsternis legen – Mord! wie eine ganze Hölle von Furien um das Wort flattert – die Natur vergaß, einen Mann mehr zu machen – die Nabelschnur ist nicht unterbunden worden – der Vater hat in der Hochzeitnacht glatten Leib bekommen – und die ganze Schattenspielerei ist verschwunden. Es war etwas und wird nichts – Heißt es nicht ebenso viel als: es war nichts und wird nichts und um nichts wird kein Wort mehr gewechselt – der Mensch entstehet aus Morast, und watet eine Weile im Morast, und macht Morast, und gärt wieder zusammen in Morast, bis er zuletzt an den Schuhsohlen seines Urenkels unflätig[705] anklebt. Das ist das Ende vom Lied – der morastige Zirkel[706] der menschlichen Bestimmung, und somit – glückliche Reise, Herr Bruder! Der milzsüchtige[707], podagrische[708] Moralist von einem Gewissen mag runzligte Weiber aus Bordellen jagen, und alte Wucherer auf dem Todesbett foltern – bei mir wird er nimmermehr Audienz[709] bekommen! *Er geht ab.*

Dritte Szene

Andres Zimmer im Schloß. Räuber Moor von der einen Seite, Daniel von der andern.

MOOR *hastig.* Wo ist das Fräulein?
DANIEL. Gnädiger Herr! Erlaubt einem armen Mann, Euch um etwas zu bitten.
MOOR. Es ist dir gewährt, was willst du?
DANIEL. Nicht viel, und alles, so wenig und doch so viel – laßt mich Eure Hand küssen!
MOOR. Das sollst du nicht, guter Alter! *Umarmt ihn.* Den ich Vater nennen möchte.
DANIEL. Eure Hand, Eure Hand! ich bitt Euch.

---

702 Juliusmittags: *Julimittags*
703 einkommen lassen: im Schwäbischen für *einfallen lassen*
704 Wärterinnen: *Kindermädchen, Kinderfrauen, Erzieherinnen*
705 unflätig: *unanständig*
706 Zirkel: *Kreis*
707 milzsüchtige: *hypochondrisch, eingebildeter*
708 podagrische: aus dem Griech. für *gichtige, gichtkranke*
709 Audienz: aus dem Französ. für *Gehör, Anhörung*

MOOR. Du sollst nicht.

DANIEL. Ich muß! *Er greift sie, betrachtet sie schnell und fällt vor ihm nieder.* Lieber, bester Karl!

MOOR *erschrickt, faßt sich, fremd.* Freund, was sagst du? Ich verstehe dich nicht.

DANIEL. Ja, leugnet es nur, verstellt Euch! Schön, schön! Ihr seid immer mein bester, köstlicher[710] Junker[711] – Lieber Gott! daß ich alter Mann noch die Freude – dummer Tölpel ich, daß ich Euch nicht gleich – ei du himmlischer Vater! so seid ihr ja wiedergekommen, und der alte Herr ist unterm Boden, und da seid ihr ja wieder – was für ein blinder Esel ich doch war *Sich vor den Kopf schlagend.* daß ich Euch nicht im ersten Hui[712] – ei du mein[713]! wer hätte sich das träumen lassen! – um was ich mit Tränen betete, – Jesus Christus! Da steht er ja leibhaftig wieder in der alten Stube!

MOOR. Was ist das für eine Sprache? Seid ihr vom hitzigen Fieber aufgesprungen, oder wollt Ihr eine Komödienrolle an mir probieren[714]?

DANIEL. Ei pfui doch, pfui doch! Das ist nicht fein, einen alten Knecht so zum besten haben – Diese Narbe! He, wißt Ihr noch? – Großer Gott! Was Ihr mir da für eine Angst einjagtet – ich hab Euch immer so lieb gehabt, und was Ihr mir da für Herzeleid hättet anrichten können – Ihr saßt mir im Schoß – wißt Ihr noch? – dort in der runden Stube – gelt[715], Vogel? Das habt Ihr freilich vergessen – auch den Kuckuck[716], den Ihr so gern hörtet – denkt doch! der Kuckuck ist zerschlagen, in Grundsboden[717] geschlagen – die alte Susel hat ihn verwettert[718], wie sie die Stube fegte – ja freilich, und da saßt Ihr mir im Schoß und rieft Hotto! und ich lief fort, Euch den Hottogaul zu holen – Jesus Gott! Warum mußt ich alter Esel auch fortlaufen? – und wie mirs siedigheiß[719] über den Buckel lief – wie ich das Zetergeschrei höre draußen im Öhrn[720], spring herein, und da lief das helle Blut, und laget am Boden und hattet – heilige Mutter Gottes! War mirs nicht, als wenn mir ein Kübel eiskalt Wasser übern Nacken spritzte – aber so gehts, wenn man nicht alle Augen auf die Kinder hat. Großer Gott, wenns ins Aug gegangen wäre – wars darzu noch die rechte Hand. Mein Lebenstag, sagt ich, soll mir kein Kind mehr ein Messer oder eine Schere oder so was Spitziges[721], sagt ich, in die Hände kriegen, sagt ich – war zum Glück noch Herr und Frau verreiset – ja, ja, das soll mir mein Tag des Lebens eine Warnung sein, sagt ich – Jemini[722], Jemini! ich hätte vom Dienst kommen

---

710 köstlicher: im Schwäbischen für *würdigster, großartigster, hofärtigster*

711 Junker: Bezeichnung für die Söhne eines Fürsten

712 im ersten Hui: *im ersten Augenblick*

713 ei du mein: Ausdruck der Verwunderung

714 probieren: *ausprobieren*

715 gelt: *nicht wahr*

716 Kuckuck: eine *Kuckucksuhr* ist gemeint

717 Grundsboden: im Schwäbischen für *Erdboden, Grund und Boden*

718 verwettert: *zerschlagen*

719 siedigheiß: *kochendheiß*

720 Öhrn: *Hausflur*

721 Spitziges: *Spitzes*

722 Jemini: schwäbische Kurzform für *O Jesus domini* aus dem *dies irae* (Hymnus vom jüngsten Gericht) für *Oh Jesus, Herrscher du.*

können[723], ich hätte – Gott der Herr verzeihs Euch, gottloses Kind – aber gottlob! es heilte glücklich bis auf die wüste[724] Narbe.

MOOR. Ich begreife kein Wort von allem, was du sagst.

DANIEL. Ja gelt, gelt? das war noch eine Zeit? Wie manches Zuckerbrot[725], oder Biskuit oder Makrone ich Euch hab zugeschoben, hab Euch immer am gernsten[726] gehabt, und wißt Ihr noch, was Ihr mir drunten sagtet im Stall, wie ich Euch auf des alten Herrn seinen Schweißfuchsen[727] setzte, und Euch auf der großen Wiese ließ herumjagen? Daniel, sagtet Ihr, laß mich nur einen großen Mann werden, Daniel, so sollst du mein Verwalter sein, und mit mir in der Kutsche fahren – Ja, sagt ich und lachte, wenn Gott Leben und Gesundheit schenkt, und Ihr Euch eines alten Mannes nicht schämen werdet, sagt ich, so will ich Euch bitten, mir das Häuschen drunten im Dorf zu räumen, das schon eine gute Weil leer steht, und da wollt ich mir ein Eimer[728] zwanzig Wein einlegen, und wirtschaften in meinen alten Tagen. – Ja lacht nur, lacht nur! Gelt junger Herr, das habt Ihr rein ausgeschwitzt[729]? – den alten Mann will man nicht kennen, da tut man so fremd, so fürnehm[730] – o Ihr seid doch mein goldiger[731] Junker – freilich halt ein bißchen lucker[732] gewesen – nimmt mirs nicht übel! – Wie's eben das junge Fleisch meistens ist – am Ende kann noch alles gut werden.

MOOR *fällt ihm um den Hals.* Ja! Daniel, ich wills nicht mehr verhehlen! Ich bin dein Karl, dein verlorner Karl! Was macht meine Amalia?

DANIEL *fängt an zu weinen.* Daß ich alter Sünder noch die Freude haben soll, – und der Herr selig weinete umsonst! – Abe, abe[733], weißer Schädel! mürbe Knochen, fahret in die Grube mit Freuden! Mein Herr und Meister lebt, ihn haben meine Augen gesehen!

MOOR. Und will halten, was er versprochen hat, – nimm das, ehrlicher Graukopf, für den Schweißfuchsen im Stall *Dringt ihm einen schweren Beutel auf.* nicht vergessen hab ich den alten Mann.

DANIEL. Wie, was treibt Ihr? Zu viel! Ihr habt Euch vergriffen.

MOOR. Nicht vergriffen, Daniel! *Daniel will niederfallen.* Steh auf, sage mir, was macht meine Amalia?

DANIEL. Gottes Lohn! Gottes Lohn! Ei Herr Jerem[734]! – Eure Amalia, oh die wirds nicht überleben, die wird sterben vor Freude!

MOOR *heftig.* Sie vergaß mich nicht?

---

723 hätte vom Dienst kommen können: *hätte entlassen werden können*

724 wüste: im Schwäbischen für *hässlich*

725 Zuckerbrot: *Süßigkeit*

726 am gernsten: *am liebsten*

727 Schweißfuchsen: Pferd mit rötlichem Fell, dessen Schattur anmutet, als wäre es von Schweiß bedeckt.

728 Eimer: altes Maß für Flüssigkeiten (Schiller bestellte seinen Zechwein bekanntlich auch eimerweise.)

729 rein ausgeschwitzt: *ganz vergessen*

730 fürnehm: *vornehm*

731 goldiger: im Schwäbischen für *lieber, teurer*

732 lucker: *locker, lässig*

733 Abe, abe: im Schwäbischen für *hinab, hinab*

734 Herr Jerem: *Herr Jesus*

DANIEL. Vergessen? Wie schwätzt Ihr wieder? Euch vergessen? – da hättet Ihr sollen dabei sein, hättets sollen mitansehn, wie sie sich gebärdete, als die Zeitung[735] kam, Ihr wärt gestorben, die der gnädige Herr ausstreuen ließ –

MOOR. Was sagst du? Mein Bruder –

DANIEL. Ja, Euer Bruder, der gnädige Herr, Euer Bruder – ich will Euch ein andermal mehr davon erzählen, wenns Zeit dazu ist – und wie sauber sie ihm abkappte[736], wenn er ihr alle Tage, die Gott schickt, seinen Antrag machte, und sie zur gnädigen Frau machen wollte. O ich muß hin, muß hin, ihr sagen, ihr die Botschaft bringen. *Will fort.*

MOOR. Halt, halt! Sie darfs nicht wissen, darfs niemand wissen, auch mein Bruder nicht –

DANIEL. Euer Bruder? Nein beileibe nicht, er darfs nicht wissen! Er gar nicht! – Wenn er nicht schon mehr weißt, als er wissen darf – Oh ich sage Euch, es gibt garstige Menschen, garstige Brüder, garstige Herren – aber ich möcht um alles Gold meines Herrn willen kein garstiger Knecht sein – Der gnädige Herr hielt Euch tot.

MOOR. Hum! Was brummst du da?

DANIEL *leiser.* Und wenn man freilich so ungebeten aufersteht – Euer Bruder war des Herrn selig einziger Erbe –

MOOR. Alter! – Was murmelst du da zwischen den Zähnen, als wenn irgendein Ungeheuer von Geheimnis auf deiner Zunge schwebte, das nicht heraus wollte, und doch heraus sollte, rede deutlicher!

DANIEL. Aber ich will lieber meine alte Knochen abnagen vor Hunger, lieber vor Durst mein eigenes Wasser saufen, als Wohlleben die Fülle verdienen mit einem Totschlag. *Schnell ab.*

MOOR *auffahrend aus schröcklichem Pausen.* Betrogen, betrogen! da fährt es über meine Seele wie der Blitz! Spitzbübische Künste[737]! Himmel und Hölle! nicht du, Vater! Spitzbübische Künste! Mörder, Räuber durch spitzbübische Künste! Angeschwärzt von ihm! verfälscht, unterdrückt meine Briefe – voll Liebe sein Herz – oh ich Ungeheuer von einem Toren – voll Liebe sein Vaterherz – oh Schelmerei, Schelmerei! Es hätte mich einen Fußfall gekostet, es hätte mich eine Träne gekostet – oh ich blöder, blöder, blöder Tor! *Wider die Wand rennend.* Ich hätte glücklich sein können – oh Büberei, Büberei! das Glück meines Lebens bübisch, bübisch hinwegbetrogen. *Er läuft wütend auf und nieder.* Mörder, Räuber durch spitzbübische Künste! – Er grollte nicht einmal! Nicht ein Gedanke von Fluch in seinem Herzen – oh Bösewicht! unbegreiflicher, schleichender, abscheulicher Bösewicht!

Kosinsky kommt.

KOSINSKY. Nun, Hauptmann, wo stickst[738] du? Was ists? Du willst noch länger hier bleiben, merk ich.

MOOR. Auf! Sattle die Pferde! Wir müssen vor Sonnenuntergang noch über den Grenzen sein!

KOSINSKY. Du spaßest.

MOOR *befehlend.* Hurtig, hurtig! Zaudre nicht lang, laß alles da! und daß kein Aug dich gewahr wird. *Kosinsky ab.*

---

735 Zeitung: *Nachricht*

736 abkappte: im Schwäbischen für *abfertigte*

737 Künste: im Sinne von *List*

738 stickst: *steckst*

MOOR. Ich fliehe aus diesen Mauren[739]. Der geringste Verzug könnte mich wütig machen, und er ist meines Vaters Sohn – Bruder, Bruder! Du hast mich zum Elendesten auf Erden gemacht, ich habe dich niemals beleidigt, es war nicht brüderlich gehandelt – Ernte die Früchte deiner Untat in Ruhe, meine Gegenwart soll dir den Genuß nicht länger vergällen – aber gewiß, es war nicht brüderlich gehandelt. Finsternis verlösche sie auf ewig, und der Tod rühre sie nicht auf!

Kosinsky.

KOSINSKY. Die Pferde stehn gesattelt, Ihr könnt aufsitzen, wenn Ihr wollt.

MOOR. Presser[740]! Presser! Warum so eilig? Soll ich sie nicht mehr sehn?

KOSINSKY. Ich zäume gleich wieder ab, wenn Ihrs haben wollt, Ihr hießt mich ja über Hals und Kopf eilen.

MOOR. Noch einmal! ein Lebewohl noch! ich muß den Gifttrank dieser Seligkeit vollends ausschlürfen, und dann – halt Kosinsky! zehn Minuten noch – hinten am Schloßhof – und wir sprengen davon!

Vierte Szene

Im Garten. Amalia.

AMALIA. Du weinst Amalia? – und das sprach er mit einer Stimme! mit einer Stimme – mir wars, als ob die Natur sich verjüngete – die genossenen Lenze[741] der Liebe dämmerten auf mit der Stimme! Die Nachtigall schlug wie damals – die Blumen hauchten wie damals – und ich lag wonneberauscht an seinem Hals – Ha falsches treuloses Herz! Wie du deinen Meineid beschönigen willst! Nein, nein, weg aus meiner Seele, du Frevelbild – ich hab meinen Eid nicht gebrochen, du Einziger! Weg aus meiner Seele, ihr verräterischen, gottlosen Wünsche! im Herzen, wo Karl herrscht, darf kein Erdensohn nisten. – Aber warum meine Seele, so immer, so wider Willen nach diesem Fremdling? Hängt er sich nicht so hart an das Bild meines Einzigen? Ist er nicht der ewige Begleiter meines Einzigen? Du weinst, Amalia? – Ha ich will ihn fliehen! – fliehen! – Nimmer sehen soll mein Aug diesen Fremdling!

Räuber Moor öffnet die Gartentüre.

AMALIA *fährt zusammen.* Horch! horch! Rauschte die Türe nicht[742]? *Sie wird Karln gewahr und springt auf.* Er? – wohin? – was? – da hat michs angewurzelt[743], daß ich nicht fliehen kann – verlaß mich nicht, Gott im Himmel! – Nein, du sollst mir meinen Karl nicht entreißen! Meine Seele hat nicht Raum für zwei Gottheiten, und ich bin ein sterbliches Mädchen!

---

739 Mauren: *Mauern*

740 Presser: eigentlich Steuereintreiber in Württemberg, hier eher im Sinne von *Drängler*

741 Lenze: *Frühlinge*

742 Rauschte die Tür nicht: poetisch für *ging die Tür nicht*

743 da hat michs angewurzelt: *ich bin wie angewurzelt*

Sie nimmt Karls Bild heraus. Du, mein Karl, sei mein Genius[744] wider diesen Fremdling, den Liebestörer! dich, dich ansehen, unverwandt, – und weg alle gottlosen Blicke nach diesem. *Sie sitzt stumm, das Auge starr auf das Bild geheftet.*

MOOR. Sie da, gnädiges Fräulein? – und traurig? – und eine Träne auf diesem Gemälde? *Amalia gibt ihm keine Antwort.* – Und wer ist der Glückliche, um den sich das Aug eines Engels versilbert? darf auch ich diesen Verherrlichten – *Er will das Gemälde betrachten.*

AMALIA. Nein, ja, nein!

MOOR *zurückfahrend.* Ha! – und verdient er diese Vergötterung? Verdient er? –

AMALIA. Wenn Sie ihn gekannt hätten!

MOOR. Ich würd ihn beneidet haben.

AMALIA. Angebetet, wollen Sie sagen.

MOOR. Ha!

AMALIA. Oh Sie hätten ihn so lieb gehabt – es war so viel, so viel in seinem Angesicht – in seinen Augen – im Ton seiner Stimme, das Ihnen so gleich kommt – das ich so liebe –

Moor sieht zur Erde.

AMALIA. Hier, wo Sie stehen, stand er tausendmal – und neben ihm die, die neben ihm Himmel und Erde vergaß – hier durchirrte sein Aug die um ihn prangende Gegend – sie schien den großen belohnenden Blick zu empfinden, und sich unter dem Wohlgefallen ihres Meisterbilds zu verschönern – hier hielt er mit himmlischer Musik die Hörer der Lüfte gefangen – hier an diesem Busch pflückte er Rosen, und pflückte die Rosen für mich – hier, hier lag er an meinem Halse, brannte seinen Mund auf den meinen, und die Blumen starben gern unter der Liebenden Fußtritt –

MOOR. Er ist nicht mehr?

AMALIA. Er segelt auf ungestümen Meeren – Amalias Liebe segelt mit ihm – er wandelt durch ungebahnte, sandigte Wüsten – Amalias Liebe macht den brennenden Sand unter ihm grünen, und die wilden Gesträuche blühen – der Mittag sengt sein entblößtes Haupt, nordischer Schnee schrumpft seine Sohlen zusammen, stürmischer Hagel regnet um seine Schläfe, und Amalias Liebe wiegt ihn in Stürmen ein – Meere und Berge und Horizonte zwischen den Liebenden – aber die Seelen versetzen sich aus dem staubigten Kerker, und treffen sich im Paradiese der Liebe – Sie scheinen traurig, Herr Graf?

MOOR. Die Worte der Liebe machen auch meine Liebe lebendig.

AMALIA *blaß.* Was? Sie lieben eine andre? – Weh mir, was hab ich gesagt?

MOOR. Sie glaubt mich tot, und blieb treu dem Totgeglaubten – sie hörte wieder, ich lebe, und opferte mir die Krone einer Heiligen[745] auf. Sie weiß mich in Wüsten irren, und im Elend herumschwärmen, und ihre Liebe fliegt durch Wüsten und Elend mir nach. Auch heißt sie Amalia wie Sie, gnädiges Fräulein.

AMALIA. Wie beneid ich ihre Amalia.

MOOR. Oh sie ist ein unglückliches Mädchen! ihre Liebe ist für einen, der verloren ist, und wird – ewig niemals belohnt.

AMALIA. Nein, sie wird im Himmel belohnt. Sagt man nicht, es gebe eine bessere Welt, wo die Traurigen sich freuen, und die Liebenden sich wiedererkennen?

---

744 Genius: im Sinne von *Schutz, Schutzschild, Schutzgeist*

745 die Krone einer Heiligen: *den Schleier einer Nonne*

MOOR. Ja, eine Welt, wo die Schleier hinwegfallen und die Liebe sich schröcklich[746] wiederfindet – Ewigkeit heißt ihr Name – Meine Amalia ist ein unglückliches Mädchen.

AMALIA. Unglücklich, und Sie lieben?

MOOR. Unglücklich, weil sie mich liebt! wie, wenn ich ein Totschläger wäre? Wie, mein Fräulein? wenn Ihr Geliebter Ihnen für jeden Kuß einen Mord aufzählen könnte? Wehe meiner Amalia! Sie ist ein unglückliches Mädchen.

AMALIA *froh aufhüpfend.* Ha, wie bin ich ein glückliches Mädchen! Mein Einziger ist Nachstrahl[747] der Gottheit, und die Gottheit ist Huld und Erbarmen! Nicht eine Fliege konnt er leiden sehen – Seine Seele ist so fern von einem blutigen Gedanken, als fern der Mittag von der Mitternacht ist.

Moor kehrt sich schnell ab in ein Gebüsch, blickt starr in die Gegend.

AMALIA *singt und spielt auf der Laute.*

Willst dich, Hektor, ewig mir entreißen,
Wo des Äaciden mordend Eisen
Dem Patroklus schröcklich Opfer bringt?
Wer wird künftig deinen Kleinen lehren,
Speere werfen und die Götter ehren,
Wenn hinunter dich der Xanthus schlingt?

MOOR *nimmt die Laute stillschweigend und spielt.*

Teures Weib, geh, hol die Todeslanze! –
Laß – mich fort – zum wilden Kriegestanze –

Er wirft die Laute weg und flieht davon.

746 schröcklich: *schrecklich*
747 Nachstrahl: *Nachglanz*

Fünfte Szene

Nahgelegener Wald. Nacht. Ein altes verfallenes Schloß in der Mitte. Die Räuberbande gelagert auf der Erde.

DIE RÄUBER *singen.*

Stehlen, morden, huren, balgen
Heißt bei uns nur die Zeit zerstreun.
Morgen hangen wir am Galgen,
Drum laßt uns heute lustig sein.

Ein freies Leben führen wir,
Ein Leben voller Wonne.
Der Wald ist unser Nachtquartier,

Bei Sturm und Wind hantieren wir,
Der Mond ist unsre Sonne,
Mercurius[748] ist unser Mann,
Ders Praktizieren[749] trefflich kann.

Heut laden wir bei Pfaffen uns ein,
Bei masten[750] Pächtern morgen,
Was drüber ist, da lassen wir fein
Den lieben Herrgott sorgen.

Und haben wir im Traubensaft
Die Gurgel[751] ausgebadet,
So machen wir uns Mut und Kraft,
Und mit dem Schwarzen[752] Brüderschaft,
Der in der Hölle bratet.

Das Wehgeheul geschlagner Väter,
Der bangen Mütter Klaggezeter[753],
Das Winseln der verlaßnen Braut

---

748 Mercurius: *Merkur*, der röm. Gott des Handels und der Diebe; in griech. Mythologie *Hermes*

749 Praktizieren: hier im Sinne von *stehlen, rauben*

750 masten: im Schwäbischen für *fetten, dicken*

751 Gurgel: *Kehle*

752 Schwarzen: *Teufel*

753 Klaggezeter: *Klagegeschrei*

Ist Schmaus für unsre Trommelhaut[754]!

Ha! wenn sie euch unter dem Beile so zucken,
Ausbrüllen wie Kälber, umfallen wie Mucken[755],
Das kitzelt unsern Augenstern[756],
Das schmeichelt unsern Ohren gern.

Und wenn mein Stündlein kommen nun,
Der Henker soll es holen,
So haben wir halt unsern Lohn,
Und schmieren unsre Sohlen.
Ein Schlückchen auf den Weg vom heißen Traubensohn[757],
Und hurra rax dax! gehts, als flögen wir davon.

SCHWEIZER. Es wird Nacht, und der Hauptmann noch nicht da!

RAZMANN. Und versprach doch, Schlag acht Uhr wieder bei uns einzutreffen.

SCHWEIZER. Wenn ihm Leides geschehen wäre – Kameraden! wir zünden an und morden den Säugling.

SPIEGELBERG *nimmt Razmann beiseite.* Auf ein Wort Razmann.

SCHWARZ *zu Grimm.* Wollen wir nicht Spionen ausstellen?

GRIMM. Laß du ihn! Er wird einen Fang tun, daß wir uns schämen müssen.

SCHWEIZER. Da brennst[758] du dich, beim Henker! Er ging nicht von uns wie einer, der einen Schelmenstreich im Schild führt. Hast du vergessen was er gesagt hat, als er uns über die Heide führte? – »Wer nur eine Rube[759] vom Acker stiehlt, daß ichs erfahre, läßt seinen Kopf hier, so wahr ich Moor heiße«. – Wir dörfen nicht rauben.

RAZMANN *leise zu Spiegelberg.* Wo will das hinaus – rede deutscher!

SPIEGELBERG. Pst! Pst! – Ich weiß nicht, was du oder ich für Begriffe von Freiheit haben, daß wir an einem Karrn ziehen wie Stiere, und dabei wunderviel von Independenz[760] deklamieren[761] – Es gefällt mir nicht.

SCHWEIZER *zu Grimm.* Was wohl dieser Windkopf hier an der Kunkel hat[762]?

RAZMANN *leise zu Spiegelberg.* Du sprichst vom Hauptmann? –

SPIEGELBERG. Pst doch! Pst! – Er hat so seine Ohren unter uns herumlaufen. – Hauptmann sagst du? Wer hat ihn zum Hauptmann über uns gesetzt, oder hat er nicht diesen Titel usurpiert[763], der von Rechts wegen mein ist? – Wie? legen wir darum unser Leben auf Wür-

---

754 Trommelhaut: *Trommelfell*

755 Mucken: *Fliegen*

756 Augenstern: *Augapfel*

757 heißen Traubensohn: *Branntwein*

758 brennst: im Schwäbischen auch für *täuschst*

759 Rube: im Schwäbischen für *Rübe*

760 Independenz: aus dem Französ. für *Unabhängigkeit*

761 deklamieren: *vortragen, gewählt reden*

762 an der Kunkel hat: *sich ausspinnt, sich ausdenkt;* Kunkel ist der Spinnenrock

763 usurpiert: *in Besitz genommen*

fel[764] – baden darum alle Milzsuchten[765] des Schicksals aus, daß wir am End noch von Glück sagen, die Leibeigenen eines Sklaven zu sein? – Leibeigenen da wir Fürsten sein könnten? – Bei Gott, Razmann – das hat mir niemals gefallen.

SCHWEIZER *zu den andern.* Ja – du bist mir der rechte Held, Frösche mit Steinen breit zu schmeißen – Schon der Klang seiner Nase, wenn er sich schneuzte, könnte dich durch ein Nadelöhr jagen –

SPIEGELBERG *zu Razmann.* Ja – und Jahre schon dicht ich darauf[766]: Es soll anders werden. Razmann – wenn du bist, wofür ich dich immer hielt – Razmann. – Man vermißt ihn – gibt ihn halb verloren – Razmann – mich deucht, seine schwarze Stunde[767] schlägt – wie? Nicht einmal röter wirst du, da dir die Glocke zur Freiheit läutet? Hast nicht einmal so viel Mut, einen kühnen Wink zu verstehen?

RAZMANN. Ha, Satan! worin verstrickst du meine Seele?

SPIEGELBERG. Hats gefangen[768]? – Gut! so folge. Ich hab mirs gemerkt, wo er hinschlich – Komm! Zwei Pistolen fehlen selten, und dann – so sind wir die erste, die den Säugling erdrosseln. *Er will ihn fortreißen.*

SCHWEIZER *zieht wütend sein Messer.* Ha, Bestie! Eben recht erinnerst du mich an die böhmischen Wälder! Warst du nicht die Memme, die anhub zu schnadern[769], als sie riefen: Der Feind kommt? Ich hab damals bei meiner Seel geflucht – fahr hin Meuchelmörder! *Er sticht ihn tot.*

RÄUBER *in Bewegung.* Mordjo[770]! Mordjo! – Schweizer – Spiegelberg – Reißt sie auseinander –

SCHWEIZER *wirft das Messer über ihn.* Da! – und so krepier du – Ruhig, Kameraden – laßt euch den Bettel[771] nicht unterbrechen, – Die Bestie ist dem Hauptmann immer giftig gewesen, und hat keine Narbe auf ihrer ganzen Haut. – Noch einmal, gebt euch zufrieden – ha! über den Racker[772] – von hintenher will er Männer zuschanden schmeißen, Männer von hintenher! – Ist uns darum der helle Schweiß über die Backen gelaufen, daß wir aus der Welt schleichen wie Hundsfötter[773]? Bestie du! Haben wir uns darum unter Feuer und Rauch gebettet, daß wir zuletzt wie Ratten verrecken?

GRIMM. Aber zum Teufel – Kamerad – was hattet ihr miteinander? – Der Hauptmann wird rasend werden.

SCHWEIZER. Dafür laß mich sorgen. – Und du Heilloser *Zu Razmann.* du warst sein Helfershelfer, du! – Pack dich aus meinen Augen – der Schufterle hats auch so gemacht, aber dafür hängt er itzt auch in der Schweiz, wies ihm mein Hauptmann prophezeit hat – *Man schießt.*

---

764 legen … auf Würfel: *machen zum Glücksspiel*

765 Milzsuchten: *ärgerlichen Krankheiten*

766 dicht ich darauf: *warte ich darauf, denke ich daran*

767 schwarze Stunde: *Todesstunde*

768 Hats gefangen: *hast du verstanden*

769 schnadern: im Schwäbischen auch für *zittern*

770 Mordjo: Ausruf für *Mord*

771 Bettel: *unbedeutende Angelegenheit* (hier also: Lasst euch durch die unbedeutende Sache nicht unterbrechen.)

772 Racker: verächtliches Schimpfwort für eine hassenswerte Person

773 Hundsfötter: Schimpfwort für einen *Halunken* (Hundsfott als Bezeichnung für das Geschlechtsteil eines Hundes.)

SCHWARZ *aufspringend.* Horch! ein Pistolschuß! *Man schießt wieder.* Noch einer! Holla! der Hauptmann!

GRIMM. Nur Geduld! Er muß zum dritten Mal schießen! *Man hört noch einen Schuß.*

SCHWARZ. Er ists – ists! – Salvier dich[774], Schweizer – laßt uns ihm antworten. *Sie schießen.*

Moor, Kosinsky treten auf.

SCHWEIZER *ihnen entgegen.* Sei willkommen, mein Hauptmann – Ich bin ein bißchen vorlaut gewesen seit du weg bist. *Er führt ihn an die Leiche.* Sei du Richter zwischen mir und diesem – von h i n t e n hat er dich ermorden wollen.

RÄUBER *mit Bestürzung.* Was? den Hauptmann?

MOOR *in den Anblick versunken, bricht heftig aus.* O unbegreiflicher Finger der rachekundigen Nemesis[775]! – Wars nicht dieser, der mir das Sirenenlied[776] trillerte? – Weihe dies Messer der dunklen Vergelterin! – das hast du nicht getan, Schweizer.

SCHWEIZER. Bei Gott! ich habs wahrlich getan, und es ist beim Teufel nicht das Schlechtste, was ich in meinem Leben getan habe. *Geht unwillig ab.*

MOOR *nachdenkend.* Ich verstehe – Lenker im Himmel – ich verstehe – die Blätter fallen von den Bäumen – und mein Herbst ist kommen – Schafft mir diesen aus den Augen. *Spiegelbergs Leiche wird hinweggetragen.*

GRIMM. Gib uns Ordre[777], Hauptmann – was sollen wir weiter tun?

MOOR. Bald – bald ist alles erfüllet. – Gebt mir meine Laute – Ich habe mich selbst verloren, seit ich dort war – meine Laute sag ich – ich muß mich zurücklullen in meine Kraft – verlaßt mich.

RÄUBER. Es ist Mitternacht, Hauptmann.

MOOR. Doch warens nur die Tränen im Schauspielhaus – den Römergesang muß ich hören, daß mein schlafender Genius wieder aufwacht – Meine Laute her – Mitternacht sagt ihr?

SCHWARZ. Wohl bald vorüber. Wie Blei liegt der Schlaf in uns. Seit drei Tagen kein Auge zu.

MOOR. Sinkt denn der balsamische[778] Schlaf auch auf die Augen der Schelmen? Warum fliehet er mich? Ich bin nie ein Feiger gewesen oder ein schlechter Kerl – Legt euch schlafen – morgen am Tag gehen wir weiter.

RÄUBER. Gute Nacht, Hauptmann. *Sie lagern sich auf der Erde und schlafen ein.*

Tiefe Stille.

---

774 Salvier dich: *verstecke dich, verschwinde, bring dich in Sicherheit*

775 Nemesis: in der griech. Mythologie Göttin der Rache

776 Sirenenlied: Gesang der Sirenen, in der griech. Mythologie Halbwesen zwischen Frauen und Vögel, die vorbeifahrende Seereisende durch ihren Gesang so betörten, dass sie den Sirenen verfielen

777 Ordre: französ. für *Befehl, Anweisung*

778 balsamische: *heilende*

MOOR *nimmt die Laute und spielt.*

Brutus[779]
Sei willkommen, friedliches Gefilde!
Nimm den letzten aller Römer[780] auf!
Von Philippi, wo die Mordschlacht brüllte,
Schleicht mein gramgebeugter Lauf.
Cassius, wo bist du? – Rom verloren!
Hingewürgt mein brüderliches Heer,
Meine Zuflucht zu des Todes Toren!
Keine Welt für Brutus mehr!

Cäsar
Wer, mit Schritten eines Niebesiegten,
Wandert dort vom Felsenhang? –
Ha! wenn meine Augen mir nicht lügten?
Das ist eines Römers Gang. –
Tibersohn[781] – von wannen deine Reise?
Dauert noch die Siebenhügelstadt[782]?
Oft geweinet hab ich um die Waise,
Daß sie nimmer einen Cäsar hat.

Brutus
Ha, du mit der dreiundzwanzigfachen Wunde[783]!
Wer rief Toter dich ans Licht?
Schaudre rückwärts, zu des Orkus[784] Schlunde,
Stolzer Weiner! – Triumphiere nicht!
Auf Philippis eisernem Altare[785]
Raucht der Freiheit letztes Opferblut;
Rom verröchelt[786] über Brutus' Bahre,
Brutus geht zu Minos[787] – Kreuch[788] in deine Flut!

---

779 Brutus: Sowohl in Plutarchs Biographie über Brutus als auch in Shakespeares *Julius Cäsar* sind ähnliche Szenen zu finden. Brutus, Sohn Cäsars und einer seiner Mörder, begegnet bei der Schlacht in Philippi dem Geist von Cäsar. In dieser Schlacht fochten die Anhänger des ermordeten Cäsars gegen die Republikaner um Brutus. Schiller stellt sich in seinem Lied auf die Seite des Republikaners Brutus und verlegt die Szene nach der geschlagenen Schlacht.

780 Römer: Gemeint ist Cassius, der mit Brutus in der Schlacht bei Philippi gegen Antonius und Oktavius kämpfte.

781 Tibersohn: Tiber ist der Fluss, der durch Rom fließt, hier also *römischer Sohn.*

782 Siebenhügelstadt: *Rom.* In der Stadt erheben sich sieben Hügel.

783 dreiundzwanzigfachen Wunde: Cäsar wurde durch 23 Messerstiche getötet.

784 Orkus: in der röm. Mythologie die *Unterwelt*

785 eisernem Altare: gemeint ist das *Schlachtfeld*

786 verröchelt: *röchelnd sterben*

787 Minos: Ein Richter in der Unterwelt.

788 Kreuch: im Schwäbischen für *kriech*

Cäsar
O ein Todesstoß von Brutus‘ Schwerte!
Auch du – Brutus – du?
Sohn – es war dein Vater – Sohn – die Erde
Wär gefallen dir als Erbe zu.
Geh – du bist der größte Römer worden,
Da in Vaters Brust dein Eisen drang;
Geh – und heul es bis zu jenen Pforten:
Brutus ist der größte Römer worden.
Da in Vaters Brust sein Eisen drang.
Geh – du weißts nun, was an Lethes[789] Strande
Mich noch bannte –
Schwarzer Schiffer[790] stoß vom Lande!

Brutus
Vater halt! – Im ganzen Sonnenreiche
Hab ich einen nur gekannt,
Der dem großen Cäsar gleiche.
Diesen einen hast du Sohn genannt.
Nur ein Cäsar mochte Rom verderben
Nur nicht Brutus mochte Cäsar stehn[791].
Wo ein Brutus lebt, muß Cäsar sterben,
Geh du linkswärts, laß mich rechtswärts gehn.

Er legt die Laute hin, geht tiefdenkend auf und nieder.

Wer mir Bürge wäre? – – Es ist alles so finster – verworrene Labyrinthe – kein Ausgang – kein leitendes Gestirn – Wenns aus wäre mit diesem letzten Odemzug – Aus wie ein schales Marionettenspiel – Aber wofür der heiße Hunger nach Glückseligkeit? Wofür das Ideal einer unerreichten Vollkommenheit? Das Hinausschieben unvollendeter Plane? – wenn der armselige Druck dieses armseligen Dings *Die Pistole vors Gesicht haltend.* den Weisen dem Toren – den Feigen dem Tapfern – den Edlen dem Schelmen gleich macht? – Es ist doch eine so göttliche Harmonie in der seelenlosen Natur, warum sollte dieser Mißklang in der vernünftigen sein? – Nein! Nein! es ist etwas mehr, denn ich bin noch nicht glücklich gewesen.
Glaubt ihr, ich werde zittern? Geister meiner Erwürgten! ich werde nicht zittern! *Heftig zitternd.* – Euer banges[792] Sterbegewinsel – euer schwarzgewürgtes Gesicht – eure fürchterlich klaffenden Wunden sind ja nur Glieder einer unzerbrechlichen Kette des Schicksals, und

789 Lethes: Lethe ist ein Fluss in die Unterwelt. Wer sein Wasser trinkt, vergisst alles Vergangene.

790 Schwarzer Schiffer: der Fährmann in die Unterwelt

791 stehn: *widerstehen*

792 banges: *ängstliches*

hängen zuletzt an[793] meinen Feierabenden, an den Launen meiner Ammen und Hofmeister[794], am Temperament meines Vaters, am Blut meiner Mutter – *Von Schauer geschüttelt.* Warum hat mein Perillus[795] einen Ochsen aus mir gemacht, daß die Menschheit in meinem glühenden Bauche bratet?
Er setzt die Pistole an. Zeit und Ewigkeit – gekettet aneinander durch ein einzig Moment! – Grauser[796] Schlüssel, der das Gefängnis des Lebens hinter mir schließt, und vor mir aufriegelt die Behausung der ewigen Nacht – sage mir – o sage mir – wohin – wohin wirst du mich führen? – Fremdes, nie umsegeltes Land! – Siehe, die Menschheit erschlappt[797] unter diesem Bilde, die Spannkraft des Endlichen läßt nach, und die Phantasei, der mutwillige Affe der Sinne, gaukelt unserer Leichtgläubigkeit seltsame Schatten vor – Nein! Nein! Ein Mann muß nicht straucheln – Sei, wie du willt, namenloses Jenseits – bleibt mir nur dieses mein Selbst getreu – Sei wie du willt, wenn ich nur mich selbst mit hinübernehme. – Außendinge sind nur der Anstrich des Manns – Ich bin mein Himmel und meine Hölle.
Wenn Du mir irgendeinen eingeäscherten Weltkreis allein ließest, den Du aus deinen Augen verbannt hast, wo die einsame Nacht, und die ewige Wüste meine Aussichten sind? – Ich würde dann die schweigende Öde mit meinen Phantasien bevölkern, und hätte die Ewigkeit zur Muße, das verworrene Bild des allgemeinen Elends zu zergliedern. – Oder willst Du mich durch immer neue Geburten und immer neue Schauplätze des Elends von Stufe zu Stufe – zur Vernichtung – führen? Kann ich nicht die Lebensfäden, die mir jenseits gewoben sind, so leicht zerreißen wie diesen? – Du kannst mich zu nichts machen – Diese Freiheit kannst Du mir nicht nehmen. *Er lädt die Pistole. Plötzlich hält er inn.* Und soll ich für[798] Furcht eines qualvollen Lebens sterben? – Soll ich dem Elend den Sieg über mich einräumen? – Nein! ich wills dulden! *Er wirft die Pistole weg.* Die Qual erlahme an meinem Stolz! Ich wills vollenden.

Es wird immer finstrer. Hermann, der durch den Wald kommt.

HERMANN. Horch! horch! grausig heulet der Kauz – zwölf schlägts drüben im Dorf – wohl, wohl – das Bubenstück[799] schläft – in dieser Wilde[800] kein Lauscher. *Tritt an das Schloß und pocht.* Komm herauf, Jammermann, Turmbewohner! – Deine Mahlzeit ist bereitet[801].
MOOR *sachte zurücktretend.* Was soll das bedeuten?

---

793 hängen zuletzt an: *hängen zuletzt ab von*

794 Hofmeister: *Hauslehrer*

795 Perillus: auch *Perillos*; war ein antiker griechischer Erzgießer aus Athen. Er lebte um die Mitte des 6. Jahrhunderts v. Chr. Bekannt wurde der Künstler durch den Bau eines erzenen Ochsens (ein Folterinstrument) für den sizilianischen Herrscher Phalaris von Akragas. In diesem legendären Folterwerkzeug sollten die Feinde des Herrschers verbrannt werden.

796 Grauser: *schrecklicher*

797 erschlappt: *erschlafft*

798 für: *vor*

799 Bubenstück: *Verbrechen, Gaunerei*

800 Wilde: im Schwäbischen für *Wildnis*

801 Deine Mahlzeit ist bereitet: vgl. Matthäus 22, 4: »Abermals sandte er andere Knechte aus und sprach: Sagt den Gästen: Siehe, meine Mahlzeit habe ich bereitet, meine Ochsen und mein Mastvieh ist geschlachtet und alles ist bereit; kommt zur Hochzeit!«

EINE STIMME *aus dem Schloß.* Wer pocht da? He? Bist dus, Hermann mein Rabe[802]?

HERMANN. Bins Hermann dein Rabe. Steig herauf ans Gitter und iß. *Eulen schreien.* Fürchterlich trillern[803] deine Schlafkameraden, Alter – dir schmeckt?

DIE STIMME. Hungerte mich sehr. Habe Dank, Rabensender[804] fürs Brot in der Wüste! – Und wie gehts meinem lieben Kind, Hermann?

HERMANN. Stille – Horch – Geräusch wie von Schnarchenden! Hörst du nicht was?

STIMME. Wie? Hörst du etwas?

HERMANN. Den seufzenden Windlaut durch die Ritzen des Turms – eine Nachtmusik, davon einem die Zähn klappern, und die Nägel blau werden – Horch, noch einmal – Immer ist mir, als hört ich ein Schnarchen. – Du hast Gesellschaft, Alter – Hu hu hu!

STIMME. Siehst du etwas?

HERMANN. Leb wohl – leb wohl – Grausig ist diese Stätte – Steig ab ins Loch – droben dein Helfer, dein Rächer. – Verfluchter Sohn! *Will fliehen.*

MOOR *mit Entsetzen hervortretend.* Steh!

HERMANN *schreiend.* Oh mir!

MOOR. Steh, sag ich!

HERMANN. Weh! weh! weh! Nun ist alles verraten!

MOOR. Steh! Rede! Wer bist du? Was hast du hier zu tun? Rede!

HERMANN. Erbarmen o Erbarmen, gestrenger Herr – Nur ein Wort höret an, eh Ihr mich umbringt.

MOOR *indem er den Degen zieht.* Was werd ich hören?

HERMANN. Wohl habt ihr mirs beim Leben verboten – ich konnt nicht anders – durft nicht anders – im Himmel ein Gott – Euer leiblicher Vater dort – mich jammerte sein – Stecht mich nieder!

MOOR. Hier steckt ein Geheimnis – heraus! Sprich! Ich will alles wissen.

DIE STIMME *aus dem Schloß.* Weh! Weh! Bist dus, Hermann, der da redet? Mit wem redst du, Hermann?

MOOR. Drunten noch jemand – Was geht hier vor? *Läuft dem Turme zu.* Ists ein Gefangener, den die Menschen abschüttelten – Ich will seine Ketten lösen. – Stimme! noch einmal! Wo ist die Türe?

HERMANN. O, habt Barmherzigkeit, Herr – dringt nicht weiter, Herr – geht aus Erbarmen vorüber. *Verrennt[805] ihm den Weg.*

MOOR. Vierfach geschlossen! – Weg da – Es muß heraus – Itzt zum ersten Mal komm mir zu Hülfe, Dieberei! *Er nimmt Brechinstrumente und öffnet das Gittertor. Aus dem Grunde steigt ein Alter, ausgemergelt[806] wie ein Gerippe.*

DER ALTE. Erbarmen einem Elenden! Erbarmen!

MOOR *springt erschrocken zurück.* Das ist meines Vaters Stimme!

---

802 mein Rabe: vgl. Heilige Schrift, 1. Buch der Könige 17, 4–6. Der Prophet Elias wird hierin von Raben versorgt: »Und du sollst aus dem Bach trinken und ich habe den Raben geboten, dass sie dich dort versorgen sollen. Er aber ging hin und tat nach dem Wort des *Herrn* und setzte sich nieder am Bach Krit, der zum Jordan fließt. Und die Raben brachten ihm Brot und Fleisch des Morgens und des Abends und er trank aus dem Bach.«

803 trillern: im Schwäbischen für *pfeifen*

804 Rabensender: Gott sandte Elias die Raben

805 Verrennt: *versperrt*

806 ausgemergelt: *ausgezehrt*

DER ALTE MOOR. Habe Dank, o Gott! Erschienen ist die Stunde der Erlösung.

MOOR. Geist des alten Moors! Was hat dich beunruhigt in deinem Grab? Hast du eine Sünde in jene Welt geschleppt, die dir den Eingang in die Pforten des Paradieses verrammelt? Ich will Messen lesen lassen, den irrenden Geist in seine Heimat zu senden. Hast du das Gold der Witwen und Waisen unter die Erde vergraben, das dich zu dieser mitternächtlichen Stunde heulend herumtreibt, ich will den unterirdischen Schatz aus den Klauen des Zauberdrachen reißen, und wenn er tausend rote Flammen auf mich speit, und seine spitzen Zähne gegen meinen Degen bleckt, oder kommst du, auf meine Fragen die Rätsel der Ewigkeit zu entfalten? Rede, rede! ich bin der Mann der bleichen Furcht nicht.

DER ALTE MOOR. Ich bin kein Geist. Taste mich an, ich lebe, oh ein elendes erbärmliches Leben!

MOOR. Was? Du bist nicht begraben worden?

DER ALTE MOOR. Ich bin begraben worden – das heißt: ein toter Hund liegt in meiner Väter Gruft; und ich – drei volle Monde[807] schmacht ich schon in diesem finstern unterirdischen Gewölbe, von keinem Strahle beschienen, von keinem warmen Lüftchen angeweht, von keinem Freunde besucht, wo wilde Raben krächzen, und mitternächtliche Uhus heulen –

MOOR. Himmel und Erde! Wer hat das getan?

DER ALTE MOOR. Verfluch ihn nicht! – Das hat mein Sohn Franz getan.

MOOR. Franz? Franz? Oh ewiges Chaos!

DER ALTE MOOR. Wenn du ein Mensch bist, und ein menschliches Herz hast, Erlöser, den ich nicht kenne, o so höre den Jammer eines Vaters, den ihm seine Söhne bereitet haben – drei Monden schon hab ichs tauben Felsenwänden zugewinselt, aber ein hohler Widerhall äffte meine Klagen nur nach. Darum, wenn du ein Mensch bist, und ein menschliches Herz hast –

MOOR. Diese Aufforderung könnte die wilden Bestien aus ihren Löchern hervorrufen!

DER ALTE MOOR. Ich lag eben auf dem Siechbett[808], hatte kaum angefangen, aus einer schweren Krankheit etwas Kräfte zu sammeln, so führte man einen Mann zu mir, der vorgab, mein Erstgeborner sei gestorben in der Schlacht, und mit sich brachte ein Schwert, gefärbt mit seinem Blut, und sein letztes Lebewohl, und daß ihn mein Fluch gejagt hätte in Kampf und Tod und Verzweiflung.

MOOR *heftig von ihm abgewandt.* Es ist offenbar!

DER ALTE MOOR. Höre weiter! Ich ward unmächtig[809] bei der Botschaft. Man muß mich für tot gehalten haben, denn als ich wieder zu mir selber kam, lag ich schon in der Bahre[810], und ins Leichentuch gewickelt wie ein Toter. Ich kratzte an dem Deckel der Bahre. Er ward aufgetan. Es war finstere Nacht, mein Sohn Franz stand vor mir, – Was? rief er mit entsetzlicher Stimme, willst du dann ewig leben? – und gleich flog der Sargdeckel wieder zu. Der Donner dieser Worte hatte mich meiner Sinne beraubt, als ich wieder erwachte, fühlt ich den Sarg erhoben und fortgeführt in einem Wagen eine halbe Stunde lang. Endlich ward er geöffnet – ich stand am Eingang dieses Gewölbes, mein Sohn vor mir, und der Mann, der mir das blutige Schwert von Karln gebracht hatte – zehnmal umfaßt ich seine Knie, und bat und flehte, und

807 Monde: *Monate*

808 Siechbett: *Krankenbett*

809 unmächtig: *ohnmächtig*

810 Bahre: auch für *Sarg*

umfaßte sie und beschwur – das Flehen seines Vaters reichte nicht an sein Herz – Hinab mit dem Balg! donnerte es von seinem Munde, er hat genug gelebt, und hinab ward ich gestoßen ohn Erbarmen, und mein Sohn Franz schloß hinter mir zu.

MOOR. Es ist nicht möglich, nicht möglich! Ihr müßt Euch geirrt haben.

DER ALTE MOOR. Ich kann mich geirrt haben. Höre weiter, aber zürne doch nicht! So lag ich zwanzig Stunden, und kein Mensch gedachte meiner Not. Auch hat keines Menschen Fußtritt je diese Einöde betreten, denn die allgemeine Sage geht, daß die Gespenster meiner Väter in diesen Ruinen rasselnde Ketten schleifen, und in mitternächtlicher Stunde ihr Totenlied raunen. Endlich hört ich die Tür wieder aufgehen, dieser Mann brachte mir Brot und Wasser, und entdeckte mir, wie ich zum Tod des Hungers verurteilt gewesen, und wie er sein Leben in Gefahr setze, wenn es herauskäm, daß er mich speise. So ward ich kümmerlich erhalten diese lange Zeit, aber der unaufhörliche Frost – die faule Luft meines Unrats, – der grenzenlose Kummer – meine Kräfte wichen, mein Leib schwand, tausendmal bat ich Gott mit Tränen um den Tod, aber das Maß meiner Strafe muß noch nicht gefüllet sein – oder muß noch irgend eine Freude meiner warten, daß ich so wunderbarlich erhalten bin. Aber ich leide gerecht. – Mein Karl! Mein Karl! – und er hatte noch keine graue Haare.

MOOR. Es ist genug! Auf! ihr Klötze, ihr Eisklumpen! Ihr trägen, fühllosen Schläfer! Auf! will keiner erwachen? *Er tut einen Pistolschuß über die schlafenden Räuber.*

DIE RÄUBER *aufgejagt.* He, holla! holla! was gibts da?

MOOR. Hat euch die Geschichte nicht aus dem Schlummer gerüttelt? Der ewige Schlaf würde wach worden sein! Schaut her! schaut her! Die Gesetze der Welt sind Würfelspiel worden, das Band der Natur ist entzwei, die alte Zwietracht ist los, der Sohn hat seinen Vater erschlagen.

DIE RÄUBER. Was sagt der Hauptmann?

MOOR. Nein, nicht erschlagen! das Wort ist Beschönigung! – der Sohn hat den Vater tausendmal gerädert, gespießt, gefoltert, geschunden! die Worte sind mir zu menschlich – worüber die Sünde rot wird, worüber der Kannibale schaudert, worauf seit Äonen[811] kein Teufel gekommen ist. – Der Sohn hat seinen eigenen Vater – oh seht her, seht her! er ist in Unmacht[812] gesunken, – in dieses Gewölbe hat der Sohn seinen Vater – Frost, – Blöße, – Hunger, Durst – oh seht doch, seht doch! – es ist mein eigner Vater, ich wills nur gestehn.

DIE RÄUBER *springen herbei und umringen den Alten.* Dein Vater? dein Vater?

SCHWEIZER *tritt ehrerbietig näher, fällt vor ihm nieder.* Vater meines Hauptmanns! Ich küsse dir die Füße! du hast über meinen Dolch zu befehlen.

MOOR. Rache, Rache, Rache dir! grimmig beleidigter, entheiligter Greis! So zerreiß ich von nun an auf ewig das brüderliche Band! *Er zerreißt sein Kleid von oben bis unten.* So verfluch ich jeden Tropfen brüderlichen Bluts im Antlitz des offenen Himmels! Höre mich Mond und Gestirne! Höre mich mitternächtlicher Himmel! der du auf die Schandtat herunterblicktest! Höre mich dreimal schröcklicher Gott, der da oben über dem Monde waltet, und rächt und verdammt über den Sternen, und feuerflammt über der Nacht! Hier knie ich – hier streck ich empor die drei Finger in die Schauer der Nacht – hier schwör ich, und so speie die Natur mich aus ihren Grenzen wie eine bösartige Bestie aus, wenn ich diesen Schwur verletze,

811 Äonen: aus dem Griech. für *Ewigkeiten, Zeitalter*

812 Unmacht: *Ohnmacht*

schwör ich, das Licht des Tages nicht mehr zu grüßen, bis des Vatermörders Blut, vor diesem Steine verschüttet, gegen die Sonne dampft. *Er steht auf.*

DIE RÄUBER. Es ist ein Belialsstreich[813]! Sag einer, wir seien Schelmen! Nein bei allen Drachen! So bunt haben wirs nie gemacht!

MOOR. Ja! und bei allen schröcklichen Seufzern derer, die jemals durch eure Dolche sturben[814], derer, die meine Flamme fraß und mein fallender Turm zermalmte, – eh soll kein Gedanke von Mord oder Raub Platz finden in eurer Brust, bis euer aller Kleider von des Verruchten Blute scharlachrot gezeichnet sind – das hat euch wohl niemals geträumet, daß ihr der Arm höherer Majestäten seid? der verworrene Knäul unsers Schicksals ist aufgelöst! Heute, heute hat eine unsichtbare Macht unser Handwerk geadelt! Betet an vor dem, der euch dies erhabene Los gesprochen, der euch hieher geführt, der euch gewürdiget hat, die schröckliche Engel seines finstern Gerichtes zu sein! Entblößet eure Häupter! Kniet hin in den Staub, und stehet geheiliget auf! *Sie knien.*

SCHWEIZER. Gebeut[815], Hauptmann! was sollen wir tun?

MOOR. Steh auf, Schweizer! und rühre diese heilige Locken an. *Er führt ihn zu seinem Vater und gibt ihm eine Locke in die Hand.* Du weißt noch, wie du einsmals jenem böhmischen Reuter den Kopf spaltetest, da er eben den Säbel über mich zuckte, und ich atemlos und erschöpft von der Arbeit in die Knie gesunken war? Dazumal verhieß ich dir eine Belohnung, die königlich wäre, ich konnte diese Schuld bisher niemals bezahlen –

SCHWEIZER. Das schwurst du mir, es ist wahr, aber laß mich dich ewig meinen Schuldner nennen!

MOOR. Nein, itzt will ich bezahlen. Schweizer, so ist noch kein Sterblicher geehrt worden wie du! – Räche meinen Vater! *Schweizer steht auf.*

SCHWEIZER. Großer Hauptmann! Heut hast du mich zum ersten Mal stolz gemacht! – Gebeut, wo, wie, wann soll ich ihn schlagen[816]?

MOOR. Die Minuten sind geweiht, du mußt eilends gehn – lies dir die Würdigsten aus der Bande, und führe sie gerade nach des Edelmanns Schloß! zerr ihn aus dem Bette, wenn er schläft, oder in den Armen der Wollust liegt, schlepp ihn vom Mahle weg, wenn er besoffen ist, reiß ihn vom Kruzifix, wenn er betend vor ihm auf den Knien liegt! Aber ich sage dir, ich schärf es dir hart ein, liefr' ihn mir nicht tot! dessen Fleisch will ich in Stücken reißen, und hungrigen Geiern zur Speise geben, der ihm nur die Haut ritzt oder ein Haar kränkt! Ganz muß ich ihn haben, und wenn du ihn ganz und lebendig bringst, so sollst du eine Million zur Belohnung haben, ich will sie einem Könige mit Gefahr meines Lebens stehlen, und du sollst frei ausgehn, wie die weite Luft – Hast du mich verstanden, so eile davon!

SCHWEIZER. Genug, Hauptmann – Hier hast du meine Hand darauf: Entweder, du siehst zwei zurückkommen, oder gar keinen. Schweizers Würgengel[817], kommt! *Ab mit einem Geschwader*[818].

MOOR. Ihr übrigen zerstreut euch im Wald – Ich bleibe.

813 Belialsstreich: *Teufelsstreich*; Belial ist ein weiterer Name für den Teufel, vgl. 2. Buch der Korinther 6, 15.

814 sturben: *starben*

815 Gebeut: *gebietet, befehlt*

816 schlagen: *töten*

817 Würgengel: *Todesengel*

818 Geschwader: eine kleine Gruppe von Reitern

Fünfter Akt

Erste Szene

Aussicht von vielen Zimmern. Finstre Nacht. Daniel kommt mit einer Laterne und einem Reisebündel.

DANIEL. Lebe wohl, teures Mutterhaus – Hab so manch Guts und Liebs in dir genossen, da der Herr seliger noch lebete – Tränen auf deine Gebeine, du lange Verfaulter! Das verlangt er von einem alten Knecht – es war das Obdach der Waisen, und der Port[819] der Verlassenen, und dieser Sohn hats gemacht zur Mördergrube – Lebe wohl du guter Boden! wie oft hat der alte Daniel dich abgefegt – Lebe wohl, du lieber Ofen, der alte Daniel nimmt schweren Abschied von dir – es war dir alles so vertraut worden – wird dir weh tun, alter Elieser[820] – Aber Gott bewahre mich in Gnaden vor dem Trug und List des Argen – Leer kam ich hieher – leer zieh ich wieder hin – aber meine Seele ist gerettet.

Wie er gehen will, kömmt Franz im Schlafrock hereingestürzt.

DANIEL. Gott steh mir bei! Mein Herr! *Löscht die Laterne aus.*

FRANZ. Verraten! Verraten! Geister ausgespien aus Gräbern – Losgerüttelt das Totenreich aus dem ewigen Schlaf brüllt wider mich Mörder! Mörder! – wer regt sich da?

DANIEL *ängstlich.* Hilf, heilige Mutter Gottes! Seid Ihrs, gestrenger Herre, der so gräßlich durch die Gewölbe schreit, daß alle Schläfer auffahren?

FRANZ. Schläfer? Wer heißt euch schlafen? Fort, zünde Licht an! *Daniel ab, es kommt ein andrer Bedienter.* Es soll niemand schlafen in dieser Stunde. Hörst du? Alles soll auf sein – in Waffen – alle Gewehre geladen – Sahst du sie dort den Bogengang hinschweben?

BEDIENTER. Wen, gnädiger Herr?

FRANZ. Wen, Dummkopf, wen? So kalt, so leer fragst du, wen? hat michs doch angepackt wie der Schwindel! Wen, Eselskopf! wen? Geister und Teufel! wie weit ists in der Nacht?

BEDIENTER. Eben itzt ruft der Nachtwächter Zwei an.

FRANZ. Was? will diese Nacht währen bis an den Jüngsten Tag? hörtest du keinen Tumult in der Nähe? Kein Siegsgeschrei? Kein Geräusch galoppierender Pferde? wo ist Kar – der Graf, will ich sagen?

BEDIENTER. Ich weiß nicht, mein Gebieter.

FRANZ. Du weißts nicht? Du bist auch unter der Rotte? Ich will dir das Herz aus den Rippen stampfen! mit deinem verfluchten: Ich weiß nicht! Fort, hole den Pastor!

BEDIENTER. Gnädiger Herr!

---

819 Port: französ. für *Hafen*

820 Elieser: *Elieser von Damaskus*, Abrahams Haussklave, vgl. 1. Buch Mose 15, 2

FRANZ. Murrst du? zögerst du? *Erster Bedienter eilend ab.* Was? auch Bettler wider mich verschworen? Himmel, Hölle! alles wider mich verschworen?

DANIEL *kommt mit dem Licht.* Mein Gebieter –

FRANZ. Nein! ich zittere nicht! Es war ledig ein Traum. Die Toten stehen noch nicht auf – wer sagt, daß ich zittere und bleich bin? Es ist mir ja so leicht, so wohl.

DANIEL. Ihr seid totenbleich, Eure Stimme ist bang und lallet.

FRANZ. Ich habe das Fieber. Sage du nur, wenn der Pastor kommt, ich habe das Fieber. Ich will morgen zur Ader lassen[821], sage dem Pastor.

DANIEL. Befehlt Ihr, daß ich Euch Lebensbalsam[822] auf Zucker tröpfle?

FRANZ. Tröpfle mir auf Zucker! der Pastor wird nicht sogleich da sein. Meine Stimme ist bang und lallet, gib Lebensbalsam auf Zucker!

DANIEL. Gebt mir erst die Schlüssel, ich will drunten holen im Schrank –

FRANZ. Nein, nein, nein! Bleib! oder ich will mit dir gehn. Du siehst, ich kann nicht allein sein! Wie leicht könnt ich, du siehst ja – unmächtig – wenn ich allein bin. Laß nur, laß nur! Es wird vorübergehen, du bleibst.

DANIEL. Oh ihr seid ernstlich krank.

FRANZ. Ja freilich, freilich! das ist alles. – Und Krankheit verstöret das Gehirn, und brütet tolle und wunderliche Träume aus – Träume bedeuten nichts – nicht wahr, Daniel? Träume kommen ja aus dem Bauch, und Träume bedeuten nichts – ich hatte soeben einen lustigen Traum. *Er sinkt unmächtig nieder.*

DANIEL. Jesus Christus! was ist das? Georg! Konrad! Bastian! Martin! so gebt doch nur eine Urkund[823] von Euch! *Rüttelt ihn.* Maria, Magdalena und Joseph! so nimmt doch nur Vernunft an! So wirds heißen, ich hab ihn tot gemacht, Gott erbarme sich meiner!

FRANZ *verwirrt.* Weg – weg! was rüttelst du mich so, scheußliches Totengeripp? – die Toten stehen noch nicht auf –

DANIEL. O du ewige Güte! Er hat den Verstand verloren.

FRANZ *richtet sich matt auf.* Wo bin ich? – du Daniel? was hab ich gesagt? merke[824] nicht drauf! ich hab eine Lüge gesagt, es sei was es wolle – komm! hilf mir auf! – es ist nur ein Anstoß[825] von Schwindel – weil ich – weil ich – nicht ausgeschlafen habe.

DANIEL. Wär nur der Johann da! Ich will Hülfe rufen, ich will nach Ärzten rufen.

FRANZ. Bleib! setz dich neben mich auf diesen Sofa – so – du bist ein gescheuter[826] Mann, ein guter Mann. Laß dir erzählen!

DANIEL. Itzt nicht, ein ander Mal! Ich will Euch zu Bette bringen, Ruhe ist Euch besser.

FRANZ. Nein, ich bitte dich, laß dir erzählen, und lache mich derb aus! – Siehe mir deuchte, ich hätte ein königlich Mahl gehalten, und mein Herz wär guter Dinge, und ich läge be-

---

821 zur Ader lassen: *Aderlass*; Der Aderlass ist ein seit der Antike bekanntes und bis ins 19. Jahrhundert angewandtes Heilverfahren. Hierbei wird dem Patienten eine teils erhebliche Menge Blut entnommen, um den Kreislauf zu entlasten. (Heute weiß man, dass der Aderlass kaum eine positive Wirkung auf Krankheitssymptome hat.)

822 Lebensbalsam: *heilende Tropfen*

823 eine Urkund: *ein Zeichen*

824 merke: *achte*

825 Anstoß: *Anfall*

826 gescheuter: *gescheiter*

rauscht im Rasen des Schloßgartens, und plötzlich – es war zur Stunde des Mittags – plötzlich, aber ich sage dir, lache mich derb aus! –

DANIEL. Plötzlich?

FRANZ. Plötzlich traf ein ungeheurer Donner mein schlummerndes Ohr, ich taumelte bebend auf, und siehe, da war mirs, als säh ich aufflammen den ganzen Horizont in feuriger Lohe[827], und Berge und Städte und Wälder, wie Wachs im Ofen zerschmolzen, und eine heulende Windsbraut[828] fegte von hinnen Meer, Himmel und Erde – da erscholls wie aus ehernen Posaunen: Erde, gib deine Toten, gib deine Toten, Meer! und das nackte Gefild begonn zu kreißen[829], und aufzuwerfen[830] Schädel und Rippen und Kinnbacken und Beine, die sich zusammenzogen in menschliche Leiber, und daherströmten unübersehlich, ein lebendiger Sturm: Damals sah ich aufwärts, und siehe, ich stand am Fuß des donnernden Sina[831], und über mir Gewimmel und unter mir, und oben auf der Höhe des Bergs auf drei rauchenden Stühlen drei Männer, vor deren Blick flohe die Kreatur –

DANIEL. Das ist ja das leibhaft Konterfei vom Jüngsten Tage.

FRANZ. Nicht wahr? das ist tolles Gezeuge[832]? – Da trat hervor Einer, anzusehen wie die Sternennacht, der hatte in seiner Hand einen eisernen Siegelring, den hielt er zwischen Aufgang und Niedergang[833] und sprach: Ewig, heilig, gerecht, unverfälschbar! Es ist nur e i n e Wahrheit, es ist nur e i n e Tugend! Wehe, wehe, wehe dem zweifelnden Wurme! – da trat hervor ein Zweiter, der hatte in seiner Hand einen blitzenden Spiegel, den hielt er zwischen Aufgang und Niedergang und sprach: Dieser Spiegel ist Wahrheit; Heuchelei und Larven[834] bestehen nicht – da erschrak ich und alles Volk, denn wir sahen Schlangen- und Tiger- und Leopardengesichter zurückgeworfen aus dem entsetzlichen Spiegel. – Da trat hervor ein Dritter, der hatte in seiner Hand eine eherne Waage, die hielt er zwischen Aufgang und Niedergang und sprach: tretet herzu, ihr Kinder von Adam – ich wäge die Gedanken in der Schale meines Zornes! und die Werke mit dem Gewicht meines Grimms! –

DANIEL. Gott erbarme sich meiner!

FRANZ. Schneebleich stunden alle, ängstlich klopfte die Erwartung in jeglicher Brust. Da war mirs, als hört ich meinen Namen zuerst genannt aus den Wettern des Berges, und mein innerstes Mark gefror in mir, und meine Zähne klapperten laut. Schnell begonn die Waage zu klingen, zu donnern der Fels, und die Stunden zogen vorüber, eine nach der andern an der links hangenden Schale, und eine nach der andern warf eine T o d s ü n d e hinein –

DANIEL. O Gott vergeb Euch!

FRANZ. Das tat er nicht! – die Schale wuchs zu einem Gebirge, aber die andere, voll vom Blut der Versöhnung[835] hielt sie noch immer hoch in den Lüften – zuletzt kam ein alter Mann, schwer gebeuget von Gram, angebissen den Arm von wütendem Hunger, aller Augen

---

827 Lohe: *Flamme*

828 Windsbraut: altes Wort für *Sturm*

829 kreißen: *gebären*

830 aufzuwerfen: *auszuwerfen*

831 Sina: *Sinai*; Gott übergab auf diesem Berg die zehn Gebote an Mose.

832 tolles Gezeuge: *verrücktes Zeug, Werkzeug*

833 zwischen Aufgang und Niedergang: *der Sonne* (zu ergänzen)

834 Larven: *Masken, Maskeraden*

835 Blut der Versöhnung: das Blut, das Jesus am Kreuz vergoss

wandten sich scheu vor dem Mann, ich kannte den Mann, er schnitt eine Locke von seinem silbernen Haupthaar, warf sie hinein in die Schale der Sünden, und siehe, sie sank, sank plötzlich zum Abgrund, und die Schale der Versöhnung flatterte hoch auf! – Da hört ich eine Stimme schallen aus dem Rauche des Felsen: Gnade, Gnade jedem Sünder der Erde und des Abgrunds! du allein bist verworfen! – *Tiefe Pause.* Nun, warum lachst du nicht?

DANIEL. Kann ich lachen, wenn mir die Haut schaudert? Träume kommen von Gott.

FRANZ. Pfui doch, pfui doch! sage das nicht! Heiß mich einen Narren, einen aberwitzigen, abgeschmackten[836] Narren! Tu das, lieber Daniel, ich bitte dich drum, spotte mich tüchtig aus!

DANIEL. Träume kommen von Gott. Ich will für Euch beten.

FRANZ. Du lügst, sag ich – geh den Augenblick, lauf, spring, sieh, wo der Pastor bleibt, heiß ihn eilen, eilen, aber ich sage dir, du lügst.

DANIEL *im Abgehn.* Gott sei Euch gnädig!

FRANZ. Pöbelweisheit, Pöbelfurcht! – Es ist ja noch nicht ausgemacht, ob das Vergangene nicht vergangen ist, oder ein Auge findet über den Sternen – hum, hum! wer raunte mir das ein? Rächet denn droben über den Sternen einer? – Nein, nein! – Ja, ja! Fürchterlich zischelts um mich: Richtet droben einer über den Sternen! Entgegengehen dem Rächer über den Sternen diese Nacht noch! Nein! sag ich – Elender Schlupfwinkel, hinter den sich deine Feigheit verstecken will – öd, einsam, taub ists droben über den Sternen – wenns aber doch etwas mehr wäre? Nein, nein, es ist nicht! Ich befehle, es ist nicht! Wenns aber doch wäre? Weh dir, wenns nachgezählt worden wäre! wenns dir vorgezählt würde diese Nacht noch! – Warum schaudert mirs so durch die Knochen? Sterben! warum packt mich das Wort so? Rechenschaft geben dem Rächer droben über den Sternen – und wenn er gerecht ist, Waisen und Witwen, Unterdrückte, Geplagte heulen zu ihm auf, und wenn er gerecht ist? – warum haben sie gelitten, warum hast du über sie triumphieret? –

Pastor Moser tritt auf.

MOSER. Ihr ließt mich holen, gnädiger Herr. Ich erstaune. Das erste Mal in meinem Leben! Habt Ihr im Sinn, über die Religion zu spotten, oder fangt Ihr an, vor ihr zu zittern?

FRANZ. Spotten oder zittern, je nachdem du mir antwortest. – Höre, Moser, ich will dir zeigen, daß du ein Narr bist, oder die Welt fürn Narren halten willst, und du sollst mir antworten. Hörst du? Auf dein Leben sollst du mir antworten.

MOSER. Ihr fordert einen Höheren vor Euren Richterstuhl. Der Höhere wird Euch dermaleins[837] antworten.

FRANZ. Itzt will ichs wissen, itzt, diesen Augenblick, damit ich nicht die schändliche Torheit begehe, und im Drange der Not den Götzen des Pöbels anrufe, ich habs dir oft mit Hohnlachen beim Burgunder[838] zugesoffen: Es ist kein Gott! – Itzt red ich im Ernste mit dir, ich sage dir: es ist keiner! Du sollst mich mit allen Waffen widerlegen, die du in deiner Gewalt hast, aber ich blase sie weg mit dem Hauch meines Mundes.

MOSER. Wenn du auch eben so leicht den Donner wegblasen könntest, der mit zehntausendfachem Zentnergewicht auf deine stolze Seele fallen wird! dieser allwissende Gott, den du

836 abgeschmackten: *verfluchten*

837 dermaleins: *einmal*

838 Burgunder: eine Weinsorte

Tor und Bösewicht mitten aus seiner Schöpfung zernichtest[839], braucht sich nicht durch den Mund des Staubes zu rechtfertigen. Er ist ebenso groß in deinen Tyranneien, als irgend in einem Lächeln der siegenden Tugend.

FRANZ. Ungemein gut, Pfaffe! So gefällst du mir.

MOSER. Ich stehe hier in den Angelegenheiten eines größeren Herrn, und rede mit einem, der Wurm ist wie ich, dem ich nicht gefallen will. Freilich müßt ich Wunder tun können, wenn ich deiner halsstarrigen Bosheit das Geständnis abzwingen könnte, – aber wenn deine Überzeugung so fest ist? warum ließest du mich rufen, sage mir doch, warum ließest du mich in der Mitternacht rufen?

FRANZ. Weil ich Langeweile hab, und eben am Schachbrett keinen Geschmack finde. Ich will mir einen Spaß machen, mich mit Pfaffen herumzubeißen. Mit dem leeren Schrecken wirst du meinen Mut nicht entmannen. Ich weiß wohl, daß derjenige auf Ewigkeit hofft, der hier zu kurz gekommen ist: aber er wird garstig betrogen. Ich habs immer gelesen, daß unser Wesen nichts ist als Sprung des Geblüts, und mit dem letzten Blutstropfen zerrinnt auch Geist und Gedanke. Er macht alle Schwachheiten des Körpers mit, wird er nicht auch aufhören bei seiner Zerstörung? nicht bei seiner Fäulung verdampfen? Laß einen Wassertropfen in deinem Gehirne verirren, und dein Leben macht eine plötzliche Pause, die zunächst an das Nichtsein grenzt, und ihre Fortdauer ist der Tod. Empfindung ist Schwingung einiger Saiten, und das zerschlagene Klavier tönet nicht mehr. Wenn ich meine sieben Schlösser schleifen lasse[840], wenn ich diese Venus zerschlage, so ists Symmetrie und Schönheit gewesen. Siehe da! das ist eure unsterbliche Seele!

MOSER. Das ist die Philosophie Eurer Verzweiflung. Aber Euer eigenes Herz, das bei diesen Beweisen ängstlich bebend wider Eure Rippen schlägt, straft Euch Lügen. Diese Spinnweben von Systemen zerreißt das einzige Wort: Du mußt sterben! – ich fordere Euch auf, das soll die Probe sein, wenn Ihr im Tode annoch[841] feste steht, wenn Euch Eure Grundsätze auch da nicht im Stiche lassen, so sollt Ihr gewonnen haben; wenn Euch im Tode nur der mindeste Schauer anwandelt, weh Euch dann! Ihr habt Euch betrogen.

FRANZ *verwirrt.* Wenn mich im Tode ein Schauer anwandelt?

MOSER. Ich habe wohl mehr solche Elende gesehen, die bis hieher der Wahrheit Riesentrotz boten, aber im Tode selbst flattert die Täuschung dahin. Ich will an Eurem Bette stehn, wenn Ihr sterbet – ich möchte so gar gern einen Tyrannen sehen dahinfahren – ich will dabeistehn und Euch starr ins Auge fassen[842], wenn der Arzt Eure kalte, nasse Hand ergreift und den verloren schleichenden Puls[843] kaum mehr finden kann, und aufschaut, und mit jenem schröcklichen Achselzucken zu Euch spricht: menschliche Hilfe ist umsonst! Hütet Euch dann, o hütet Euch ja, daß Ihr da nicht ausseht wie Richard[844] und Nero[845]!

FRANZ. Nein, nein!

---

839 zernichtest: *vernichtest*

840 schleifen lasse: *abreißen lasse*

841 annoch: *noch*

842 ins Auge fassen: *ins Auge sehen*

843 verloren schleichenden Puls: hoffnungslos langsam schlagenden Pulsschlag

844 Richard: der tyrannische Richard III. in Shakespeares gleichnamiger Tragödie hat ebenfalls mit schwer nagenden Ängsten und Gewissensbissen zu kämpfen.

845 Nero: Der römische Kaiser wurde auf seinem Sterbebett von der Erinnerung an seine Übertaten heimgesucht.

MOSER. Auch dieses Nein wird dann zu einem heulenden Ja – ein innerer Tribunal[846], den Ihr nimmermehr durch skeptische Grübeleien bestechen könnt, wird itzo erwachen, und Gericht über Euch halten. Aber es wird ein Erwachen sein, wie des lebendig Begrabenen im Bauche des Kirchhofs, es wird ein Unwille sein wie des Selbstmörders, wenn er den tödlichen Streich[847] schon getan hat und bereut, es wird ein Blitz sein, der die Mitternacht Eures Lebens zumal überflammt, es wird ein Blick sein, und wenn Ihr da noch feste steht, so sollt Ihr gewonnen haben!

FRANZ *unruhig im Zimmer auf und ab gehend.* Pfaffengewäsche, Pfaffengewäsche!

MOSER. Itzt zum ersten Mal werden die Schwerter einer Ewigkeit durch Eure Seele schneiden, und itzt zum ersten Mal zu spät. – Der Gedanke Gott weckt einen fürchterlichen Nachbar auf, sein Name heißt Richter. Sehet, Moor, Ihr habt das Leben von Tausenden an der Spitze Eures Fingers[848], und von diesen Tausenden habt Ihr neunhundertneunundneunzig elend gemacht. Euch fehlt zu einem Nero nur das Römische Reich und nur Peru zu einem Pizarro[849]. Nun, glaubt Ihr wohl, Gott werde es zugeben, daß ein einziger Mensch in seiner Welt wie ein Wütrich hause, und das Oberste zu unterst kehre? Glaubt Ihr wohl, diese neunhundertundneunundneunzig seien nur zum Verderben, nur zu Puppen Eures satanischen Spieles da? Oh glaubt das nicht! Er wird jede Minute, die Ihr ihnen getötet, jede Freude, die Ihr ihnen vergiftet, jede Vollkommenheit, die Ihr ihnen versperret habt, von Euch fodern dereinst, und wenn Ihr darauf antwortet, Moor, so sollt Ihr gewonnen haben.

FRANZ. Nichts mehr, kein Wort mehr! Willst du, daß ich deinen schwarzlebrigen Grillen zu Gebot steh?

MOSER. Sehet zu, das Schicksal der Menschen stehet unter sich in fürchterlich schönem Gleichgewicht. Die Waagschale dieses Lebens sinkend wird hochsteigen in jenem, steigend in diesem wird in jenem zu Boden fallen. Aber was hier zeitliches Leiden war, wird dort ewiger Triumph, was hier endlicher Triumph war, wird dort ewige unendliche Verzweiflung.

FRANZ *wild auf ihn losgehend.* Daß dich der Donner stumm mache, Lügengeist du! Ich will dir die verfluchte Zunge aus dem Munde reißen!

MOSER. Fühlt Ihr die Last der Wahrheit so früh? Ich habe ja noch nichts von Beweisen gesagt. Laßt mich nur erst zu den Beweisen –

FRANZ. Schweig, geh in die Hölle mit deinen Beweisen! zernichtet wird die Seele, sag ich dir, und sollst mir nicht darauf antworten!

MOSER. Darum winseln auch die Geister des Abgrunds, aber der im Himmel schüttelt das Haupt. Meint Ihr, dem Arm des Vergelters im öden Reich des Nichts zu entlaufen? und führet Ihr gen Himmel, so ist er da[850]! und bettetet Ihr Euch in der Hölle, so ist er wieder da! und sprächet Ihr zu der Nacht: verhülle mich! und zu der Finsternis: birg mich!, so muß die Finsternis leuchten um Euch, und um den Verdammten die Mitternacht tagen – aber Euer unsterblicher Geist sträubt sich unter dem Wort, und siegt über den blinden Gedanken.

---

846 innerer Tribunal: gemeint ist *das Gewissen*

847 Streich: *Schlag, Hieb*

848 Spitze Eures Fingers: *als Marionettenspieler*

849 Pizarro: Der spanische Feldherr Franzisco Pizarro (1470–1541) eroberte Peru und wurde dessen Herrscher.

850 führet Ihr gen Himmel, so ist er da ...: vgl. hierzu Psalm 139, 8–12

FRANZ. Ich will aber nicht unsterblich sein – sei es, wer da will, ich wills nicht hindern. Ich will ihn zwingen, daß er mich zernichte, ich will ihn zur Wut reizen, daß er mich in der Wut zernichte. Sag mir, was ist die größte Sünde, und die ihn am grimmigsten auf bringt?

MOSER. Ich kenne nur zwo. Aber sie werden nicht von M e n s c h e n begangen, auch ahnden[851] sie M e n s c h e n nicht.

FRANZ. Diese zwo! –

MOSER *sehr bedeutend.* V a t e r m o r d heißt die eine, B r u d e r m o r d die andere – Was macht Euch auf einmal so bleich?

FRANZ. Was, Alter? Stehst du mit dem Himmel oder mit der Hölle im Bündnis? Wer hat dir das gesagt?

MOSER. Wehe dem, der sie beide auf dem Herzen hat! Ihm wäre besser, daß er nie geboren wäre! Aber seid ruhig, Ihr habt weder Vater noch Bruder mehr!

FRANZ. H a ! – was, du kennst keine drüber? Besinne dich nochmals – Tod, Himmel, Ewigkeit, Verdammnis schwebt auf dem Laut deines Mundes – keine einzige drüber?

MOSER. Keine einzige drüber.

FRANZ *fällt in einen Stuhl.* Zernichtung[852]! Zernichtung!

MOSER. Freut Euch, freut Euch doch! preist Euch doch glücklich! – Bei allen Euren Greueln seid Ihr noch ein Heiliger gegen den Vatermörder. Der Fluch, der Euch trifft, ist gegen den, der auf diesen lauert, ein Gesang der Liebe – die Vergeltung –

FRANZ *aufgesprungen.* Geh in tausend Grüfte, du Eule! wer hieß dich hieher kommen? Geh, sag ich, oder ich stoß dich durch und durch!

MOSER. Kann das Pfaffengewäsche so einen Philosophen in Harnisch jagen? Blast es doch weg mit dem Hauch Eures Mundes! *Geht ab.*

FRANZ *wirft sich in seinem Sessel herum in schröcklichen Bewegungen. Tiefe Pause.*

Ein Bedienter eilig.

BEDIENTER. Amalia ist entsprungen, der Graf ist plötzlich verschwunden.

Daniel kommt ängstlich.

DANIEL. Gnädiger Herr, jagt ein Trupp feuriger Reuter[853] die Staig[854] herab, schreien Mordjo[855], Mordjo! – das ganze Dorf in Alarm.

FRANZ. Geh, laß alle Glocken zusammen läuten, alles soll in die Kirche – auf die Knie fallen alles – beten für mich – alle Gefangne sollen los sein und ledig[856], ich will den Armen alles doppelt und dreifach wiedergeben, ich will – so geh doch – so ruf doch den Beichtvater, daß er mir meine Sünden hinwegsegne – bist du noch nicht fort? *Das Getümmel wird hörbarer.*

---

851 ahnden: *sühnen*

852 Zernichtung: *Vernichtung*

853 feuriger Reuter: *Reiter mit Fackeln*

854 Staig: im Schwäbischen für eine *steigende Straße*

855 Mordjo: Ausruf für *Mord*

856 ledig: *frei*

DANIEL. Gott verzeih mir meine schwere Sünde! Wie soll ich das wieder reimen? Ihr habt ja immer das liebe Gebet über alle Häuser hinausgeworfen[857], habt mir so manche Postill[858] und Bibelbuch an den Kopf gejagt, wenn Ihr mich ob dem Beten ertapptet –

FRANZ. Nichts mehr davon – Sterben! siehst du? Sterben? – Es wird zu spät. *Man hört Schweizern toben.* Bete doch! bete!

DANIEL. Ich sagts Euch immer – Ihr verachtet das liebe Gebet so – aber gebt acht, gebt acht! wenn die Not an Mann geht, wenn Euch das Wasser an die Seele geht, Ihr werdet alle Schätze der Welt um ein christliches Seufzerlein geben – Seht Ihrs? Ihr verschimpftet[859] mich! Da habt Ihrs nun! Seht Ihrs?

FRANZ *umarmt ihn ungestüm.* Verzeih, lieber, goldner Perlendaniel, verzeih – ich will dich kleiden von Fuß auf – so bet doch – ich will dich zum Hochzeiter[860] machen – ich will – so bet doch – ich beschwöre dich – auf den Knien beschwör ich dich – ins T-ls[861] Namen! so bet doch! *Tumult auf den Straßen, Geschrei, Gepolter.*

SCHWEIZER *auf der Gasse.* Stürmt! Schlagt tot! Brecht ein! Ich sehe Licht! dort muß er sein.

FRANZ *auf den Knien.* Höre mich beten, Gott im Himmel! – Es ist das erste Mal – soll auch gewiß nimmer geschehen – erhöre mich, Gott im Himmel!

DANIEL. Mein doch[862]! Was treibt Ihr? Das ist ja gottlos gebetet.

Volksauflauf.

VOLK. Diebe! Mörder! wer lärmt so gräßlich in dieser Mitternachtsstunde?

SCHWEIZER *immer auf der Gasse.* Schlag sie zurück, Kamerad – der Teufel ists und will euren Herrn holen – wo ist der Schwarz mit seinen Haufen? – Postier dich ums Schloß, Grimm – Lauf Sturm wider die Ringmauer!

GRIMM. Holt ihr Feuerbrände – wir hinauf oder er herunter – Ich will Feuer in seine Säle schmeißen.

FRANZ *betet.* Ich bin kein gemeiner Mörder gewesen, mein Herrgott – hab mich nie mit Kleinigkeiten abgegeben, mein Herrgott –

DANIEL. Gott sei uns gnädig! Auch seine Gebete werden zu Sünden. *Es fliegen Steine und Feuerbrände. Die Scheiben fallen. Das Schloß brennt.*

FRANZ. Ich kann nicht beten – hier hier! *Auf Brust und Stirn schlagend.* alles so öd – so verdorret. *Steht auf.* Nein ich will auch nicht beten – diesen Sieg soll der Himmel nicht haben, diesen Spott mir nicht antun die Hölle –

DANIEL. Jesus Maria! Helft – rettet – das ganze Schloß steht in Flammen!

FRANZ. Hier nimm diesen Degen. Hurtig. Jag mir ihn hinterrücks in den Bauch, daß nicht diese Buben kommen und treiben ihren Spott aus mir[863]. *Das Feuer nimmt überhand.*

DANIEL. Bewahre! Bewahre! Ich mag niemand zu früh in den Himmel fördern, viel weniger zu früh – *Er entrinnt.*

857 hinausgeworfen: *geleugnet*

858 Postill: Sammlung von Predigten

859 verschimpftet. im Schwäbischen für *beschimpfen*

860 Hochzeiter: *Bräutigam*

861 T-ls: *Teufels*

862 Mein doch: Ausruf der Verwunderung

863 aus mir: *mit mir*

FRANZ *ihm graß*[864] *nachstierend, nach einer Pause.* In die Hölle, wolltest du sagen? – Wirklich! ich wittere so etwas – *Wahnsinnig.* Sind das ihr hellen Triller[865]? Hör ich euch zischen, ihr Nattern des Abgrunds? – Sie dringen herauf – belagern die Türe – warum zag ich so vor dieser bohrenden Spitze? – Die Türe kracht – stürzt – unentrinnbar! – Ha! so erbarm du dich meiner! *Er reißt seine goldene Hutschnur ab und erdrosselt sich.*

Schweizer mit seinen Leuten.

SCHWEIZER, Mordkanaille, wo bist du? – Saht ihr, wie sie flohen? – hat er so wenig Freunde? – Wohin hat sich die Bestie verkrochen?

GRIMM *stößt an die Leiche.* Halt, was liegt hier im Weg? Zündet[866] hieher –

SCHWARZ. Er hat das Prävenire gespielt[867]. Steckt eure Schwerter ein, hier liegt er wie eine Katze verreckt.

SCHWEIZER. Tot! was? tot? ohne mich tot – Erlogen, sag ich. Gebt acht, wie hurtig er auf die Beine springt! – *Rüttelt ihn.* Heh du! Es gibt einen Vater zu ermorden.

GRIMM. Gib dir keine Müh. Er ist maustot.

SCHWEIZER *tritt von ihm weg.* Ja! Er freut sich nicht – Er ist maustot – Gehet zurück und saget meinem Hauptmann: Er ist maustot[868] – mich sieht er nicht wieder. *Schießt sich vor die Stirn.*

Zweite Szene

Der Schauplatz wie in der letzten Szene des vorigen Akts. Der alte Moor auf einem Stein sitzend. Räuber Moor gegenüber. Räuber hin und her im Wald.

RÄUBER MOOR. Er kommt noch nicht? *Schlägt mit dem Dolch auf einen Stein, daß es Funken gibt.*

DER ALTE MOOR. Verzeihung sei seine Strafe – mein Rache verdoppelte Liebe.

RÄUBER MOOR. Nein, bei meiner grimmigen Seele. Das soll nicht sein. Ich wills nicht haben. Die große Schandtat soll er mit sich in die Ewigkeit hinüber schleppen! – Wofür hab ich ihn dann umgebracht?

DER ALTE MOOR *in Tränen ausbrechend.* O mein Kind!

RÄUBER MOOR. Was? – Du weinst um ihn – an diesem Turme?

DER ALTE MOOR. Erbarmung! o Erbarmung! *Heftig die Hände ringend.* Itzt – itzt wird mein Kind gerichtet!

RÄUBER MOOR *erschrocken.* Welches?

DER ALTE MOOR. Ha! was ist das für eine Frage?

---

864 graß: im Schwäbischen für *zornig, wütend*

865 Triller: im Schwäbischen für *Pfeifer*

866 Zündet: im Schwäbischen für *leuchtet*

867 Prävenire: aus dem Französ. für *das Zuvorkommen*

868 maustot: *mausetot*

RÄUBER MOOR. Nichts! Nichts!

DER ALTE MOOR. Bist du kommen[869], Hohngelächter anzustimmen über meinem Jammer?

RÄUBER MOOR. Verrätrisches Gewissen! – Merket nicht auf meine Rede.

DER ALTE MOOR. Ja ich hab einen Sohn gequält, und ein Sohn mußte mich wieder quälen, das ist Gottes Finger – o mein Karl! mein Karl! wenn du um mich schwebst im Gewand des Friedens. Vergib mir. Oh vergib mir!

RÄUBER MOOR *schnell.* Er vergibt Euch. *Betroffen.* Wenn ers wert ist, Euer Sohn zu heißen – Er muß Euch vergeben.

DER ALTE MOOR. Ha! Er war zu herrlich für mich – Aber ich will ihm entgegen mit meinen Tränen, meinen schlaflosen Nächten, meinen quälenden Träumen, seine Knie will ich umfassen – rufen – laut rufen: Ich hab gesündigt im Himmel und vor dir. Ich bin nicht wert, daß du mich Vater nennst.

RÄUBER MOOR *sehr gerührt.* Er war Euch lieb Euer andrer Sohn?

DER ALTE MOOR. Du weißt es, o Himmel. Warum ließ ich mich doch durch die Ränke eines bösen Sohnes betören? Ein gepriesener Vater ging ich einher unter den Vätern der Menschen. Schön um mich blühten meine Kinder voll Hoffnung. Aber – o der unglückseligen Stunde! – der böse Geist fuhr in das Herz meines zweiten, ich traute der Schlange – verloren meine Kinder beide. *Verhüllt sich das Gesicht.*

RÄUBER MOOR *geht weit von ihm weg.* Ewig verloren!

DER ALTE MOOR. Oh ich fühl es tief, was mir Amalia sagte, der Geist der Rache sprach aus ihrem Munde: Vergebens ausstrecken deine sterbenden Hände wirst du nach einem Sohn, vergebens wähnen zu umfassen die warme Hand deines Karls, der nimmermehr an deinem Bette steht –

Räuber Moor reicht ihm die Hand mit abgewandtem Gesicht.

DER ALTE MOOR. Wärst du meines Karls Hand! – Aber er liegt fern im engen Hause[870], schläft schon den eisernen Schlaf, höret nimmer die Stimme meines Jammers – weh mir! Sterben in den Armen eines Fremdlings – Kein Sohn mehr – kein Sohn mehr, der mir die Augen zudrücken könnte –

RÄUBER MOOR *in der heftigsten Bewegung.* Itzt muß es sein – itzt verlaßt mich *Zu den Räubern!* Und doch – Kann ich ihm denn seinen Sohn wieder schenken? – Ich kann ihm seinen Sohn doch nicht mehr schenken – Nein! Ich wills nicht tun.

DER ALTE MOOR. Wie Freund? Was hast du da gemurmelt?

RÄUBER MOOR. Dein Sohn – Ja alter Mann – *Stammelnd.* Dein Sohn – ist – ewig verloren.

DER ALTE MOOR. Ewig?

RÄUBER MOOR *in der fürchterlichsten Beklemmung gen Himmel sehend.* O nur diesmal – Laß meine Seele nicht matt werden – nur diesmal halte mich aufrecht.

DER ALTE MOOR. Ewig, sagst du?

RÄUBER MOOR. Frage nichts weiter. Ewig, sagt ich.

DER ALTE MOOR. Fremdling! Fremdling! Warum zogst du mich aus dem Turme?

---

869 kommen: *gekommen*

870 engen Hause: gemeint ist *das Grab*

RÄUBER MOOR. Und wie? – Wenn ich jetzt seinen Segen weghaschte – haschte wie ein Dieb, und mich davon schlich mit der göttlichen Beute – Vatersegen, sagt man, geht niemals verloren.

DER ALTE MOOR. Auch mein Franz verloren? –

RÄUBER MOOR *stürzt vor ihm nieder.* Ich zerbrach die Riegel deines Turms – Gib mir deinen Segen!

DER ALTE MOOR *mit Schmerz.* Daß du den Sohn vertilgen mußtest, Retter des Vaters! – Siehe die Gottheit ermüdet nicht im Erbarmen, und wir armseligen Würmer gehen schlafen mit unserm Groll. *Legt seine Hand auf des Räubers Haupt.* Sei so glücklich, als du dich erbarmest!

RÄUBER MOOR *weichmütig, aufstehend.* O – wo ist meine Mannheit[871]? Meine Sehnen werden schlapp, der Dolch sinkt aus meinen Händen.

DER ALTE MOOR. Wie köstlich ists, wenn Brüder einträchtig beisammen wohnen, wie der Tau, der vom Hermon fällt auf die Berge Zion[872] – Lern diese Wollust verdienen, junger Mann, und die Engel des Himmels werden sich sonnen in deiner Glorie. Deine Weisheit sei die Weisheit der grauen Haare, aber dein Herz – dein Herz sei das Herz der unschuldigen Kindheit.

RÄUBER MOOR. O einen Vorschmack[873] dieser Wollust. Küsse mich, göttlicher Greis!

DER ALTE MOOR *küßt ihn.* Denk es sei Vaterskuß, so will ich denken, ich küsse meinen Sohn – Du kannst auch weinen?

RÄUBER MOOR. Ich dacht, es sei Vaterskuß! – Weh mir, wenn sie ihn jetzt brächten!

Schweizers Gefährten treten auf im stummen Trauerzug mit gesenkten Häuptern und verhüllten Gesichtern.

RÄUBER MOOR. Himmel! *Tritt scheu zurück und sucht sich zu verbergen. Sie ziehen an ihm vorüber. Er sieht weg von ihnen. Tiefe Pause. Sie halten.*

GRIMM *mit gesenktem Ton.* Mein Hauptmann. *Räuber Moor antwortet nicht und tritt weiter zurück.*

SCHWARZ. Teurer Hauptmann *Räuber Moor weicht weiter zurück.*

GRIMM. Wir sind unschuldig, mein Hauptmann.

RÄUBER MOOR *ohne nach ihnen hinzuschaun.* Wer seid ihr?

GRIMM. Du blickst uns nicht an. Deine Getreuen.

RÄUBER MOOR. Weh euch, wenn ihr mir getreu wart!

GRIMM. Das letzte Lebewohl von deinem Knecht Schweizer – er kehrt nie wieder dein Knecht Schweizer.

RÄUBER MOOR *aufspringend.* So habt ihr ihn nicht gefunden?

SCHWARZ. Tot gefunden.

---

871 Mannheit: hier im Sinne von *Tapferkeit*

872 wie der Tau, der vom Hermon fällt auf die Berge Zion: vgl. Psalm 133, 1–3: »Siehe! Wie gut und wie lieblich es ist, wenn Brüder in Einheit beisammenwohnen! Es ist wie das gute Öl auf dem Haupt, das herabfließt auf den Bart, den Bart Aarons, das herabfließt auf den Kragen seiner Gewänder. Es ist wie der Tau des Hermon, der herabfällt auf die Berge Zions. Denn daß dort der Segen [sei], hat Jehova geboten, [Ja] Leben bis auf unabsehbare Zeit.«

873 Vorschmack: *Vorgeschmack*

RÄUBER MOOR *froh emporhüpfend.* Habe Dank, Lenker der Dinge – Umarmet mich, meine Kinder – Erbarmung sei von nun an die Losung – Nun wär auch das überstanden – Alles überstanden.

Neue Räuber. Amalia.

RÄUBER. Heisa, heisa! Ein Fang, ein superber[874] Fang!

AMALIA *mit fliegenden Haaren.* Die Toten, schreien sie, seien erstanden auf seine Stimme – mein Oheim lebendig – in diesem Wald – wo ist er? Karl! Oheim! – Ha! *Stürzt auf den Alten zu.*

DER ALTE MOOR. Amalia! Meine Tochter! Amalia! *Hält sie in seinen Armen gepreßt.*

RÄUBER MOOR *zurückspringend.* Wer bringt dies Bild vor meine Augen?

AMALIA *entspringt dem Alten und springt auf den Räuber zu und umschlingt ihn entzückt.* Ich hab ihn, o ihr Sterne! Ich hab ihn! –

RÄUBER MOOR *sich losreißend, zu den Räubern.* Brecht auf, ihr! Der Erzfeind[875] hat mich verraten!

AMALIA. Bräutigam, Bräutigam, du rasest! Ha! Vor Entzückung! Warum bin ich auch so fühllos, mitten im Wonnewirbel[876] so kalt?

DER ALTE MOOR *sich aufraffend.* Bräutigam? Tochter! Tochter! Ein Bräutigam?

AMALIA. Ewig sein! Ewig, ewig, ewig mein! – Oh ihr Mächte des Himmels! Entlastet mich dieser[877] tödlichen Wollust, daß ich nicht unter der Bürde vergehe!

RÄUBER MOOR. Reißt sie von meinem Halse! Tötet sie! Tötet ihn! mich! euch! alles! Die ganze Welt geh zugrunde! *Er will davon.*

AMALIA. Wohin? Was? Liebe Ewigkeit! Wonn Unendlichkeit, und du fliehst?

RÄUBER MOOR. Weg, weg! – Unglückseligste der Bräute! – Schau selbst, frage selbst, höre! – Unglückseligster der Väter! Laß mich immer ewig davon rennen!

AMALIA. Haltet mich! Um Gottes willen, haltet mich! – Es wird mir so Nacht vor den Augen – Er flieht!

RÄUBER MOOR. Zu spät! Vergebens! Dein Fluch, Vater, – frage mich nichts mehr! – ich bin, ich habe – dein Fluch – dein vermeinter[878] Fluch! – Wer hat mich hergelockt? *Mit gezogenem Degen auf die Räuber losgehend.* Wer von euch hat mich hiehergelockt, ihr Kreaturen des Abgrunds? – So vergeh dann, Amalia! – Stirb Vater! Stirb durch mich zum dritten Mal! – Diese deine Retter sind Räuber und Mörder! Dein Karl ist ihr Hauptmann!

Der alte Moor gibt seinen Geist auf. Amalia steht stumm und starr wie eine Bildsäule. Die ganze Bande in fürchterlicher Pause.

RÄUBER MOOR *wider eine Eiche rennend.* Die Seelen derer, die ich erdrosselte im Taumel der Liebe – derer, die ich zerschmetterte im heiligen Schlaf, derer – hahaha! hört ihr den Pulverturm knallen über der Kreißenden Stühlen[879]? Seht ihr die Flammen schlagen an den

874 superber: *prächtiger*

875 Erzfeind: gemeint ist der *Teufel*

876 Wonnewirbel: *Wonnetaumel*

877 Entlastet mich dieser: *entlastet mich von dieser*

878 vermeinter: *vermeintlicher*

879 Kreißenden Stühlen: *Stühle für gebärende Frauen*

Wiegen der Säuglinge? das ist Brautfackel, das ist Hochzeitmusik – oh, er vergißt nicht, er weiß zu knüpfen – darum von mir die Wonne der Liebe! darum mir zur Folter die Liebe! Das ist Vergeltung!

AMALIA. Es ist wahr! Herrscher im Himmel! Es ist wahr. – Was hab ich getan, ich unschuldiges Lamm? Ich hab diesen geliebt!

RÄUBER MOOR. Das ist mehr, als ein Mann erduldet. Hab ich doch den Tod aus mehr denn tausend Röhren[880] auf mich zupfeifen gehört, und bin ihm keinen Fuß breit gewichen, soll ich itzt erst lernen beben wie ein Weib? beben vor einem Weib? – Nein, ein Weib erschüttert meine Mannheit nicht – Blut, Blut! Es ist nur ein Anstoß[881] vom Weibe – Blut muß ich saufen, es wird vorübergehen. *Er will davonfliehn.*

AMALIA *fällt ihm in die Arme.* Mörder! Teufel! Ich kann dich Engel nicht lassen.

MOOR *schleudert sie von sich.* Fort, falsche Schlange, du willst einen Rasenden höhnen, aber ich poche dem Tyrannen-Verhängnis[882] – was, du weinest? Oh ihr losen[883] boshaften Gestirne! Sie tut, als ob sie weine, als ob um mich eine Seele weine! *Amalia fällt ihm um den Hals.* Ha was ist das? Sie speit mich nicht an, stößt mich nicht von sich – Amalia! Hast du vergessen? weißt du auch, wen du umarmest, Amalia?

AMALIA. Einziger, Unzertrennlicher!

MOOR *aufblühend, in ekstatischer Wonne.* Sie vergibt mir, sie liebt mich! Rein bin ich wie der Äther des Himmels, sie liebt mich. Weinenden Dank dir, Erbarmer im Himmel! *Er fällt auf die Knie und weinet heftig.* Der Friede meiner Seele ist wiedergekommen, die Qual hat ausgetobt, die Hölle ist nicht mehr – Sieh, o sieh, die Kinder des Lichts weinen am Hals der weinenden Teufel *Aufstehend zu den Räubern.* So weinet doch auch! weinet, weinet, ihr seid ja so glücklich – O Amalia! Amalia! Amalia! *Er hängt an ihrem Mund sie bleiben in stummer Umarmung.*

EIN RÄUBER *grimmig hervortretend.* Halt ein, Verräter! – Gleich laß diesen Arm fahren – oder ich will dir ein Wort sagen, daß dir die Ohren gellen[884], und deine Zähne vor Entsetzen klappern! *Streckt das Schwert zwischen beide.*

EIN ALTER RÄUBER. Denk an die böhmischen Wälder! Hörst du? zagst du? – an die böhmischen Wälder sollst du denken! Treuloser, wo sind deine Schwüre? Vergißt man Wunden so bald? da wir Glück, Ehre und Leben in die Schanze schlugen[885] für dich? Da wir dir standen wie Mauren, auffingen wie Schilder die Hiebe, die deinem Leben galten, – hubst du da nicht deine Hand zum eisernen Eid auf, schwurest[886], uns nie zu verlassen, wie wir dich nicht verlassen haben? – Ehrloser! Treuvergessener! Und du willst abfallen, wenn eine Metze greint[887]?

EIN DRITTER RÄUBER. Pfui, über den Meineid! Der Geist des geopferten Rollers, den du zum Zeugen aus dem Totenreich zwangest, wird erröten über deine Feigheit, und gewaffnet aus seinem Grabe steigen, dich zu züchtigen.

---

880 Röhren: *Gewehrläufen*

881 Anstoß: im Schwäbischen für *Anfall*

882 poche dem Tyrannen-Verhängnis: *drohe dem tyrannischen Verhängnis*

883 losen: *leichtsinnigen*

884 gellen: *klirren, widerhallen*

885 in die Schanze schlugen: Redewendung *unser Leben riskierten*

886 schwurest: *schwörtest*

887 Metze greint: *Hure weint*

DIE RÄUBER *durcheinander, reißen ihre Kleider auf.* Schau her, schau! Kennst du diese Narben? du bist unser! Mit unserem Herzblut haben wir dich zum Leibeigenen angekauft, unser bist du, und wenn der Erzengel Michael[888] mit dem Moloch ins Handgemeng kommen sollte! – Marsch mit uns, Opfer um Opfer! Amalia für die Bande!

RÄUBER MOOR *läßt ihre Hand fahren.* Es ist aus! – Ich wollte umkehren und zu meinem Vater gehn, aber der im Himmel sprach, es soll nicht sein. *Kalt.* Blöder Tor ich, warum wollt ich es auch? Kann denn ein großer Sünder noch umkehren? Ein großer Sünder kann nimmermehr umkehren, das hätt ich längst wissen können. Sei ruhig, ich bitte dich, sei ruhig! So ists ja auch recht – Ich habe nicht gewollt, da er mich suchte, itzt, da ich ihn suche, will er nicht, was ist billiger? – Rolle doch deine Augen nicht so – er bedarf ja meiner nicht. Hat er nicht Geschöpfe die Fülle? Einen kann er so leicht missen, und dieser eine bin nun ich. – Kommt, Kameraden!

AMALIA *reißt ihn zurück.* Halt, halt! Einen Stoß! Einen Todesstoß! Neu verlassen! Zeuch[889] dein Schwert, und erbarme dich!

RÄUBER MOOR. Das Erbarmen ist zu den Bären geflohen – ich töte dich nicht!

AMALIA *seine Knie umfassend.* Oh um Gottes willen, um aller Erbarmungen willen! Ich will ja nicht Liebe mehr, weiß ja wohl, daß droben unsere Sterne feindlich voneinander fliehen, – Tod ist meine Bitte nur. – Verlassen, verlassen! Nimm es ganz in seiner entsetzlichen Fülle, verlassen! Ich kanns nicht überdulden[890]. Du siehst ja, das kann kein Weib überdulden. Tod ist meine Bitte nur! Sieh, meine Hand zittert! Ich habe das Herz nicht zu stoßen. Mir bangt vor der blitzenden Schneide – dir ists ja so leicht, so leicht, bist ja Meister im Morden, zeuch[891] dein Schwert, und ich bin glücklich!

RÄUBER MOOR. Willst du allein glücklich sein? Fort, ich töte kein Weib!

AMALIA. Ha Würger! du kannst nur die Glücklichen töten, die Lebenssatten gehst du vorüber. *Kriecht zu den Räubern.* So erbarmet euch meiner, ihr Schüler des Henkers! – Es ist ein so blutdürstiges Mitleid in euren Blicken, das dem Elenden Trost ist – euer Meister ist ein eitler feigherziger Prahler.

RÄUBER MOOR. Weib, was sagst du? *Die Räuber wenden sich ab.*

AMALIA. Kein Freund? auch unter diesen nicht ein Freund? *Sie steht auf.* Nun denn, so lehre mich Dido[892] sterben! *Sie will gehen, ein Räuber zielt.*

RÄUBER MOOR. Halt! Wag es – Moors Geliebte soll nur durch Moor sterben! *Er ermordet sie.*

DIE RÄUBER. Hauptmann! Hauptmann! Was machst du? bist du wahnsinnig worden?

MOOR *auf den Leichnam mit starrem Blick.* Sie ist getroffen! Dies Zucken noch, und dann wirds vorbei sein – Nun, seht doch! Habt ihr noch was zu fordern? Ihr opfertet mir ein Leben auf, ein Leben, das schon nicht mehr euer war, ein Leben voll Abscheulichkeit und Schande – ich hab euch einen Engel geschlachtet. Wie, seht doch recht her! Seid ihr nunmehr zufrieden?

---

888 Erzengel Michael: Der Erzengel Michael war der Bezwinger des Satans, den er auf die Erde hinabstürzt.

889 Zeuch: *ziehe*

890 überdulden: *erdulden*

891 zeuch: vgl. Anm. 889

892 Dido: In Vergils (70–19 v. Chr.) Aeneis, 4. Gesang, tötet sich Karthagos Königin Dito, nachdem sie von ihrem Geliebten Aeneas verlassen wurde.

GRIMM. Du hast deine Schuld mit Wucher[893] bezahlt. Du hast getan, was kein Mann würde für seine Ehre tun. Komm itzt weiter!

MOOR. Sagst du das? Nicht wahr, das Leben einer Heiligen um das Leben der Schelmen[894], es ist ungleicher Tausch? – O ich sage euch, wenn jeder unter euch aufs Blutgerüste[895] ging, und sich ein Stück Fleisch nach dem andern mit glühender Zange abzwicken ließ, daß die Marter eilf Sommertäge[896] dauerte, es wiege diese Tränen nicht auf. *Mit bitterem Gelächter.* Die Narben, die böhmischen Wälder! Ja, ja! dies mußte freilich bezahlt werden.

SCHWARZ. Sei ruhig, Hauptmann! Komm mit uns, der Anblick ist nicht für dich. Führe uns weiter.

RÄUBER MOOR. Halt – noch ein Wort, eh wir weiter gehn – Merket auf, ihr schadenfrohe Schergen meines barbarischen Winks[897] – Ich höre von diesem Nun an[898] auf, euer Hauptmann zu sein. Mit Scham und Grauen leg ich hier diesen blutigen Stab nieder, worunter zu freveln ihr euch berechtiget wähntet, und mit Werken der Finsternis dies himmlische Licht zu besudeln – Gehet hin zur Rechten und Linken – Wir wollen ewig niemals[899] gemeine Sache machen.

RÄUBER. Ha Mutloser! Wo sind deine hochfliegende Plane? Sinds Seifenblasen gewesen, die beim Hauch[900] eines Weibes zerplatzen?

RÄUBER MOOR. O über mich Narren, der ich wähnete die Welt durch Greuel zu verschönern, und die Gesetze durch Gesetzlosigkeit aufrecht zu halten. Ich nannte es Rache und Recht – Ich maßte mich an, o Vorsicht[901], die Scharten[902] deines Schwerts auszuwetzen und deine Parteilichkeiten gutzumachen – aber – O eitle Kinderei – da steh ich am Rand eines entsetzlichen Lebens, und erfahre nun mit Zähnklappern und Heulen, daß zwei Menschen wie ich den ganzen Bau der sittlichen Welt zugrund richten würden. Gnade – Gnade dem Knaben, der Dir vorgreifen wollte – Dein eigen allein ist die Rache[903]. Du bedarfst nicht des Menschen Hand. Freilich stehts nun in meiner Macht nicht mehr, die Vergangenheit einzuholen – schon bleibt verdorben, was verdorben ist – was ich gestürzt habe, steht ewig niemals mehr auf – Aber noch blieb mir etwas übrig, womit ich die beleidigte Gesetze versöhnen, und die mißhandelte Ordnung wiederum heilen kann. Sie bedarf eines Opfers – eines Opfers, das ihre unverletzbare Majestät vor der ganzen Menschheit entfaltet – dieses Opfer bin ich selbst. Ich selbst muß für sie des Todes sterben.

RÄUBER. Nimmt ihm den Degen weg – Er will sich umbringen.

---

893 Wucher: *Zinsen*

894 Schelmen: *ehrlose Männer*

895 Blutgerüste: *Schafott, Richtstätte für die Enthauptung*

896 eilf Sommertäge: *elf Sommertage*

897 schadenfrohe Schergen meines barbarischen Winks: schadenfrohe Gefolgsleute meines barabrischen Rufes

898 von diesem Nun an: *von jetzt an*

899 ewig niemals: *niemals mehr, ewig* als Verstärkung von *niemals*

900 Hauch: *Atemzug*

901 Vorsicht: *Vorsehung*

902 Scharten: *Kerben*

903 Dein eigen allein ist die Rache: vgl. 5. Buch Mose 32, 25: »Die Rache ist mein. Ich will vergelten.«

RÄUBER MOOR. Toren ihr! Zu ewiger Blindheit verdammt! Meinet ihr wohl gar, eine Todsünde[904] werde das Äquivalent[905] gegen Todsünden sein, meinet ihr, die Harmonie der Welt werde durch diesen gottlosen Mißlaut gewinnen? *Wirft ihnen seine Waffen verächtlich vor die Füße.* Er soll mich lebendig haben. Ich geh, mich selbst in die Hände der Justiz zu überliefern.

RÄUBER. Legt ihn an Ketten! Er ist rasend worden.

RÄUBER MOOR. Nicht, als ob ich zweifelte, sie werde mich zeitig genug finden, wenn die obere Mächte es so wollen. Aber sie möchte mich im Schlaf überrumpeln, oder auf der Flucht ereilen, oder mit Zwang und Schwert umarmen, und dann wäre mir auch das einige[906] Verdienst entwischt, daß ich mit Willen für sie gestorben bin. Was soll ich gleich einem Diebe ein Leben länger verheimlichen, das mir schon lang im Rat der himmlischen Wächter genommen ist?

RÄUBER. Laßt ihn hinfahren! Es ist die Großmannsucht. Er will sein Leben an eitle Bewunderung setzen.

RÄUBER MOOR. Man könnte mich darum bewundern. *Nach einigem Nachsinnen.* Ich erinnere mich, einen armen Schelm[907] gesprochen zu haben, als ich herüberkam, der im Taglohn arbeitet und eilf lebendige Kinder hat – Man hat tausend Louisdore[908] geboten, wer den großen Räuber lebendig liefert – dem Mann kann geholfen werden. *Er geht ab.*

---

904 Todsünde: gemeint ist *Selbstmord*

905 das Äquivalent: *der gleiche Gegenwert*

906 einige: *einzige*

907 armen Schelm: *armer Kerl*

908 Louisdore: *französ. Goldmünzen*

Kurzbiographie

Friedrich Schiller wurde 1759 in Marbach am Neckar geboren. Sein Vater Johann Caspar Schiller (1723–1796) war Werbeoffizier und Wundarzt, seine Mutter Elisabeth Dorothea (1732–1802) die Tochter eines Marbacher Gastwirts.

1763 siedelte die Familie nach Lorch über, als sein Vater eine Anstellung als Werbeoffizier erhielt. 1766 zog die Familie nach der Versetzung des Vaters nach Ludwigsburg um, wo Schiller die Lateinschule besuchte. Sein Berufswunsch war Theologe – ein Berufswunsch, der von seiner Familie unterstützt wurde, aber unerfüllt blieb. Bereits frühzeitig interessierte Schiller das dramatische Fach. Mit dreizehn verfasste er scheinbar seine ersten Theaterstücke »Absalon« und »Die Christen«, die aber nicht erhalten blieben.

Auf Befehl von Herzog Carl Eugen von Württemberg trat Schiller im Alter von 14 Jahren gegen seinen Willen und den seiner Familie in die Hohe Karlsschule in Stuttgart ein, wo er die Rechtswissenschaften studierte. Die Karlsschule ist eine vom Herzog gegründete militärische Pflanzschule. An der Schule herrschte ein starker Drill mit hartem Reglement, gegen dessen Verstoß empfindliche Strafen ausgesprochen wurden. 1775 wurde die Schule in das *Schloss Solitude* in die Innenstadt Stuttgarts verlegt. Im gleichen Jahr wechselte Schiller das Studienfach, weil der sensible Junge unter den Verhältnissen an der Schule litt und nur mäßige Leistungen aufwies, und begann das Studium der Medizin. An der *Solitude* kommt Schiller auch mit verschiedenen Werken des Sturm und Drangs, insbesondere Goethe, und von Lessing, Rousseau und Shakespeare in Berührung. Auch mit den Gedichten Klopstocks beschäftigte er sich.

Sein Medizinstudium schloss Schiller 1779 mit dem Examen ab und erhielt 1780 nach Verlassen der Militärakademie im Alter von 21 Jahren eine schlecht bezahlte Anstellung als Regimentsarzt. Bereits 1776/77 hatte er mit der Arbeit an »Die Räuber« begonnen, die er heimlich weiterführte, wobei er sich teils krank stellte, um die Arbeit voranzutreiben. 1781 vollendete er das Drama und ließ es noch im selben Jahr anonym auf eigene Kosten drucken, wobei er erste Schulden auf sich nahm. Am 13. Januar 1782 bekam die Öffentlichkeit erstmals Schillers Erstlingswerk im Mannheimer Hoftheater zu sehen, das damals eines der renommiertesten Theater war. Das Stück feierte einen überwältigenden Erfolg und machte Schiller quasi über Nacht bekannt.

Um an der Uraufführung teilzunehmen, entfernte sich Schiller unerlaubt von seinem Regiment. Als sich Schiller im Mai 1782 ein weiteres Mal von seiner Truppe entfernte, ließ Herzog Carl Eugen seinen Untertanen 14 Tage lang ins Gefängnis sperren und untersagte ihm zudem jegliche schriftstellerische Betätigung, insbesondere Komödien »und dergleichen Zeugs«. Nur das Verfassen von medizinischen Schriften wurde ihm noch erlaubt.

Derart seiner Freiheit beraubt, entschloss sich Schiller zur Flucht, die er in der Nacht zum 23. November 1782 gemeinsam mit seinem Freund Andreas Streicher antrat. Somit drohten ihm Festungshaft und Degradierung. Er gelangte über Frankfurt und Mannheim nach Oggersheim,

wo er sich incognito in einem Gasthof einmietete. Auf der Flucht begann er mit den Arbeiten an *Kabale und Liebe*, das Schiller zunächst mit *Luise Millerin* betitelte. Seine finanziellen Probleme blieben weiter problematisch. Im Dezember 1782 folgte er der Einladung von Henriette von Wolzogen nach Bauerbach in Thüringen. Die Mutter seines Schulkameraden Wilhelm von Wolzogen bot ihm Asyl. Hier freundete sich Schiller, der aus Vorsicht nun den Namen Dr. Ritter trug, mit dem Bibliothekar Wilhelm Reinwald aus Meiningen an, der ihn auch mit Literatur versorgte. In der Ruhe des abgeschiedenen Ortes vollendete Schiller *Kabale und Liebe* und begann die Arbeiten an *Don Carlos.* Im Juli 1783 kehrte Schiller nach Mannheim zurück, wo ihm im September gleichen Jahres der Theaterintendant Heribert von Dalberg eine Anstellung als Theaterdichter gab, die er bis 1785 behielt. Doch noch 1783 erkrankte Schiller an einer Malaria, die ihn für längere Zeit die Arbeit erschwerte. Vermutlich hat er sich hiervon nie wirklich auskuriert. 1784 wurden seine Stücke *Die Verschwörung des Fiesco zu Genua* sowie *Kabale und Liebe* uraufgeführt. Nach einer Lesung eines Teils aus seinem *Don Carlos* am Hof in Darmstadt, der auch Herzog Carl August von Sachsen- Weimar beiwohnte, verlieh ihm dieser den Titel des Weimarischen Rates.

Als nach Beendigung seines Engagements sein Vertrag am Mannheimer Theater nicht verlängert wird, drohte dem hochverschuldeten Schiller der Schuldenturm. Aus dieser Notlage kam unverhofft Rettung, als ihn Christian Gottfried Körner nach Leipzig einlud und aus der Notlage verhalf. Auf Körners Bitte hin verfasste Schiller in Leipzig-Gohlis die »Ode an die Freude«, die durch die Vertonung Beethovens weltberühmt wurde. Im Herbst 1785 folgte Schiller Körner, mit dem er eine lebenslange innige Freundschaft pflegte, nach Dresden-Loschwitz, wo er bis zum Sommer 1787 blieb. Im Sommer dieses Jahres erschien auch sein *Don Carlos* als Druckschrift. Im August 1787 wurde das Drama erstmals in Hamburg aufgeführt.

Am 21. Juli 1787 reiste Schiller nach Weimar und machte dort die Bekanntschaft von Herder und Wieland. Gemeinsam mit Wilhelm von Wolzogen ritt er im Dezember 1787 nach Rudolstadt und lernte hier Charlotte von Lengefeld und ihre Schwester Caroline von Beulwitz kennen. Schiller fühlte sich sehr zu den beiden Schwestern hingezogen, mit denen er einen innigen Briefwechsel pflegte. Es folgte der sogenannte *Rudolstädter Sommer.* Schiller wohnte zunächst in Volkstedt bei Rudolstadt und schließlich in Rudolstadt selbst, wo er häufig die Lengefeld-Schwestern besuchte und dafür oft seine Arbeit vernachlässigte. Auf die Vermittlung der Familie von Lengefeld hin kam es am 7. September 1788 erstmals zur Begegnung von Schiller und dem von seiner Italienreise zurückgekehrten Goethe. Die beiden Dichter begegnen sich hier aber noch sehr distanziert.

Schillers Bemühungen um geordnete bürgerliche Verhältnisse werden 1789 erfüllt, als er eine Professur an der Universität Jena als Historiker erhält. Die Nachricht von Schillers Professur wurde unter den jungen Studenten mit Begeisterung aufgenommen. Bei seiner Antrittsvorlesung, die unter dem Titel *Was heißt und zu welchem Ende studiert man Universalgeschichte?* bekannt wurde, überforderte die Kapazität des Hörsaals und zwang zum Wechsel in den größten Saal der Stadt. Durch seine Professur konnte sich Schiller aber kaum von der Sorge um seine finanziellen Schwierigkeiten befreien. Im Dezember 1789 warb er schließlich brieflich bei Luise von Lengefeld um die Hand ihrer Tochter Charlotte. Am 22. Februar 1790 heiraten die beiden in einer Kirche in Wenigenjena.

1791 erkrankte Schiller an einer Lungenentzündung schwer. Es kursierte sogar schon das Gerücht von seinem Ableben. Eine jährliche Zuwendung in Höhe von 1000 Talern von Heinrich Graf von Schimmelmann und Herzog Friedrich Christian von Augustenburg verschaffte dem stets kränkelnden Schiller eine solide finanzielle Basis für die kommenden Jahre. 1793 wurde Schillers erster Sohn Karl Friedrich Ludwig geboren.

1792 ernannte die französische Republik den Dichter der *Räuber* zum Ehrenbürger, doch distanzierte er sich bald deutlich von den Ereignissen in Frankreich. Die Ehrenbürgerschaft war ihm eher leidig, auch weil sie ihn verdächtig machte. 1793 verfasst er eine Reihe von philosophischen Briefen, die er 1795 umgearbeitet und erweitert als die Briefe *Über die ästhetische Erziehung des Menschen* in seiner Zeitschrift *Die Horen* veröffentlichte. Hierin setzte er sich mit einer zentralen Frage der Aufklärung auseinander, wie der Mensch das Ideal der Freiheit erreichen kann. Entgegen der aufklärerischen Vorstellung, dass dieses Ideals durch reine Vernunft zu erreichen wäre, entwirft Schiller in seinen Briefen die Idee von einer Balance zwischen Verstand und Gefühl. Die Kunst sieht er hierfür als geeignetes Mittel an. Ihr weist er die Aufgabe, den Menschen ästhetisch zu bilden. Sie öffnet den Weg zur Selbstbestimmung und zur produktiven Nutzung der Freiheit. Die Schrift hatte großen Einfluss auf die nachfolgenden Generationen auf verschiedenen Wissenschaftsgebieten wie der Philosophie, der politische Theorie, der Soziologie und der pädagogische Anthropologie, die auch die heutigen Wissenschaften noch beschäftigt. Für Schillers folgende Schaffensperiode bildete diese philosophische Auseinandersezung eine wichtige Grundlage.

Als Schiller am 13. Juni 1794 brieflich Goethe darum bat, sich an seiner Zeitschrift *Die Horen* zu beteiligen, war dies der Beginn einer lebenslangen, tiefen Freundschaft, die von literarischem Wettstreit, gemeinsamer Produktion, gegenseitiger Kritik und Ermunterung und großer Wertschätzung geprägt war. Das Datum wird häufig mit dem Beginn der *Weimarer Klassik* gleichgesetzt, in der das Streben nach einem harmonischen Ausgleich zwischen Verstand und Gefühl zur poetischen Auseinandersetzung wurde. Die beiden Dichter – und mit ihnen auch Wieland und Herder – lehnten sie sich an das Kunstideal der Antike an. Auf der Suche nach Vollkommenheit, Harmonie, Menschlichkeit und Toleranz entstanden wichtige Werke der deutschen Literatur.

Durch die Veröffentlichung ihrer *Xenien*, die 1796 in Schillers *Musenalmanach auf das Jahr 1797* erschienen, sorgten Goethe und Schiller für einen Aufruhr im gesamten deutschen Literaturbetrieb, dessen Missstände sie mit ihren Gedichten verspotteten. Im Jahr darauf wendeten sich beide dem lyrischen Fach zu. Quasi im Wettstreit entstehen im sogenannten *Balladenjahr 1797*[909] einige der schönsten deutschen Balladen wie Goethes *Zauberlehrling* oder *Der Gott die Bajadere* und Schillers *Der Taucher, Der Handschuh, Der Ring des Polykrates* und andere Balladen.

1796 verstarben sowohl Schillers Schwester Nanette als auch sein Vater. Sein zweiter Sohn Ernst Friedrich Wilhelm wurde geboren. 1799 vollendete er seine *Wallenstein*-Trilogie und siedelte im Dezember nach Weimar über. Das *Lied von der Glocke* entstand ebenfalls in diesem

909 Sie erschienen im *Musenalmanach auf das Jahr 1798.*

Jahr. In den folgenden Jahren entstanden Schillers übrige klassische Dramen. Mit dem lyrischen Fach hatte er sich nur noch selten auseinandergesetzt.

Am 16. November 1802 verlieh ihm der Weimarer Herzog das Adelsdiplom. Fortan durfte er sich Friedrich von Schiller nennen, worauf er aber wenig Wert legte. Im selben Jahr verstarb seine Mutter. Nachdem er 1804 seinen *Wilhelm Tell* zur Uraufführung brachte, begann er mit den Arbeiten an seinem Drama *Demetrius*, das er nicht mehr vollendete.

Krankheit warf ihn immer wieder zurück und hielt ihn von der Arbeit ab. Als er im Februar 1805 erneut schwer erkrankte, konnte er sich hiervon nicht mehr erholen. Am 1. Mai traf er zum letzten Mal auf dem Weg ins Theater mit Goethe zusammen. Am 9. Mai starb Friedrich Schiller in Weimar an einer akuten Lungenentzündung.

Werke Schillers (Übersicht)

Dramen

- Die Räuber (1781)
- Die Verschwörung des Fiesco zu Genua (1783)
- Kabale und Liebe (1784)
- Don Carlos (1787/88)
- Wallenstein (Trilogie: Wallensteins Lager, Die Piccolomini, Wallensteins Tod, 1799)
- Maria Stuart (1800)
- Die Jungfrau von Orléans (1801)
- Die Braut von Messina (1803)
- Wilhelm Tell (1803/04)

Prosa

- Der Verbrecher aus verlorener Ehre (1786)
- Der Geisterseher (Fragment, 1787)
- Spiel des Schicksals (1789)

Lyrik

- An die Freude (1786)
- Resignation (1786)
- Die Götter Griechenlandes (erste Fassung 1788, zweite Fassung 1800)
- Hektors Abschied (1790)
- Das verschleierte Bild zu Sais (1795)
- Der Spaziergang (1795)
- Die Teilung der Erde (1795)
- Der Taucher (1797)
- Die Kraniche des Ibykus (1797)
- Der Handschuh (1797)
- Der Gang nach dem Eisenhammer (1797)
- Der Ring des Polykrates (1797)
- Der Kampf mit dem Drachen (1798)
- Die Bürgschaft (1798)
- Das Lied von der Glocke (1799)
- Nänie (1800)
- Der Antritt des neuen Jahrhunderts (1800)
- Das Siegesfest (1803)

Philosophisch-ästhetische Schriften

- Über das gegenwärtige deutsche Theater (1782)
- Die Schaubühne als eine moralische Anstalt betrachtet (1784)
- Philosophische Briefe (1786)
- Über den Grund des Vergnügens an tragischen Gegenständen (1792)
- Über die tragische Kunst (1792)
- Über Anmut und Würde (1793)
- Über die ästhetische Erziehung des Menschen (1795)
- Über naive und sentimentalische Dichtung (1795)
- Über das Erhabene (1801)

Historische Werke

- Geschichte des Abfalls der Vereinigten Niederlande von der spanischen Regierung (1788)
- Was heißt und zu welchem Ende studiert man Universalgeschichte? (1789)
- Geschichte des dreißigjährigen Krieges (1790)

Übersetzungen

- Iphigenie in Aulis (von Euripides, 1788)
- Macbeth (von William Shakespeare,1800)
- Turandot (von Carlo Gozzi, 1801)
- Der Neffe als Onkel (von Louis-Benoît Picard, 1803)
- Der Parasit (von Louis-Benoît Picard, 1803)
- Phèdre (von Jean Racine , 1805)

Zeitschriften

- Wirtembergisches Repertorium (1782–1783)
- Thalia (ab 1784)
- Die Horen (1795–1797)
- Musenalmanach (1796–1800)

Anhang

Die unterdrückte Vorrede (1781)

Es mag beym ersten in die Hand nehmen auffallen, daß dieses Schauspiel niemals das Bürgerrecht auf dem Schauplatz[910] bekommen wird. Wenn nun dieses ein unentbehrliches Requisitum[911] zu einem großen Drama seyn soll, so hat freilich das meinige einen großen Fehler mehr. Nun weiß ich aber nicht, ob ich mich dieser Forderung so schlechtweg unterwerfen soll. Sophokles und Menander[912] mögen sich wohl die sinnliche Darstellung zum Haupt-Augenmerk gemacht haben, denn es ist zu vermuten, daß diese sinnliche Vorbildung[913] erst auf die Idee des Dramas geführt habe; in der Folge aber fand sichs, daß schon allein die dramatische Methode auch ohne Hinsicht auf theatralische Verkörperung, vor allen Gattungen der rührenden und unterrichtenden Poesie einen vorzüglichen Wert habe. Da sie uns ihre Welt gleichsam gegenwärtig stellt, und uns die Leidenschaften und geheimsten Bewegungen des Herzens in *eigenen Äußerungen* der Personen schildert, so wird sie auch gegen die beschreibende Dichtkunst um so mächtiger wirken, als die lebendige Anschauung kräftiger ist, denn die historische Erkenntnis. Wenn der unbändige Grimm[914] in dem entsetzlichen Ausbruch: *Er hat keine Kinder*, aus Makduff redet[915], ist dies nicht wahrer und Herzeinschneidender als wenn der alte Diego seinen Sackspiegel[916] herauslangt, und sich auf offenem Theater begucket?

o Rage! O Desespoir![917]

Wirklich ist dieses große Vorrecht der Dramatischen Manier, die Seele gleichsam bei ihren verstohlensten Operationen zu ertappen, für den Franzosen durchaus verloren. Seine Menschen sind, (wo nicht gar Historiographen[918] und Heldendichter ihres eigenen hohen Selbst) doch selten mehr als eiskalte Zuschauer ihrer Wut, oder altkluge Professore ihrer Leidenschaft.
Wahr also ist es, daß der echte Genius des Dramas, welchen Shakespeare, wie Prospero seinen Ariel[919] in seiner Gewalt mag gehabt haben, daß sage ich der wahre Geist des Schauspiels tiefer

---

910 Schauplatz: *Theater, Bühne*

911 Requisitum: latein. für *Erfordernis*

912 Sophokles und Menander: griech. Dramatiker der Antike

913 Vorbildung: Ausbildung

914 Grimm: *Zorn*

915 vgl. hierzu Schakespeare, Macbeth IV, 3

916 Sacksspiegel: Taschenspiegel

917 o Rage! O Desespoir!: *Oh Wut, oh Verzweiflung!*

918 Historiographen: *Geschichtsschreiber*

919 Prospero seinen Ariel: Prospero ist in Shakespeares Drama Der Sturm ein Magier. Er wird vom Engel Ariel untersützt.

in die Seele gräbt, schärfer ins Herz schneidet, und lebendiger belehrt als Roman und Epopee[920], und daß es der sinnlichen Vorspiegelung gar nicht einmal bedarf uns diese Gattung von Poesie vorzüglich zu empfehlen. Ich kann demnach eine Geschichte Dramatisch abhandeln, ohne darum ein Drama schreiben zu wollen. Das heißt: Ich schreibe einen *dramatischen Roman*, und kein theatralisches Drama. Im ersten Fall darf ich mich nur den allgemeinen Gesetzen der Kunst, nicht aber den besondern des Theatralischen Geschmacks unterwerfen.

Nun auf die Sache selbst zu kommen, so muß ich bekennen, daß nicht sowohl die körperliche Ausdehnung[921] meines Schauspiels, als vielmehr sein Inhalt ihm Sitz und Stimm auf dem Schauplaze absprechen. Die Ökonomie desselben machte es notwendig, daß mancher Charakter auftreten mußte, der das feinere Gefühl der Tugend beleidigt, und die Zärtlichkeit unserer Sitten berührt. (Ich wünschte zur Ehre der Menschheit, daß ich hier nichts denn Karikaturen[922] geliefert hätte, muß aber gestehen, so fruchtbarer meine Weltkenntnis wird, so ärmer wird mein Karikaturen-Register.) Noch mehr – Diese unmoralische Charaktere mußten von gewissen Seiten glänzen, ja oft von Seiten des Geists gewinnen, was sie von Seiten des Herzens verlieren. Jeder Dramatische Schriftsteller ist zu dieser Freiheit berechtigt, ja so gar genötigt, wenn er anders der getreue Kopist[923] der wirklichen Welt sein soll. Auch ist, wie Garve[924] lehrt, kein Mensch durchaus unvollkommen: auch der Lasterhafteste hat noch viele Ideen, die richtig, viele Triebe die gut, viele Tätigkeiten, die edel sind. Er ist nur minder vollkommen.

Man trifft hier Bösewichter an, die Erstaunen abzwingen, ehrwürdige Missetäter, Ungeheuer mit Majestät; Geister, die das abscheuliche Laster reizet, um der Größe willen, die ihm anhänget, um der Kraft willen, die es erfordert, um der Gefahren willen, die es begleiten. Man stößt auf Menschen, die den Teufel umarmen würden, weil er der Mann ohne seines Gleichen ist; die auf dem Weg zur höchsten Vollkommenheit die unvollkommensten werden, die unglückseligsten auf dem Wege zum höchsten Glück, wie sie es wähnen. Mit einem Wort, man wird sich auch für meine Jago's[925] interessieren, man wird meinen Mordbrenner bewundern, ja fast sogar lieben. Niemand wird ihn verabscheuen, jeder darf ihn bedauren[926]. Aber eben darum möchte ich selbst nicht geraten haben, dieses mein Trauerspiel auf der Bühne zu wagen. Die Kenner die den Zusammenhang des Ganzen erfassen, und die Absicht des Dichters erraten, machen immer das dünnste Häuflein aus. Der Pöbel hingegen (worunter ich s. v. v.[927] nicht die Mistpantscher[928] allein, sondern auch und noch vielmehr manchen Federhut, und manchen Tresenrock[929], und manchen weißen Kragen zu zählen habe,) der Pöbel, will ich sagen, würde sich durch eine schöne Seite bestechen lassen, auch den häßlichen Grund zu schätzen, oder wohl gar eine Apologie des Lasters darin finden, und seine eigene Kurzsichtigkeit den armen Dichter entgelten lassen, dem man gemeiniglich alles nur nicht Gerechtigkeit, wiederfahren läßt.

920 Epopee: französ. für *Heldengedicht*

921 die körperliche Ausdehnung: *der Umfang*

922 Karikaturen: übertriebene Bilder

923 Kopist: *Abschreiber*

924 Grave: Christian Grave übersetzte 1772 die Grundsätze der Moralphilosophie von Adam Christian Ferguson.

925 Jago's: In Shakespeares Othello ist Jago ein übler Intrigant.

926 bedauren: *bedauern*

927 s. v. v.: latein. für *sit venia verbo,* heißt *wenn es zu sagen erlaubt ist*

928 Mistpantscher: im Schwäbischen abwertend für *Pöbel, Schmutzfunk*

929 Federhut, und manchen Tresenrock: Attribute bzw. charakteristische Bekleidungsstücke von Adeligen

Es ist das ewige Da capo[930] mit Abdera und Demokrit[931], und unsere Hippokrate[932] müßten ganze Plantagen Nießwurz erschöpfen, wenn sie diesem Unwesen durch einen heilsamen Kräutertrank abhelfen wollten. Noch so viele Freunde der Wahrheit und Tugend mögen zusammenstehen ihren Mitbürgern auf offener Bühne Schule zu halten, der Pöbel hört nie auf Pöbel zu sein, und wenn Sonne und Mond sich wandeln, und Himmel und Erde veralten wie ein Kleid, die Narren bleiben immer sich selbst gleich, wie die Tugend. Mort de ma vie[933] sagt Herr Eisenfresser, das heiß ich einen Sprung! Fy — Fy flistert[934] die Mamsell, die Coeffure[935] der kleinen Sängerin war viel zu altmodisch - Sacre dieu[936] sagt der Friseur, welche göttliche Simfonie[937]! Da führen die Deutsche Hunde dagegen[938]! Sternhagelbataillon, den Kerl hättest du sehen sollen das rosenfarbene Mädel hinter die spanische Wand schmeissen, sagt der Kutscher zum Laquaien[939], der sich vor Frieren und Langeweile in die Komödie eingeschlichen hatte — Sie fiel recht artig, sagt die gnädige Tante recht gustös sur mon honneur[940] (und spreitet[941] ihren damastenen Schlamp[942] weit aus) — was kostet sie diese Eventaille[943] mein Kind? — Und auch mit viel Expression viel submission[944] — Fahr zu Kutscher! — Nun gehe man hin und frage! — Sie haben die Emilia[945] gespielt. —

Dies könnte mich allenfalls schon entschuldigen, daß mirs gar nicht darum zu tun war, für die Bühne zu schreiben. Nicht aber das Auditorium[946] allein, auch selbst das Theater schreckte mich ab. Wehe genug würde es mir tun, wenn ich so manche Leidenschaft mit allen Vieren zerstampfen, so manchen großen und edlen Zug erbärmlich massakrieren[947], und meines Räubers Majestät in der Stellung eines Stallknechts müßte erzwingen sehen. Ich würde mich übrigens glücklich schätzen, wenn mein Schauspiel die Aufmerksamkeit eines deutschen Roscius[948] verdiente.

Schließlich will ich nicht bergen[949], daß ich der Meinung bin, der Applausus des Zuschauers sei nicht immer der Maßstab für den Wert eines Dramas. Der Zuschauer vom gewaltigen Licht der Sinnlichkeit geblendet, übersieht oft eben sowohl die feinsten Schönheiten, als die untergeflos-

930 das ewige Da capo: *die ewige Wiederholung*

931 Abdera und Demokrit: vgl. Anm. 55

932 Hippokrate: vgl. Anm. 56

933 Mort de ma vie: französ. für *bei meinem Leben*

934 flistert: *flüstert*

935 Coeffure: französ. für *Frisur*

936 Sacre dieu: französ. für *Heiliger Gott*

937 Simfonie: gemeint ist die Musik zwischen den Akten im Schauspiel

938 Da führen die Deutsche Hunde dagegen: Redewendung für eine wenig ehrenvolle Schinderarbeit.

939 Laquaien: *Lakaien, Diener*

940 gustös sur mon honneur: französ. für *geschmackvoll, bei meiner Ehre*

941 spreitet: *breitet aus*

942 Schlamp: im Schwäbischen für *Schleppe*

943 Eventaille: französ. für *Fächer*

944 viel Expression viel submission: *viel Ausdruck, viel Ergebenheit*

945 Emilia: *Emilia Galotti,* Trauerspiel von Gotthold Ephraim Lessing

946 Auditorium: *Zuschauerkreis, Zuhörerschaft*

947 massakrieren: *niedermetzeln*

948 Roscius: Quintus Roscius Gallus lebte im 1. Jh. v. Chr. und war ein römischer Schauspieler.

949 bergen: *verbergen*

senen Flecken, die sich nur dem Auge des bedachtsamen Lesers entblößen. Vielleicht ist das größte Meisterstück des britischen Aeschylos[950] nicht am meisten beklatscht worden, vielleicht muß er in seiner rohen scythischen[951] Pracht denen à la mode[952] (verschönerten oder verhunzten?) Kopien von Gotter, Weisse und Stephanie[953] weichen.
So viel von meiner Versündigung gegen den Schauplatz – Eine Rechtfertigung über die Ökonomie meines Schauspiels selbst würde wohl keine Vorrede erschöpfen. Ich überlasse sie daher ihrem eigenen Schicksal, weit entfernt meine Richter[954] mit zierlichen[955] Worten zu bestechen wenn ich ihre Strenge zu befürchten fände, oder auf Schönheiten aufmerksam machen, wenn ich irgend welche darin gefunden hätte.

Geschrieben in der Ostermesse. 1781.
Der Herausgeber.

Unterdrückter Bogen B[956]

lung viehischer Begierden? – Oder stickt es vielleicht im Resultat dieses Aktus, das doch nichts ist als blinde Folge, eiserne Notwendigkeit, die man oft so gern wegwünschte, wenn es nicht auf Unkosten von Fleisch und Blut geschehen müßte? Soll ich ihm vielleicht darum gute Worte geben, daß er mich ernährte? Das tut auch jedes Tier – daß er mich erzog? Das ist er als ein Weltbürger verbunden[957]! –Daß er mich liebt? Das ist eine Eitelkeit von ihm, die Schoß-Sünde aller Künstler, die sich in ihrem Werke bewundern, wär es auch noch so häßlich – Sehet also, das ist die ganze Hexerei, die ihr in einen religiösen Nebel hüllet, unsere Furchtsamkeit zu mißbrauchen. Soll auch ich mich dardurch ins Bockshorn jagen lassen? – Seichte Träumer mögen sich an der Schale mästen, mögen in den Vorhöfen der Wahrheit niedersitzen, höhere Geister dringen auf den Kern und die Quelle.

Nun also, mutig ans Werk. Ich will alles um mich her ausrotten, was mich einschränkt, daß ich nicht Herr bin. Herr muß ich sein, daß ich das mit Gewalt ertrotze, wozu mir Liebenswürdigkeit gebricht. *Ab ins Nebenzimmer.*

---

950 britischen Aeschylos: gemeint ist *Shakespeare*

951 scythischen: *wilden, barbarischen*

952 à la mode: französ. für *nach der Mode*

953 Kopien von Gotter, Weisse und Stephanie: gemeint sind Chr. Friedr. Weiß »Richard der Dritte« (1759), derselbe mit »Romeo und Julia« (1767), Gottlieb Stephanie mit »Macbeth« (1773) und Friedr. Wilh. Gotter mit »Romeo und Julia« (1779).

954 Rochter: *Kritiker*

955 zierlichen: *schönen*

956 Auf einem Druckbogen finden i. d. R. mehrere Seiten platz. Da es sich um einen Bogen innerhalb des Buches handelt, beginnt der Text mitten im Satz und endet ebenfalls so. Der Text schließt an den Text zwischen den Seiten 17 und 26 an.

957 Weltbürger verbunden: als ein freier Bürger verpflichtet

Zweite Szene

An den Grenzen von Sachsen. Schenke. Karl Moor. Spiegelberg am Tisch.

SPIELGELBERG *setzt sich.* Daß dich die Pest! – Aber ich muß Geld haben, und die Uhr ist doch nur gestohlen. Gott weiß wie mirs sein wird, wenn ich wieder zu ein paar Kreuzer[958] sagen kann: ihr seid mein! – wir wollens uns wohl sein lassen Moor! So sieh doch nicht so sauer drein, wie der alte Urehni[959] Tobias, als er sich den Schwalbenmist aus den Augen rieb. Wir wollens uns schmecken lassen auf die Uhr. Frisch Mutter – zwei Bouteillen Ungrischen[960]! – So sei doch lustig Moor. Itzt hast du ja Geld im Sack[961], und sind wir ja Herren. – Auch Schinken dazu Mutter[962]. – Und laß dir nicht bang sein Bruder; Laß dir keine graue Haare drum wachsen Bruder! Gibt ja noch Narren genug in der Welt, denen man um ihr Geld ihren Steckengaul[963] sattlen kann – sag doch einmal was das für Schmiererei ist? – Glaub, es soll den verlorenen Sohn vorstellen.

MOOR. Ich habs schon lang drum betrachtet, wenigstens die Schweine würd ich nicht hüten, auch keine Träber[964] fressen.

SPIEGELBERG. Mordbleu! ich auch nicht. Lieber stehlen!

MOOR *mit den Füßen stampfend.* Über die verfluchte Ungleichheit in der Welt! Das Geld verrostet in den Kisten ausgedörrter Pickelhäringe und Mangel muß Blei an die kühnsten Begierden des Jünglings legen. Kerls, die zehnmal krepieren, eh sie ihre Taler auszählen, trippelten mir das Haus ab[965], ein paar elende Schulden einzutreiben – so warm ich ihnen die Hand drückte – Nur noch einen Tag – Umsonst – Bitten! Schwüre! Tränen – prallten ab von ihrer bockledernen Seele!

SPIEGELBERG *trinkt.* Was sagst du Moor? Du hast ganz recht. Um so ein paar tausend lausige Dukaten trinkt. Das heiß ich einen Bettelbuben in die Hölle geworfen[966].

MOOR. Warum sind Despoten da? Warum sollen sich tausende, und wieder tausende unter die Laune Eines Magens krümmen, und von seinen Blähungen abhängen? – Das Gesetz bringt es so mit sich – Fluch über das Gesetz, das zum Schneckengang verderbt was Adlerflug worden wäre! Das Gesetz hat noch keinen großen Mann gebildet, aber die Freiheit springt über die Palisaden des Herkommens, und brütet Kolosse und Extremitäten aus. – Ich weiß nicht Moriz ob du den Milton[967] gelesen hast – Jener der es nicht dulden konnte daß einer

---

958 Kreuzer: Münze mit geringem Wert

959 Urehni: im Schwäbischen für *Großvater*

960 Bouteillen Ungrischen: *ungarischen Weins*

961 im Sack: *in der Tasche*

962 Mutter: gemeint ist die *Herbergsmutter, Wirt*

963 Steckengaul: *Steckenpferd*

964 Träber: Die Früchte bzw. Schoten des Johannisbrotbaums. Die Hülse der Frucht besteht aus einem Mark, das als Futter für Rinder und Schweine dient, aber auch von mittellosen Menschen gegessen wird. Der Name des Johannisbrot kommt von Johannes der Täufer, der der Überlieferung nach in der Wüste von diesen Früchten aß, vgl. Lukas 15, 15–16.

965 trippelten mir das Haus ab: *rennen mir das Haus ein*

966 einen Bettelbuben in die Hölle geworfen: Sprichwort im Schwäbischen für *das reicht nicht*

967 vgl. Anm. 46

über ihm war, und sich anmaßte den Allmächtigen vor seine Klinge zu fordern, war er nicht ein außerordentliches Genie? – Er hatte den Unüberwundenen angegriffen, und ob er schon erlag, so hatte er doch seine ganze Kraft erschöpft, und ward doch nicht gedemütiget, und macht immer neue Versuche bis auf diesen Tag, und alle seine Streiche fallen auf seinen eigenen Kopf zurück, und wird doch nicht gedemütigt. Dieser ists über den unsere Waschweiber das Kreuz machen –

SPIEGELBERG. Scheußlich anzuschauen vor unsern Kirchtüren mit einem lästerlichen Schwanz, und Bocksfüßen, und einem Horn auf der Glatze.

MOOR. Ein weiterer[968] Kopf, der gemeine[969] Pflichten überspringt um höhere zu erreichen soll ewig unglücklich sein, wenn die Kanaille die ihren Freund verriet, und vor dem Feinde floh, auf einem wohl angebrachten Seufzer[970] gen Himmel reutet. Wer möchte nicht lieber im Backofen Belials[971] braten mit Borgia[972] und Katilina[973] als mit jedem All dort droben zu Tische sitzen?

SPIEGELBERG. Geh mir mit dem Schlaraffen Leben – dank du Gott daß der alte Adam den Apfel angebissen hat, sonst wären wir mit samt unsern Talenten und Geisteskraft auf den Polstern des Müßiggangs vermodert.

MOOR *lacht.* Gelt Moriz das Schäferleben hätte dir nicht behagt – O ich sage dir, wüßt ich nur der Geist Herrmanns wäre nicht ganz ausgestorben in uns! – Stelle mich vor ein Heer Kerls wie ich, und aus Deutschland soll eine Republik werden, gegen die Rom und Athen Nonnenklöster sein sollen – es ist nichts so unmöglich, das ein Mann nicht zu Stand bringen kann.

SPIEGELBERG *aufspringend.* Bravo! Bravissimo! Du bringst mich eben recht auf das Chapitre[974]. Ich will dir was sagen Moor, das schon lang mit mir umgeht, und du bist der Mann, dem ich das sagen kann – Sauf Bruder sauf – was meinst du, wenn wir uns beschneiden ließen, Juden würden, und das Königreich wieder aufs Tapet[975] brächten?

MOOR. Hahaha! Nun merk ich, warum du schon gegen Dreiviertel Jahr eine hebräische Grammatik herumschleifst.

SPIEGELBERG. S–ßkerl! Just deswegen. Aber sag, ist das nicht ein schlauer und herzhafter Plan? Wir wollen sie im Tal Josaphat[976] wieder versammeln, die Türken aus Asien scheuchen, und Jerusalem wieder aufbauen. Alle alten Gebräuche müssen wieder aus dem Holzbügel[977] hervor. Die Bundslade[978] wird wieder zusammengeleimt. Brandopfer[979] die schwere Meng[980].

---

968 weiterer: *größerer*

969 gemeine: *allgemeine, alltägliche*

970 angebrachten Seufzer: gemeint ist ein *Bekenntnis zur Reue*

971 Belials: Bezeichung für den *Teufel*

972 Borgia: Cesare Borgia (1475–1507) regierte Italien mit eiserner Hand.

973 vgl. Anm. 29

974 Chapitre: *Kapitel, Thema*

975 Tapet: veraltet für *Teppich, Tischdecke,* hier also *die Sache auf den Tisch bringen*

976 Tal Josaphat: vgl. Joel 3, 6

977 Holzbügel: *Holzbiegel,* in dem das Brennholz gestapelt wird

978 Bundslade: Die Bundeslade enthielt die Gebote Gottes, die Moses auf dem Sinai empfangen hatte.

979 Brandopfer: Tieropfer in der alten jüdischen Tradition

980 schwere Meng: *große Menge, Anzahl*

Das neue Testament wird hinausvotiert[981]. Auf den Messias wird noch gewartet, oder du, oder ich, oder einer von beiden — —

MOOR. Hahaha!

SPIEGELBERG. Nein! lach nicht. Es ist hol mich der Teufel mein Ernst. Wir setzen dir eine Taxe[982] aufs Schweinefleisch, daß fressen kann, wer zahlt, und das muß horrend[983] Geld abwerfen. Mittlerweile lassen wir uns Zedern hauen aus dem Libanon, bauen Schiffe, und schachern[984] mit alten Borden und Schnallen, das ganze Volk.

MOOR. Saubere Nation! Sauberer König!

SPIEGELBERG. Drauf kriegen wir dir die benachbarten Ortschaften, Amoriter[985], Moabiter[986], Russen, Türken und Jethiter[987], ohne Schwertstreich, unter den Pantoffel. Dann, mußt du wissen, wir sind mächtig im Feld, und der Würgengel[988] reutet vor uns her, und mäht sie dir nieder wie Spitzgras. — Und haben wir erst um uns herum Feierabend gemacht, so kommen wir uns selbst zwischen Jerusalem und Samaria in die Haare — du, König Moor von Israel, ich König Spiegelberg von Juda und zausen[989] einander wacker herum im Wald Ephraim[990], und wer Sieger ist geht her, läßt die Dächer abdecken und beschläft die Kebsweiber[991] des andern, daß da zugaffen alle zwölf Stämme Israel.

MOOR *nimmt ihn lächelnd bei der Hand.* Bruder, mit unsern Donquixotereien ists nun am Ende. Ich bin lang genug herumgeschwärmt, wie ein Spring ins Feld, von nun an wirds nach einer andern Melodie gehen.

SPIEGELBERG. Wie zum Teufel! — du wirst doch nicht gar den verlornen Sohn spielen wollen? »Ich habe gesündigt im Himmel und vor dir — bin nicht wert« — Pfui! Schäme dich! — das Unglück muß einen großen Mann nicht zur Memme machen.

MOOR. Ich will ihn spielen Moriz, und ich schäme mich nicht. Nenn es Schwäche daß ich meinen Vater ehre — es ist die Schwäche eines Menschen, und wer sie nicht hat, muß entweder ein Gott oder — ein Vieh sein. Laß mich immer mitten inne bleiben.

SPIEGELBERG. Geh, geh. Du bist nicht mehr Moor. Weißt du noch wie tausendmal du die Flasche in der Hand den alten Filzen hast aufgezogen, und gesagt: Er soll nur drauf los schaben und scharren, du wollest dir dafür die Gurgel absaufen[992]. — Weißt du noch? he? weißt du noch? O du heilloser, erbärmlicher Prahlhans! das war noch männlich gesprochen, und edelmännisch, aber —

MOOR. Verflucht seist du, daß du mich dran erinnerst! Verflucht ich, daß ich es sagte! Aber es war nur im Dampfe des Weins, und mein Herz hörte nicht was meine Zunge prahlte.

---

981 hinausvotiert: *abgeschafft*

982 Taxe: *Gebühr*

983 horrend: *schaurig viel*

984 schachern: *handeln*

985 Amoriter: Volk an der Mittelmeerküste im Libanon

986 Moabiter: Volk im Südosten des Toten Meeres

987 Jethiter: gemeint sind wohl die *Hethiter*, ein Volk in Syrien und Kanaan (heute Libanon und Palestina)

988 Würgengel: *Teufel*

989 zausen: im Schwäbischen für *raufen*

990 Wald Ephraim: Gebiet des jüd. Stammes Ephraim

991 Kebsweiber: *Nebenfrau, Konkubine*

992 Gurgel absaufen: *Kehle zuschütten*

SPIEGELBERG *schüttelt den Kopf.* Nein! nein! nein! das kann nicht sein. Unmöglich Bruder, das kann dein Ernst nicht sein. Sag, Brüderchen, ist es nicht die Not die dich so stimmt? Komm, laß dir ein Stückchen aus meinen Bubenjahren erzählen. Da hatt ich neben meinem Haus einen Graben, der, wie wenig, seine acht Schuh breit war, wo wir Buben uns in die Wette bemühten hinüber zu springen. Aber das war umsonst. Pflumpf[993]! lagst du, und ward ein Gezisch und Gelächter über dir, und wurdest mit Schneeballen geschmissen über und über. Neben meinem Haus lag eines Jägers Hund an einer Kette, eine so bissige Bestie, die dir die Mädels wie der Blitz am Rockzipfel hatte, wenn sie sichs versahn, und zu nah dran vorbeistrichen. Das war nun mein Seelengaudium[994], den Hund überall zu necken wo ich nur konnte, und wollt halb krepieren vor Lachen wenn mich dann das Luder so giftig anstierte, und so gern auf mich losgerannt wär, wenns nur gekonnt hätte. – Was geschieht? Ein andermal mach ichs ihm auch wieder so, und werf ihn mit einem Stein so derb an die Ripp, daß er vor Wut von der Kette reißt und auf mich dar, und ich wie alle Donnerwetter reißaus und davon – Tausend Schwerenot! Da ist dir just der vermaledeite[995] Graben dazwischen. Was zu tun? Der Hund ist mir hart an den Fersen und wütig, also kurz resolviert[996] – ein Anlauf genommen – drüben bin ich. Dem Sprung hatt ich Leib und Leben zu danken; die Bestie hätte mich zu Schanden gerissen.

MOOR. Aber wozu itzt das?

SPIEGELBERG. Dazu – daß du sehen sollst, wie die Kräfte wachsen in der Not. Siehst du der Hund und ich hatten doppelte Kräfte, wie's galt – Und meinst du, ich hätt nachher wieder über den Graben können? Hundertmal hab ichs probiert und hundertmal bin ich abgeprellt. Darum laß ich mirs auch nicht bange sein, wenns aufs äußerste kommt. Der Mut wächst mit der Gefahr; Die Kraft erhebt sich im Drang. Das Schicksal muß einen großen Mann aus mir haben wollen, weil's mir so quer durch den Weg streicht.

MOOR *ärgerlich.* Ich wüßte nicht wozu wir den Mut noch haben sollten, und noch nicht gehabt hätten.

SPIEGELBERG. So? - Und du willst also deine Gaben in dir verwittern lassen? Dein Pfund vergraben? Meinst du, deine Stinkereien in Leipzig machen die Grenzen des menschlichen Witzes aus? Da laß uns erst in die große Welt kommen. Paris und London! – wo man Ohrfeigen einhandelt, wenn man einen mit dem Namen eines ehrlichen Mannes grüßt. Da ist es auch ein Seelenjubilo, wenn man das Handwerk ins große praktiziert. – Du wirst gaffen! Du wirst Augen machen! Wart, und wie man Handschriften nachmacht, Würfel verdreht, Schlösser aufbricht, und den Koffern das Eingeweid ausschüttet – das sollst du noch von Spiegelberg lernen! Die Kanaille soll man an den nächsten besten Galgen knüpfen, die bei geraden Fingern verhungern will.

MOOR *bitter.* Brav Moriz – und wo hast du dergleichen feine Künste gelernt?

SPIEGELBERG. Eben da wo du das Saufen und Raufen und Spielen und Kindermachen gelernt hast. Guter Mensch, das lernt sich von selbst. Und wem's hiezu an Kopf mangelt, der soll sich die Lust vergehen lassen ein Spitzbub zu sein. Es sollte mir leid tun, wenns damit alle wäre.

---

993 Pflumpf: oberdt. für *Plumps*

994 Seelengaudium: *Seelenfreude*

995 vermaledeite: *verfluchte*

996 resolviert: *entschlossen*

MOOR *zerstreut.* Wie? Du hast es wohl gar noch weiter gebracht?

SPIEGELBERG. Ich glaube gar, du setzest ein Mißtrauen in mich. Wart, laß mich erst warm werden; du sollst Wunder sehen, dein Gehirnchen soll sich im Schädel umdrehen, wenn mein kreißender Witz in die Wochen kommt, *auf den Tisch schlagend.* Aut Caesar, aut nihil[997]! Du sollst eifersüchtig über mich werden.

MOOR. Moriz! Wie wird dirs? Moriz!

SPIEGELBERG *steht auf, hitzig.* Ja! Eifersüchtig – giftig sollst du, sollt ihr alle über mich werden. Ich will Pfiffe[998] ausspinnen, darüber euch der Verstand still stehen soll. – Wie es sich aufhellt in mir! Große Gedanken dämmern auf in meiner Seele! Riesenplane gären in meinem schöpfrischen Schedel. Verfluchte Schlafsucht! *sich vor'n Kopfschlagend.* Die bisher meine Kräfte in Ketten schlug, meine Aussichten sperrte und spannte; ich erwache, fühle wer ich bin – wer ich werden muß! Geh, laß mich! Ihr aber sollt noch von mir das Gnadenbrot haben.

MOOR. Du bist ein Narr. Der Wein bramarbasiert aus deinem Gehirne.

SPIEGELBERG *hitziger.* Spiegelberg, wird es heißen, kannst du hexen Spiegelberg? Es ist Schade daß du kein General worden bist, Spiegelberg, wird der König sagen, du hättest die Östreicher durch ein Knopfloch gejagt. Ja, hör ich die Dokters jammern, es ist unverantwortlich daß der Mann nicht die Medizin studiert hat, er hätte wider den Tripper[999] ein Spezifikum erfunden. Ach! und daß er das Kamerale[1000] nicht zum Fach genommen hat, werden die Sullys[1001] in ihren Kabinetten seufzen, er hätte aus Steinen Louisd'ore[1002] hervorgezaubert. Und Spiegelberg wird es heißen in Osten und Westen, und in den Kot mit euch ihr Memmen, ihr Kröten, indes Spiegelberg mit ausgespreiteten[1003] Flügeln zum Tempel des Nachruhms empor fliegt.

MOOR *steht auf, tritt ans Fenster.* Tropf!

SPIEGELBERG *umarmt ihn mit Heftigkeit.* Bruder! Bruder! Itzt wollen wir erst anfangen zu leben. Danks deinem Kopf, daß ich dich brauchen kann. Du hängst dich an den Adler Spiegelberg wie der Zaunkönig[1004] und kommst mit ihm zur Sonne.

MOOR. Glück auf den Weg! Steig du auf Schandsäulen zum Gipfel des Ruhms. Im Schatten meiner väterlichen Haine, in den Armen meiner Amalia lockt mich ein edler Vergnügen. Schon die vorige Woche hab ich meinem Vater um Vergebung geschrieben, hab ihm nicht den kleinsten Umstand verschwiegen, und wo Aufrichtigkeit ist, ist auch Mitleid und Hilfe. Laß uns Abschied nehmen Moriz. Wir sehen uns heut, und nie mehr. Die Post ist angelangt. Die Verzeihung meines Vaters ist schon innerhalb dieser Stadtmauren.

Schweizer, Grimm, Roller, Schufterle, Razmann treten auf.

---

997 Aut Caesar, aut nihil: latein. für *Entweder ich bin Cäsar oder nichts.*

998 Pfiffe: im Schwäbischen für *schlaue Listen, Kniffe*

999 Tripper: eine Geschlechtskrankheit

1000 Kamerale: gemeint ist die *Kameralistik* als Verwaltungs- und Wirtschaftslehre

1001 Sullys: Der Herzog von Sully (1559–1641) war Finanzminister in England.

1002 Louisd'ore: französische Goldmünze

1003 ausgespreiteten: *ausgebreiteten*

1004 Adler... Zaunkönig: Vom Adler und dem Zaunkönig gibt es eine Fabel, die sich unter den Märchen der Gebrüder Grimm findet.

ROLLER. Wißt ihr auch, daß man uns auskundschaftet? –

GRIMM. Daß wir keinen Augenblick sicher sind aufgehoben zu werden?

MOOR. Mich wunderts nicht. Es gehe wie es will! saht ihr den Schwarz nicht? sagt er euch von keinem Brief, den er an mich hätte?

ROLLER. Schon lang sucht er dich, ich vermute so etwas.

MOOR. Wo ist er, wo, wo? *will eilig fort.*

ROLLER. Bleib! wir haben ihn hieher beschieden. Du zitterst? –

MOOR. Ich zittre nicht. Warum sollt ich auch zittern? Kameraden! dieser Brief – freut euch mit mir! Ich bin der glücklichste unter der Sonne, warum sollt ich zittern?

SCHWEIZER *setzt sich an Spiegelbergs Platz, und trinkt seinen Wein aus.*

Schwarz tritt auf.

MOOR *fliegt ihm entgegen.* Bruder, Bruder, den Brief! den Brief!

SCHWARZ *lächelnd.* Was für einen Brief? – ich weiß von keinem Brief.

MOOR *sucht ihm in den Taschen.* Gib, gib! du hast ihn, mußt ihn haben. Sah ich dich nicht aus dem Posthaus herausgehen?

SCHWARZ *zu den andern.* Er will uns verlassen. Nicht wahr? ich soll ihm den Brief nicht in die Hände geben?

ALLE. Zerreiß ihn, zerreiß ihn!

MOOR *greift an den Degen.* Heraus mit, den Augenblick! oder du bist des Todes.

SCHWARZ *gibt ihm den Brief, den er hastig aufbricht.* Was ist dir? wirst du nicht wie die Wand?

MOOR. Meines Bruders Hand!

SCHWARZ. Was treibt denn der Spiegelberg!

GRIMM. Der Kerl ist unsinnig. Er macht Gestus wie beim sankt Veits Tanz.

SCHUFTERLE. Sein Verstand geht im Ring herum. Ich glaub er macht Verse.

RAZMANN. Spiegelberg! He Spiegelberg! – Die Bestie hört nicht.

GRIMM *schüttelt ihn.* Kerl! träumst du, oder? –

SPIEGELBERG *der sich die ganze Zeit über mit den Pantomimen eines Projektmachers im Stubeneck abgearbeitet bat, springt wild auf.* La bourse ou la vie! *und packt Schweizern an der Gurgel, der ihn gelassen an die Wand wirft, alle lachen – Moor läßt den Brief fallen, und will hinausrennen. Alle fahren auf.*

ROLLER *ihm nach.* Moor! wonaus, Moor? was beginnst du?

GRIMM. Was hat er, was hat er? Er ist bleich wie die Leiche.

MOOR. Verloren, verloren! *rennt hinaus.*

GRIMM. Das müssen schöne Neuigkeiten sein! Laß doch sehen!

ROLLER *nimmt den Brief von der Erde, und liest.* »Unglücklicher Bruder!« der Anfang klingt lustig. »Nur kürzlich muß ich dir melden, daß deine Hoffnung vereitelt ist du sollst hingehen, läßt dir der Vater sagen, wohin dich deine Schandtaten führen. Schon lang hört er auf, dich unter seine Söhne zu zählen, und schämt sich von dir Vater genannt zu werden. Auch, sagt er, werden du dir keine Hoffnung machen, jemals Gnade zu seinen Füßen zu erwimmern, wenn du nicht gewärtig sein wollest, im untersten Gewölb seiner Türme mit Wasser und Brot so lang traktiert zu werden, bis deine Haare wachsen wie Adlers-Federn, und deine Nägel wie Vogels-Klauen werden. Das sind seine eigene Worte. Er befiehlt mir den Brief zu schließen. Leb wohl auf ewig! Ich bedaure dich – Franz von Moor.«

SCHWEIZER. Ein zuckersüßes Brüdergen! In der Tat! – Franz heißt die Kanaille?

SPIEGELBERG *sachte herbei schleichend.* Von Wasser und Brot ist die Rede? Ein schönes Leben! Da hab ich anders für euch gesorgt! Sagt' ichs nicht, ich müßt' am Ende für euch alle denken?

SCHWEIZER. Was sagt der Schafs-Kopf? Der Esel will für uns alle denken?

SPIEGELBERG. Hasen, Krüppel, lahme Hunde seid ihr alle, wenn ihr das Herz nicht habt etwas Großes zu wagen.

ROLLER. Nun, das wären wir freilich, du hast recht – aber wird es uns auch aus dieser vermaledeiten Lage reißen, was du wagen wirst? wird es? –

SPIEGELBERG *mit einem stolzen Gelächter.* Armer Tropf! aus dieser Lage reißen? hahaha! – aus dieser Lage reißen? – und auf mehr raffiniert dein Fingerhut voll Gehirn nicht? und damit trabt deine Mähre zum Stalle? Spiegelberg müßte ein Hundsfott[1005] sein, wenn er mit dem nur anfangen wollte. Zu Helden, sag ich dir, zu Freiherrn, zu Fürsten, zu Göttern wirds euch machen!

RAZMANN. Das ist viel auf einen Hieb, wahrlich! Aber es wird wohl eine halsbrechende Arbeit sein, den Kopf wirds wenigstens kosten.

SPIEGELBERG. Dich nicht, Razmann! dafür steh ich dir – es will nichts als Mut, denn was den Witz betrifft, den nehm ich ganz über mich. Mut, sag ich, Schweizer! Mut, Roller, Grimm, Razmann, Schufterle! Mut! –

SCHWEIZER. Mut? Wenns nur das ist – Mut hab ich genug um barfuß mitten durch die Hölle zu gehn.

SCHUFTERLE. Mut genug, mich unterm lichten Galgen mit dem leibhaftigen Teufel um einen armen Sünder zu balgen.

SPIEGELBERG. So gefällt mirs! Wenn ihr Mut habt, tret einer auf, und sag: Er habe noch etwas zu verlieren, und nicht alles zu gewinnen! –

SCHWARZ. Wahrhaftig, da gäbs manches zu verlieren, wenn ich das verlieren wollte, was ich noch zu gewinnen habe!

RAZMANN. Ja, zum Teufel! und manches zu gewinnen; wenn ich das gewinnen wollte, was ich nicht verlieren kann.

SCHUFTERLE. Wenn ich das verlieren müßte, was ich auf Borgs[1006] auf dem Leibe trage, so hätt' ich allenfalls morgen nichts mehr zu verlieren.

SPIEGELBERG. Also denn! *Er stellt sich mitten unter sie mit beschwörenden Ton.* Wenn noch ein Tropfen deut-

---

1005 Hundsfott: Hundsfutt bezeichnet das Geschlechtsteil eines Hundes. Hundsfott ist hier also ein niedriges Schimpfwort.

1006 auf Borgs: *geborgt, geliehen*

Literaturverzeichnis

Adelung, Johann Christoph: Versuch eines vollständigen grammatisch-kritischen Wörterbuchs der hochdeutschen Mundart mit beständiger Vergleichung der übrigen Mundarten, bes. der Oberdeutschen, Teile 1–4, Leipzig, 1793–1801.

Alt, Peter-André: Schiller. Leben – Werk – Zeit. 2 Bände. Verlag C. H. Beck, München, 2000.

Düntzer, Heinrich: Schillers Die Räuber erläutert. Erläuterungen zu deutschen Klassikern. Dritte Abtheilung: Erläuterungen zu Schillers Werken. Leipzig, 1878.

Fischer, Hermann (Hrsg.): Schwäbisches Wörterbuch. Bände 1–6, Tübingen, 1904–1936.

Grawe, Christian (Hrsg.): Erläuterungen und Dokumente. Friedrich Schiller Die Räuber. Reclam, Stuttgart, 2009.

Grimm, Jacob und Wilhelm u.a. (Hrsg.): Deutsches Wörterbuch. 33 Bde. Online-Wörterbuch vom Kompetenzzentrum für elektronische Erschließungs- und Publikationsverfahren in den Geisteswissenschaften der Universität Trier. http://dwb.uni-trier.de/de/

Herforth, Maria-Felicitas: Königs Erläuterungen: Textanalyse und Interpretation zu Schiller. Die Räuber. Alle erforderlichen Infos für Abitur, Matura, Klausur und Referat plus Musteraufgaben mit Lösungen. Hollfeld, 2010.

Kluge, Gerhard (Hrsg.): Schiller. Die Räuber, Fiesko, Kabale und Liebe. Text und Kommentar. Klassiker Verlag, Frankfurt am Main, 2009.

Roschner, W. H. (Hrsg.): Ausführliches Lexikon der griechischen und römischen Mythologie. Band 1–6. B. G. Teubner, Leipzig, 1886–

Rudolph; Ludwig: Schiller-Lexikon. Erläuterndes Wörterbuch zu Schillers Dichtwerken. 2 Bände, Berlin, 1869.

Schiller, Friedrich: Sämtliche Werke. Auf Grund der Originaldrucke herausgegeben von Gerhard Fricke und Herbert G. Göpfert in Verbindung mit Herbert Stubenrauch, Bd. 1-5, 3. Auflage, Band 1, München, 1962.

Wander, Karl Friedrich Wilhelm (Hrsg.): Deutsches Sprichwörter-Lexikon. Ein Hausschatz für das deutsche Volk. Bände 1–5, Leipzig, 1867.

Printed in Poland
by Amazon Fulfillment
Poland Sp. z o.o., Wrocław

79809788R00078

Das Mädchen, das

Ein kleiner Esel kommt groß raus
ISBN 978-3-7373-5201-7

Ein Meerschwein ist nicht gern allein
ISBN 978-3-7373-5202-4

Viel Gerenne um eine Henne
ISBN 978-3-7373-5203-1

Ein Nilpferd auf dem Zebrastreifen
ISBN 978-3-7373-5204-8

Extra-Punkte für den Dalmatiner
ISBN 978-3-7373-4052-6

Schwarze Kater bringen Glück
ISBN 978-3-7373-4053-3

Und als sie es laut herauslachte, erblühte um sie herum ein ganzes Meer von Gänseblümchen.